강한 채로 회귀 6

홍성은 퓨전 판타지 장편소설

초판 1쇄 찍은 날 § 2024년 2월 23일
초판 1쇄 펴낸 날 § 2024년 3월 1일

지은이 § 홍성은
펴낸이 § 서경석

총괄팀장 § 황창선
편집책임 § 김우진
디자인 § 스튜디오 이너스

펴낸곳 § 도서출판 청어람
등록번호 § 제387-1999-000006호
등록일자 § 1999. 5. 31
어람번호 § 제1-3225호

본사 § 경기도 부천시 부일로 483번길 40 서경B/D 3F (우) 14640
편집부 § 서울특별시 구로구 디지털로 272 한신IT타워 404호 (우) 08389
전화 § 02-6956-0531 팩스 § 02-6956-0532
http://www.chungeoram.com
E-mail § chungeorambook@daum.ne

ISBN 979-11-04-92508-5 04810
ISBN 979-11-04-92495-8 (세트)

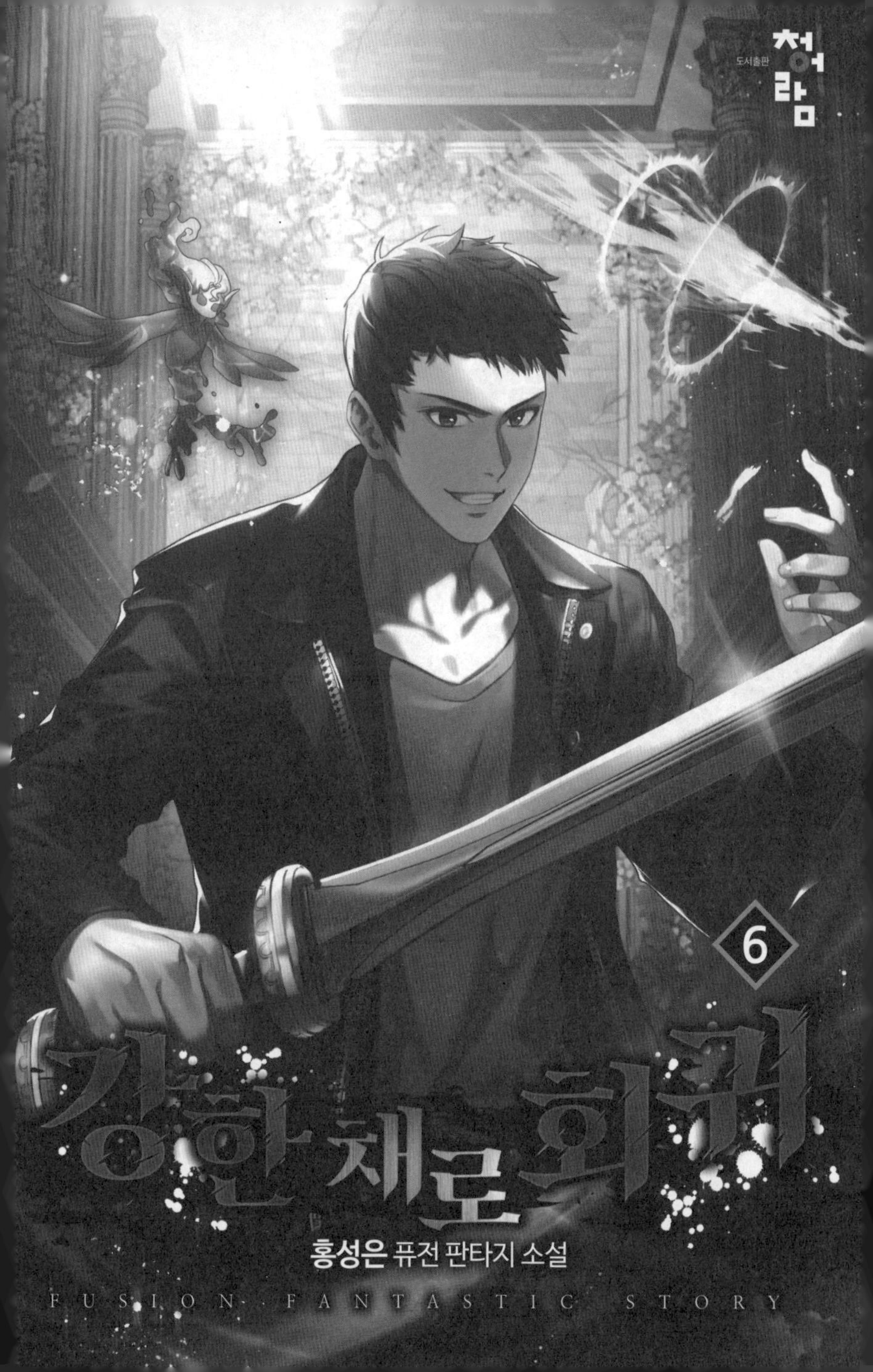
도서출판 청어람
6
강한 채로 회귀
홍성은 퓨전 판타지 소설
FUSION FANTASTIC STORY

강한 채로 회귀

목차

1장
—

반격 (2)

　트릭은 간단했다.

　[우주에서 온 색채]는 운석군을 공간 이동으로 여기까지 옮겨서 던져 대고 있었다.

　굳이 이런 복잡하고 비효율적인 방법을 사용한 이유는 아마도 나 때문이겠지.

　정확히는 지구가, 지구의 모험가들이 복수를 위해 [색채]의 본거지를 찾으려 드는 것을 알고 있기 때문일 것이다.

　뭐, 모험가들끼리 무려 성좌인 [색채]를 해할 가능성은 없다시피 하니, 따지고 보면 나 때문인 게 맞긴 하다.

　그거야 뭐 아무튼.

　이걸로 적의 본거지 위치를 파악했다.

　[색채]는 제 딴에 자기 은신처를 잘 숨겼다고 안심하고 있을 테

니, 지금 당장 쳐들어가면 그게 곧 기습이 되리라.

막 운석군을 던진 데다 무려 분신체 하나를 소모하기도 했으니 약해져 있기도 할 테고 말이다.

아니, 이런 이성적인 판단이야 아무래도 좋다.

나는 지금 당장 놈에게 한 방 먹이고 싶다.

그러므로 나는 지금 당장 쳐들어가기로 마음먹었다.

하지만 그 전에 할 일이 있지.

"초환!"

나는 초환권을 사용해 아홉 성좌를 불러냈다.

왜 미리 부르냐고?

[색채]는 이미 내가 다른 성좌들을 초환할 수도 있음을 알고 있다.

그러니 분신체에게도 초환을 막는 능력을 부여해서 보냈지 않았겠는가?

분신체에게 그런 능력을 부여할 수 있다면, 본체도 같은 능력을 갖고 있으리라고 추측할 수 있다.

그렇다면 초환이 막히기 전에 미리 불러 놓으면 되잖아?

그래서 미리 불렀다.

[피투성이 피바라기가 잘했다고 말합니다.]

내 설명을 들은 [피바라기] 성좌가 나를 칭찬했다.

오자마자 여긴 어디냐고 아무것도 없지 않느냐고 왜 자길 이런데 부르냐고 성질부린 건 잊어 주도록 하자.

[끌어내려져 존경받는 왕이 그럼 가 보자고 합니다.]

내가 하고 싶은 말이 그거였다.

갑시다!

    *   *   *

그래서 우리는 다 함께 공간 이동을 감행했다.

했더니, 아무것도 없었다.

[아름다운 로맨스가 이 공간 이동 좌표도 함정일 수 있으니 약간 변경했다고 합니다.]

이런 이유였다.

이미 한 번 함정에 빠진 적도 있는 터라, 내게는 적절한 조치로 여겨졌다.

[끌어내려져 존경받는 왕이 아름다운 로맨스를 치하합니다.]

나만 그렇게 생각한 것도 아니고 말이다.

그래서 우리는 원래 공간 이동의 좌표로 설정되어 있던 좌표로 직접 움직였다.

다들 작은 인형 크기가 되어, 내 아바타의 [하이파.파워 아머]에 탑승한 채 움직이고 있었다.

이게 가장 효율적인 방식이라나.

그렇게 작아진 모습을 보아하니 의외로 [고대 드워프 광부]가 가장 귀여웠다.

[아름다운 로맨스]는 머리가 너무 커져서 비율이 좀 애매해진 감이 있고, [고대 엘프 사냥꾼]은 뭘 치렁치렁 걸쳐 놔서 별로였달까.

그렇다고 귀엽지 않은 건 아니니, 이 모습을 상품화시켜도 될 것 같다.

물론 귀엽기만 하고 쓸모는 없는 걸 모으면서 즐거워할 만한 여유를 되찾은 후의 일이 되겠지만.

그거야 뭐 여하튼.

우주 사양의 [하이퍼 파워 아머]는 빠른 속도로 우주를 누볐다.

"도착했습니다."

나는 아바타 상태였기 때문에 육성으로 말했다.

우주에서 목소리는 잘 들리지 않지만, 어차피 다들 내 아머에 붙어 있는지라 의사소통에는 별문제가 없었다.

"저기로군."

[끌어내려져 존경받는 왕]이 내 말에 답했다.

작아져서 육성으로 말해도 된다나?

목소리는 처음 듣는데, 작아진 상태라 그런지 귀엽게만 들렸다.

하긴 몸 크기만큼이나 성대도 작고 얇을 테니 하이 톤의 목소리가 나오는 건 어쩔 수 없겠지.

좌우지간 왕의 위엄이라고는 눈곱만큼도 느낄 여지가 없었다.

"끔찍한 광경이야."

[왕]의 말대로 그 좌표에는 끔찍한 것이 있었다.

기괴한 색채로 물든 거대한 행성 위를 징그러운 촉수들이 뒤덮고 있었는데, 촉수들이 꿈틀댈 때마다 형광 분진이 뿜어져 나오고 있었다.

[우주에서 온 색채]만이 아니라 [위대한 잠보]에 '놈'까지.

미궁 바깥의 존재 셋이 만수산 드렁칡처럼 엉겨 붙어 있는 꼴을 보니 구역질이 날 것 같다.

"역시 미궁을 점령하고 있던 것들은 분신체였던 모양이군."

[왕]이 말했다.

"후퇴하지. 지금의 전력으로 저 세 놈을 치는 건 무리야."

실로 냉철하기 짝이 없는 판단이었다.

한없이 정답에 가까운 선택이기도 하고.

그러나 이상하게 납득이 안 가는 건 왜일까?

왜긴 왜야, 내 복수심 때문이지.

누가 보더라도 후퇴하는 게 맞건만, 지금은 감정이 이성을 밟아 죽이려 들고 있었다.

여기서 들이박고 죽으면 누가 가장 기뻐할까?

당연히 저 미궁 바깥 놈들이겠지.

내 시체를 빨아먹은 다음엔 지구의 동포들을 빨아먹을 것이고 나아가 미궁 내부까지 침략해 30층대의 세계도 빨아먹을 것이다.

아주 좋겠지.

살판날 거다.

이 사실을 아주 잘 알고 있음에도 불구하고 나는 좀처럼 현명한 결정을 내릴 수 없었다.

"폐하. 제게 책략이 있습니다."

그렇게 내가 망설이고 있을 때, 소형화되었음에도 여전히 날개와 눈깔로 뒤덮인 모습의 [세 번 위대한 이]가 말했다.

"무언가?"

"지난 싸움을 기억하고 계십니까?"

"어느 싸움을 말하는 건가?"

"여기 있는 제 사위가 능력을 써서 저희 모두를 지원한 싸움 말입니다."

49층에서의 전투를 가리키는 말이었다.

전황은 위험했지만, 내가 [시산혈해]를 써서 어떻게든 승리를 거둔 전투이기도 했다.

"이제껏 저희는 성좌를 상대로 능력을 쓰길 꺼려 왔죠. 이유는 다들 아시겠습니다만……."

그때 성좌들에게 능력 쓰느라 죽을 뻔했던 것도 잘 기억하고 있다.

성좌를 대상으로 능력을 썼을 때, 성좌의 힘이 그렇게 잔뜩 빨려 나갈지 몰랐던 탓이다.

"하지만 그 결과가 어땠습니까? 저희는 전멸할 뻔했던 위기를 벗어났을 뿐만 아니라 승리를 거두기까지 했습니다."

"하고 싶은 말이 뭐야?"

이렇게 되물은 것은 [피투성이 피바라기]였다.

소형화된 모습은 [고대 드워프 광부]에 이어 두 번째로 귀여웠지만, 반쯤 마른 피가 끈적하게 묻어나는 게 별로였다.

하필 취한 외견이 김민수라는 점도 마이너스였고.

장인어른께서는 [피투성이 피바라기]에게 시선을 주지 않은 채, 그저 [끌어내려져 존경받는 왕]에게만 시선을 돌렸다.

"알겠다."

그러자 [왕] 성좌가 대답했다.

"우리끼리도 능력을 아끼지 않으면, 그때보다도 더 강력한 시너지를 낼 수 있다는 뜻이로군."

"정녕 그러합니다."

대화에서 소외된 [피바라기] 성좌의 심기가 불편하지 않을까 싶어서 슬쩍 엿봤더니, 입 모양으로만 '아하' 같은 탄성을 내고 있었다.

아니. 이건 안 낸 건가.

"그럼 묻겠네. 그리하면 우리 열 명이서 저 셋을 이길 수 있겠는가?"

"부족하지요."

"그렇다면……"

"하지만 열하나면 어떻습니까?"

"열하나?"

멍하니 오가는 이야기를 듣고 있던 나는 깜짝 놀라 눈을 깜박였다.

"예. 제 딸아이를 불러오면 되지 않겠습니까?"

*　　　*　　　*

복수냐, 내 마누라냐.

그것이 문제로다?

아니었다.

애초에 결정권은 내게 있지도 않았으니까.

"사위, 내 딸아이를 불러오게."

장인어른이 이렇게 말씀하고 계신 데다……

[행운의 여신이 자신을 부르라고 합니다.]

티케도 같은 뜻이었기 때문이다.

물론 듣고 있었던 건 기억의 동기화가 완료되지 않은 분신이지만, 그렇다고 티케 본인이 아닌 건 아니다.

티케 본인이 이 자리에 있더라도 같은 결정을 내렸을 것이라는 의미다.

평소 같으면 절대 친척 어른들 앞에 모습을 드러내지 않을 마누라인데, 어디서 그런 결단력이 갑자기 튀어나온 건지 모르겠다.

아니… 나 때문인가. 내가 여기서 복수에 몸을 살라 버리고 혼자 남겨지느니, 본인도 이 싸움에 뛰어들겠다는 생각일 수도 있겠다.

입장을 바꿔서 생각해 보니 이해가 빨라지는군.

"알겠습니다, 장인어른."

그래서 나는 고개를 끄덕였다.

＊ ＊ ＊

티케를 초환했다.

아주 귀여웠다.

아니, 내 마누라라서 그런 게 아니라 진짜 귀여웠다니까?

초환되어 오자마자 다른 성좌들 모습을 확인하더니, 자기도 미니화된 것까지는 그렇다 치자.

이 모습 자체도 귀여웠지만, 그보다는 다른 성좌들 시선에서 벗어나기 위해 내 등 뒤에 서둘러 대피하는 모습이 매우 귀여웠다.

자기가 오겠다고 당당하게 선언한 것치고는 너무 소극적인 게 아닐까 하는 생각도 들긴 했지만, 귀여우니까 상관없지 않을까?

"…제 딸입니다."

하지만 이건 내 주접일 뿐인 건지, 장인어른께서는 좀 부끄러움 섞인 목소리로 소개했다.

장인어른의 이런 태도도 희귀했지만, 내 정신은 티케를 향했다.

"알고 계시겠지만, 행운의 여신이죠. 함께 있는 것만으로 운이 좋을 겁니다."

그렇게 대충 소개하셔도 괜찮은 겁니까?

"운, 중요하지. 잘했네."

그러나 장인어른의 소개에 [끌어내려져 존경받는 왕] 성좌는 진지한 말투로 대답하며 고개를 끄덕였다.

"좀 부끄러움을 타는 듯한데……."

"남의 여자를 평가하려고 하지 말지?"

[피투성이 피바라기] 성좌와 [아름다운 로맨스] 성좌의 목소리도 들렸지만, 나는 못 들은 척했다.

티케는 못 들은 척을 못 하고 얼굴이 새빨개져 있었지만, 그게 또 귀여웠다.

귀여워라! 내 호주머니에 넣어도 될까?

비록 [하이퍼 파워 아머]에는 호주머니 같은 게 달려 있지 않았지만, 그냥 그런 심정이라는 뜻이다.

그건 그렇다 치지만 역시 나랑 둘만 있을 때랑 이렇게 다른 사람들 앞에 함께 있을 때랑 보이는 모습이 너무 다르다.

이런 모습을 보는 건 또 처음이라서 매우 신선하다.

보고 있노라니 신혼 때 느꼈던 그런 느낌이 다시 들었다.

지금 잠깐, 한 달 정도만 지구에 다녀와도 될까?

잠깐 그런 충동을 느낄 정도였다.

그러나 개인적인 욕망을 투사하기엔 시간, 장소, 상황이 전부 안 좋다.

"그럼 다 모였으니 이제부터 전술을 짜 보도록 하지."

전술이라고 해 봐야 별것 없긴 하다.

어떤 능력을 어떤 타이밍에 써서 가장 시너지를 크게 끌어내느냐가 관건이니. 하지만 모든 성좌가 평등하게 힘을 쓰면서 효율과 전투력을 동시에 만족시키는 전술을 짜내는 것은 시간을 많이 잡아먹는 행위였다.

주로 말싸움으로.

결국 서로가 조금씩 양보해서 내가 조금 손해 보는 전술이 완성됐다.

대신 손해 보는 부분에 대해서는 보상을 받았다.

보상 점수 10점.

미궁 36층 때나 쓰던 개념이 다시 튀어나오는 게 당황스럽긴 했지만, 아무튼 익숙하다 보니 꽤 깔끔하게 정리됐다.

"다들 준비됐나? 그럼 가자고."

[끌어내려져 존경받는 왕] 성좌의 말에 따라, 나는 즉각 반응했다.

"출격합니다."

[하이퍼 파워 아머]의 부스터가 작동하며, 나는 곧장 적진에 돌격했다.

저 기분 나쁜 달에 비하자면 인간 하나 정도는 먼지처럼 보일 크기라서 그런 건지, 적들은 아직 나의, 우리의 접근을 눈치채지 못한 듯했다.

"작전대로군. 그럼 시작하지. [태생부터 강한 자]."

"우오오오오!!"

[끌어내려져 존경받는 왕]의 지시에 가장 먼저 따른 것은 [태생부터 강한 자]였다.

[대폭주]

다른 사람… 아니, 다른 성좌로부터 능력을 부여받는 건 처음이라 신기한 기분이다.

그것도 항상 쓰고 다니던 [대폭주]다 보니 익숙하면서 동시에 낯선, 그런 느낌이다.

"아주 좋아. 다음."

"다른 성좌한테 써 보는 건 처음인데……."

[피투성이 피바라기]가 투덜거리며 능력을 발동시켰다.

[시산혈해]

이번 능력은 나만 익숙한 게 아니라, 다른 성좌에게도 익숙할 능력이었다.

"으윽… 이거 생각보다……."

[피투성이 피바라기]가 불평하려다, 얕보일까 그런 건지 다시 입을 꾹 다물었다.

"그럼 이제 제 차례로군요."

[말과 돌고래 애호가]가 나섰다.

[전군 돌격]

처음 보는 능력이다.

미궁의 시스템에 연결되어 있는 상태가 아니라 자세한 수치는 열람할 수 없지만, 듣기로는 능력의 효과는 아군의 돌격 능력 대폭 강화라고 한다.

이런 걸 받았다면 할 일은 하나밖에 없지.

"돌격합니다!"

"좋아, 간다! 지금이다!"

[끌어내려져 존경받는 왕]께서 나서셨다.

[벼락 강림]

이걸 다른 성좌한테도 걸 수 있다는 건 여기서 처음 알았다.

하긴 갓 성좌가 되었을 때 티케한테 좀 더 자유롭게 능력을 쓰라는 말을 들었었지.

이 또한 말하자면 응용이리라.

열하나의 성좌가 벼락이 되어 더러운 행성으로 강림했다.

물론 다들 타이밍을 맞춰 본래 모습으로 돌아오면서.

쫘르릉!

더러운 행성의 표면을 뒤덮고 있던 촉수와 분진, 그리고 색채가 삽시간에 흩어졌다.

성좌가 직접 써 준 오리지널 [대폭주]에 [시산혈해], [전군 돌격], 그리고 [벼락 강림]이 합쳐지자 이 정도의 위력이 나올 줄이야.

콰득, 콰드득!

벼락은 더러운 행성의 표면을 싹 다 태워 버렸을 뿐만 아니라 행성 내부까지 균열을 내는 데에 성공했다.

그런데 그 균열을 낸 쐐기가 열한 개나 되다 보니 이리저리 갈라져 박리되기까지 했다.

[세 번 위대한 이]가 [신비한 세계]를 펼칩니다.]

그렇게 쪼개진 행성에 [세 번 위대한 이]가 직접 펼친 [신비한 세계]가 펼쳐졌다.

내 힘으로는 꿈조차 못 꿀, 행성 전체를 뒤덮는 놀라운 범위!

이렇게 되어 버린 이상, 내가 할 일은 하나밖에 없었다.

"[내가 빔이다.]"

나는 굳이 육성으로 말했다.

성좌의 힘이 함께 흘러나갔지만, 괜찮다.

[빔 인간]

어차피 쓸 힘이니.

드드드드득!

[신비] 그 자체가 된 나는 행성 내핵을 향해 파고들기 시작했다.

*　　　*　　　*

[신비한 세계]가 끝날 때까지, 나는 이 능력을 거둘 생각이 없었다.

사람 모양의 정(丁).

이것이 이번 임무에 내게 부여된 역할이었으니까.

그리고 내 뒤를 쫓아 들어온 [고대 엘프 사냥군], [고대 드워프 광부], [위대한 오크 투사]가 각자의 능력으로 행성 내부를 마구 헤집어 대었다.

우리가 이렇게 공격을 감행하는 동안 적도 가만히 있지는 않았다.

[위대한 잠보]는 분진을 마구 흩뿌려 대었으나, [신비한 세계]로 뒤덮인 공간에 뿌려지자마자 타들어 가기 바빴다.

[우주에서 온 색채]도 [색채]를 내밀어 색을 빼앗으려 시도했지만, 똑같이 오히려 정화되기 일쑤였다.

그나마 가장 활약한 것이 '놈'이었다.

'놈'의 촉수는 [신비]의 힘을 맞고 오그라지면서도 내 앞을 가로막아, 내가 완전히 행성을 뚫고 나가지는 못하도록 시도하고 있었으니.

그래서 나는 내핵까지는 뚫지 못하고 궤도를 바꿔 빠져나갈 수밖에 없었다.

그럼에도 행성에서 커다란 한 덩이 살을 떼어 내는 것에는 성공했지만 말이다.

[세 번 위대한 이가 물러나라고 외칩니다.]

[신비한 세계]의 지속 시간이 끝나는 모양인지, 정해진 신호가 날아들었다.

나는 급하게 틀어 행성 바깥으로 빠져나왔고, 따라 들어온 다른 성좌들도 파괴 행위를 멈추고 함께 나왔다.

원래 작전대로였다면 깔끔하게 행성을 두 쪽 내야 했으나, '놈'의 분전 탓에 큰 조각 하나, 작은 조각 하나로 나뉘게 되었다.

완벽한 성공은 아니었으나, 이것만으로 적에게 큰 손실을 입힌 것만은 사실이었다.

그러나 이대로 만족할 수는 없었다.

[신비한 화살]

[고대 엘프 사냥꾼]이 [활과 화살]을 들었다.

[신비한 화살]의 연사가 너무 빨라서 아예 끊이지 않고 나가는 탓에 빔처럼 보일 지경이었다.

아니, 저거 빔 맞지 않나?

어차피 [신비]로 빚어진 화살인데, 입자로 쏘나 화살로 쏘나 그게 그거 아닌가?

화살의 끈질긴 연사로 행성의 작은 조각을 반으로 쪼개는 걸 보고 있노라니 아무래도 내 생각이 맞는 것 같았다.

그동안 [고대 드워프 광부]는 무엇을 하고 있었느냐면······.

[욕망 구현]

[마력탄 레일건]

30층대 세계의 40층 시점 과학 기술이 발전한 덕인지 멸망 전 지구 문명 기준으로도 대단히 미래적인 무기가 나왔다.

쾅! 쾅!

그런데 그 탄자가 마력탄이라 그런지, 행성의 큰 덩어리에 적중하고 나서 폭발하기 바빴다.

비록 큰 덩어리를 쪼개 놓진 못했지만, 이미 내놓은 균열에 파고들어 피해를 늘리는 중이었다.

그리고 [위대한 오크 투사]는··· 대기 중이었다.

이런 포격전 국면에서 투사가 달리 할 수 있는 건 없어 보였다.

섣불리 도끼 휘두르러 들어갔다간 아군 포격에 맞아 죽을 판이니 뭐 어쩌겠는가.

참고로 우리 티케도 여태껏 아무것도 안 하고 있었지만 귀여우니까 괜찮다.

애초에 운 좋으라고 데려다 놓은 거니만큼 운이 필요할 때나 나서면 그만일 것이다.

나를 비롯해 힘을 쏟아 낸 다른 성좌들은 상황을 주시하고 있었다.

이대로 끝날 리가 없었으니, 당연한 결정이었다.

아나나 다를까, 포격을 맞고 있던 더러운 행성은 마치 쓸모를 다한 영수증처럼 구겨지더니 찰흙 인형처럼 새로운 형태를 빚어 냈다.

[끌어내려져 존경받는 왕이 포격을 멈추고 뒤로 물러나라고 합니다.]

이럴 줄 알고 있지는 못했으나 예상은 했던 만큼 이 또한 작전 계획에 이미 포함되어 있었다.

계획대로 엘프와 드워프 부부는 곧장 뒤로 빠졌다.

그리고 대신 나와 [투사가 전면에 나섰다.

[행운의 여신이 조심하라고 속삭입니다.]

[위대한 오크 투사가 고맙다고 합니다.]

아니, 티케는 나한테 속삭인 걸 텐데.

아나나 다를까, 티케가 조그맣게 쪼그라들었다.

[투사도 이제야 눈치를 챈 건지 얼굴이 벌개졌다.

나는 아무 말도 안 했다.

그러는 게 도와주는 것 같아서였다.

어쨌든 더러운 행성은 지구상의 그 어떤 생물과도 닮지 않은 기이한 형태의 괴물이 되었다.

마치 칫솔처럼 기다란 동체에 칫솔모처럼 빼곡히 털이 나 있는 데, 그 털이 사실은 촉수고 끊임없이 분진을 날리며 색깔도 계속 변화하고 있었다.

원래부터 거대한 행성이 변해서 만들어진 괴물인 만큼 변형 후도 거대했으나, 한 가지 확실한 게 있었다.

[아름다운 로맨스가 행성 때보다는 작다고 합니다.]

보기만 해도 위압을 느끼게 만드는 크기임은 분명했으나, 우리의 공격에 살점을 많이 잃은 만큼 재구축한 육신은 더 작을 수밖에 없었다.

그래, 첫 기습 공격으로 충분한 타격을 주었다.

그러니까 2페이즈가 된 거겠지.

[위대한 오크 투사가 노호성을 지릅니다.]

[아름다운 로맨스]의 지적에 용기백배한 듯, [투사] 성좌가 앞으로 나섰다.

그러자 적도 움직였다.

뭔가 어디서 무언가를 분사해 추진력을 얻는다거나, 아니면 꿈틀거리며 이쪽으로 기어온다거나 하는 상식적인 움직임을 보인건 아니었다.

누가 칫솔을 잡고 휘두르기라도 한 듯 칫솔 머리 부분만 채찍처럼 후려쳐진 것이 바로 그 움직임이었다.

그리고 그 채찍의 끝이 [투사] 성좌의 하반신을 가져갔다.

가져갔다는 건 조금 이상한 표현으로 들릴지 모른다.

하지만 정신 차리고 보니 [투사] 성좌의 배꼽 아래가 어디로 가버리고 없었다는 현상을 '가져갔다' 외의 어떤 어휘를 사용해 표현할 것인가?

"끄어어어억!"

그 일격이 어찌나 고통스러웠는지, [투사] 성좌가 육성으로 비명을 질렀다.

그러나 다음 순간, 사라졌던 [투사] 성좌의 하반신이 다시 나타났다.

[투사] 성좌 성검인 [뼈]의 힘을 쓴 거겠지.

나도 자주 쓰던 거라 바로 알 수 있었다.

비록 성검의 능력을 쓰느라 힘이 많이 빠져나가긴 했으나, 아직까지 걸려 있던 [시산혈해]의 효과 덕에, [투사] 성좌의 전투력은 두 배 이상 치솟았다.

[위대한 오크 투사가 노호성을 지릅니다.]

[투사] 성좌는 놀라운 투지를 보이며 다시금 앞으로 나섰다.

방금 입었던 큰 상처와 그로 인한 고통은 아예 잊어버린 듯했다.

그러자 대괴수는 조금 전과 똑같은 공격을 감행했다.

카아앙!

그러나 이번에는 결과가 달랐다.

대괴수의 공격은 [투사] 성좌가 꺼내 든 [위대한 오크 투사의 대퇴부 뼈]에 막혔다.

저게 [투사] 성좌의 성검이긴 한데, 잘 생각해 보니 자기 뼈를 뜯어다 들고 있는 셈이잖아?

그래서 그런지 상당히 능숙하게 다뤘다.

강맹한 공격을 막았음에도 [뼈]는 부러지지도 않았고 실금조차 가지 않았다.

[투사] 성좌의 성공적인 방어로, 이번에는 이쪽에서 반격을 행할 수 있게 됐다.

[피투성이 피바라기의 전쟁검★★★]을 [장비 거대화] 능력을 통해 성좌 상태로 쓰기 좋은 크기로까지 거대화시킨 내가 끼어들어 순식간에 17번 휘둘러 댔다.

채채채채챙!

내 공격으로 대괴수의 촉수 17개가 잘려 나갔다.

동체를 베어 낼 셈이었는데, 놈이 촉수로 막아 낸 탓이었다.

게다가 곧장 반격까지 날아왔다. [투사] 성좌의 하반신을 날려 버렸던 바로 그 공격이었다.

[위대한 오크 투사가 노호성을 지릅니다!]

카아앙!

그러나 [투사] 성좌가 끼어들어 그 반격을 막아 내 주었다.

[지구의 챔피언이 고맙다고 외칩니다.]

[위대한 오크 투사가 빨리하라고 외칩니다.]

나는 재빨리 칼을 들어 이미 촉수가 날아간 부위를 강하게 찔렀다.

방어할 촉수가 다 날아간 탓에, 칼날은 대괴수의 피부를 뚫고 손바닥 한 뼘만큼 푹 박혔다.

아무리 내 성좌 모습 기준이라지만, 대괴수 입장에서 볼 때는 그리 큰 상처가 아니었다.

[피투성이 피바라기가 잘했다고 외칩니다!]

[시산혈해]를 다른 성좌들에게 걸어 주느라 힘이 빠졌는지 기운이 없어 보이던 [피투성이 피바라기]가 갑자기 외치며 끼어들었다.

[혈투사혈시]

[혈투창]

[혈투창]

[혈투창]

그리고 갑자기 [혈투창]을 마구 쏴 대기 시작했다.

그렇게 난사하는 [혈투창]이 전부 다 내가 낸 상처 안으로 빨려 들어가는 것도 놀라웠지만, 더욱 놀라운 것은 [혈투창]이 보이는 화력이었다.

쾅! 쾅! 쾅! 쾅!

아니, 화력이라기보다 혈력(血力)이라고 해야 하려나?

대괴수의 체내에서 피의 폭발이 일어나며 그 겉가죽이 불룩해지더니, 네 번째의 폭발을 버티지 못하고 찢어져 우주 공간에 피 분수를 흩뿌려 댔다.

비록 대괴수의 혈액보다는 피 폭발로 초래된 붉은 피가 더 많긴 했으나, 적에게 충분히 타격을 준 것은 사실이었다.

[피투성이 피바라기가 공을 세웠다고 외칩니다!]

왜 갑자기 나서나 했더니 그런 이유였어?

어떤 의미에서는 전쟁을 관장하는 성좌답긴 한데… 뭐, 내 힘 안 썼으니 좋은 거지.

어쨌든 놈을 죽이기만 하면 된다.

그것만이 중요하다.

[행운의 여신이 조심하라고 외칩니다!]

내가 그런 생각을 하며 [전쟁검★★★]을 고쳐 쥐고 있으려니, 티케의 경고가 들렸다.

자세히 잘 보니 [피투성이 피바라기]를 향해 수천 개의 촉수가 날아들고 있었다.

나는 [하이퍼 파워 아머]의 부스터를 작동시켜 피했지만, 붉은 별 상태의 [피투성이 피바라기]는 제대로 피하지 못했다.

두드드득!

무려 수백 개의 촉수가 [피투성이 피바라기]에게 박혔고, 그렇게 꽂힌 채로 색이라도 빨아먹는 건지 붉은 별의 붉은 기가 약해지기 시작했다.

"하압!"

나는 육성으로 소릴 내며 [전쟁검★★★]을 들어 촉수들을 마구 잘라 냈다. 그러자 잘려 나간 촉수들이 발악이라도 하듯 형광색 분진을 마구 뿜다.

그때, [세 번 위대한 이]가 끼어들어 [신비]의 빛을 번쩍거렸다.

그 빛 때문인지 분진은 그 자리에서 타 버리고 잘린 촉수도 오그라들며 색을 잃었다.

쫘르릉!

저 반대편에서 [끌어내려져 존경받는 왕]이 번개가 되어 대괴수의 몸에 내리꽂히는 장면이 보였다.

그 뒤를 이어 [말과 돌고래 애호가]가 뛰어들고 있었다.

대괴수는 몸을 크게 회전시키며 촉수를 길게 뻗어 채찍처럼 후려치려 들었지만, [세 번 위대한 이]의 번쩍거림 앞에 제 위력을 발휘하진 못했다.

[세 번 위대한 이가 그거 준비하라고 말합니다.]

그거? 아, 그거!

[지구의 챔피언이 준비됐다고 선언합니다.]

내 선언을 듣자마자 [세 번 위대한 이]가 곧장 [신비한 세계]를 펼쳤다.

그 신비하게 반짝거리는 세계 안에서, 나는 조용히 중얼거렸다.

"[시간이여, 멈춰라.]"

[신비한 시간]이 발동했다.

[신비한 세계]의 안이니, 모든 행동에 요금이 들지 않는다.

요금이라는 말은 조금 이상한가?

뭐, 아무렴 어때.

나는 길어지려는 생각을 끊고 대괴수를 바라보았다.

역시 대괴수.

멈춘 시간 속에서도 당연하다는 듯 움직이고 있다.

그러나 나를 향해 촉수를 뻗는 속도가 예전만 못하다.

그냥 무시하고 능력을 발동해도 될 수준.

[비이이이임!!!] 세 발에 [빔 인간] 한 발.

[대폭주]는 따로 발동할 필요가 없었다.

지금도 [태생부터 강한 자] 성좌가 쪽쪽 빨려 가며 능력을 발휘하는 중이니까.

"[시간은 움직인다.]"

번쩍!

시간이 다시 움직이기 시작하자마자 막대한 [신비] 에너지가 폭발적으로 뻗어 나가며, 대괴수에게 작렬했다.

그 거대한 몸의 삼분지 일이 힘을 잃고 쪼그라들 정도니, 흡족하지 않을 리가 없었다.

그러나 그 흡족함도 길지는 않았다.

피해를 확인하자마자 대괴수가 쪼그라든 몸을 잘라 내 버리고 멀쩡한 부분만 모아 몸을 재구축해버리더라.

이건… 3페이즈인가.

하하, 이것 참 골치 아프군.

그러나 [세 번 위대한 이]는 이마저도 예상했고, 따라서 우리는 이것까지도 염두에 두고 택틱을 구상했다.

다시 말하면 우리도 아직 전력을 다 발휘한 게 아니라는 뜻이다.

거대한 위장의 형태로 변한 대괴수를 바라보며, 나는 속으로 선언했다.

[지구의 챔피언이 계획대로 죽여 주마, 라고 선언합니다.]

아니, 속으로 했다고!

[피투성이 피바라기가 마음에 든다고 합니다.]

[아름다운 로맨스가 나중에 잠깐 둘이서 이야기하자고 합니다.]

[피투성이 피바라기가 그게 무슨 소리냐고 합니다.]

그러고 있을 때냐고…….

[끌어내려져 존경받는 왕이 준비하라고 합니다.]

다행히 [왕] 성좌가 나선 덕에 두 성좌의 주접은 거기서 끝났다.

아무튼 성좌보다 아바타로 더 오래 지내다 보니, 성좌 상태의 몸과 마음을 다루는 데에 아직도 서툰 면이 있는 것 같다.

그거야 뭐 아무렴 어떠랴.

싸우기만 잘 싸우면 되지.

나는 애써 흑역사를 기억의 저편으로 날려 보내며, 작전 준비를 마쳤다.

＊　　　　＊　　　　＊

대괴수의 변이는 끝난 게 아니었다.

위장 형태로 변한 대괴수의 중앙 부분이 쩍 열렸다.

위장 안쪽의 융털처럼 생긴 촉수가 꾸물꾸물 움직이는 것이 매우 징그럽다.

그 촉수 주변에 형광색 분진과 색채 특유의 역겨운 색이 배어 나오는 게, 당하면 매우 건강에 좋지 않을 것 같다.

아니나 다를까, 융털이 쭈욱 늘어나 나를 노리고 날아들었다.

[위대한 오크 투사가 피하라고 외칩니다!]

내 앞에 뛰어들어 가로막은 [투사] 성좌가 대신 촉수에 휘감겼다.

내가 아니라도 상관없다고 외치기라도 하듯, 촉수는 확 쪼그라들며 [투사] 성좌를 위장 안으로 빨아들였다.

"으어어어어!"

[투사] 성좌가 놀라서 육성으로 비명을 질러 댔다.

이런 건 계획에 없었는데!

[아름다운 로맨스가 조금만 버티라고 합니다.]

곧 [투사] 성좌의 몸이 황금빛으로 빛나기 시작했다.

아, 저거 [세계에게 편애받는] 능력인가?

그렇다면 무적 상태가 됐을 테니 괜찮을 거다.

[아름다운 로맨스가 못생긴 놈한테 쓰기에는 효율이 너무 나쁘다고 투덜댑니다.]

…안 괜찮은가?

나는 재빨리 움직여 촉수를 잘라 내고 [투사] 성좌를 붙잡아 구해 냈다.

촉수에서 풀려나자마자 황금빛 광휘가 사라진 것을 보니 [아름다운 로맨스]가 재빨리 능력을 거둔 것 같았다.

대신 내게 무적이 걸렸다.

아니, 왜?

의아해한 것도 잠시.

촉수 두 개가 나를 휘감으려다 무적 효과 때문에 실패한 것이 보였다.

[아름다운 로맨스가 당신은 잘 생겨서 능력 효율이 좋다며 좋아합니다.]

[지구의 챔피언이 아름다운 로맨스에게 감사해합니다.]

[행운의 여신이 바람피우면 싫다고 합니다.]

고마워도 못 하니?

하긴 티케도 [아름다운 로맨스]의 로맨스가 그 로맨스라는 걸 알고 있을 테니, 저런 반응도 무리까진 아니리라.

[아름다운 로맨스가 흥겨워합니다.]

반응도 저렇고.

아무튼 대괴수는 아무라도 괜찮다는 듯 사방팔방으로 촉수를 뻗어 대고 있었다.

의외의 사태가 터진 것은 그다음 일이었다.

난무하는 촉수의 소나기를 피해 성좌들이 잠깐 물러난 틈을 타, 대괴수가 빠른 속도로 달아나기 시작하는 것이 그것이었다.

아니?!

"[듀얼!★]"

나는 반사적으로 도망 방지 능력을 발동해 봤지만, 아무 일도 일어나지 않았다.

그도 그럴 것이, [듀얼!]은 1:1 상황에서만 걸리는 능력이다.

우리 쪽이 열하나에 상대도 성좌 셋이 붙었는데 [듀얼!]이 걸릴 리 만무했다.

[행운의 여신이 성좌답게 힘을 쓰라고 조언합니다.]

아, 그랬지.

성좌가 된 이상, 기존의 틀에 맞춰 능력을 사용할 필요가 없다.

힘을 조금 더 쓰더라도 내 맘대로 변형해서 발동하는 게 가능하다는 뜻이다.

1:1 조건을 빼고, 다른 보너스는 다 지우고, 오로지 도망 방지에만 초점을 맞춰서…….

[듀얼!]

1:1이라는 조건이 꽤 만족시키기 조건이니만큼 보너스는 다 뺐음에도 불구하고 힘을 많이 써야 했다.

아니, 그보다는 대상이 성좌라는 점이 더 크게 작용했겠지.

힘이 뭉텅이로 빠져나가 순간적으로 탈력감이 찾아왔지만, 언제나 그렇듯 다시 힘이 쭉 차올랐다.

우리 지구 모험가들, 내가 진짜 사랑한다.

성좌판 [듀얼!] 능력에 걸린 대괴수는 그럼에도 불구하고 조금씩 도망가고 있었다.

상대도 성좌인 데다 능력을 변형해 쓴 만큼 구속력이 떨어지는 모양이다.

그러나 도망 속도는 확연히 느려져, 다른 성좌들이 따라와 길을 막는 데에는 별 무리가 없었다.

[피투성이 피바라기가 잘했다고 외칩니다!]

[아름다운 로맨스가…….]

[피투성이 피바라기가 유부남한테 추파 그만 던지라고 외칩니다!]

[아름다운 로맨스가 그래서 로맨스가 아름다운 거 아니겠냐고

반문합니다.]

못 들은 걸로 하자.

슬쩍 티케 눈치를 보니, 티케도 못 들은 척을 잘하고 있었다.

아이고, 이 마누라야. 이럴 땐 화 좀 내도 되는데.

[끌어내려져 존경받는 왕이 놈을 끝장내라고 외칩니다!]

아, 그렇지. 싸워야지.

나는 지금도 필사적으로 도주를 꾀하고 있는 놈을 향해 돌진
했다.

죽어라!

[벼락 강림]

[대폭주]야 이미 걸려 있으니, 나는 거칠 것 없이 능력부터 사
용했다.

꽈릉!

나는 벼락이 되어 날아가, 발차기로 식도 쪽을 가격했다.

파직, 파직, 파직!

그런데 위장의 외벽을 타고 흐르는 벼락의 전류를 보며, 나는
함정에 빠졌음을 깨달았다.

이놈이 도망을 선택한 건 진짜로 도망가기 위해서가 아니었다.

나를 비롯한 성좌들이 피하기만 하니 붙잡기가 어려워서 도망
치는 척을 한 것뿐이다!

아니나 다를까, 식도 쪽이 쩍 벌어지며 촉수가 튀어나와 나를
집어삼키려 들었다.

[신비한 폭발]

쾅! 쾅!

나는 폭발을 일으켜 촉수들을 물리치며 뒤로 빠지려고 했다.

그러나 이번만큼은 촉수들은 쪼그라들지 않았다.

자세히 보니 촉수에 형광색 분진이 잔뜩 묻어 있고, [신비한 폭발]이 터질 때마다 분진이 조금씩 벗겨질 뿐 촉수에는 별 타격이 없는 것 같았다.

결국 촉수가 내 몸이 감겼다.

뭐 붙잡고 버틸 것도 없는 우주 공간. 나는 속절없이 위장 속으로 빨려 들어갔다.

[피투성이 피바라기가 버티라고 외칩니다!]

그때, 저 너머에서 [피바라기] 성좌가 보였다.

아니, 어떻게 버티라는 소리지?

하지만 못 버티면 죽는다.

죽을 수야 없는 것 아니겠는가?

나는 방법을 강구해 보기로 했다.

그러다 문득, 이런 생각이 났다.

성검이나 성배의 능력도 성좌의 힘으로 재현이 가능한데, [하이퍼 파워 아머]의 기능을 재현 못 할까?

나는 곧장 생각난 걸 직접 실행해 보았다.

그러자 생각한 대로 발밑에 스로틀이라도 달아 둔 것처럼 추진력이 발생했다.

됐다 싶어서 힘을 한껏 주니 과연 끌려가는 힘과 부스터의 파워가 상쇄됐다.

비록 여전히 끌려가고는 있으나, 그래도 이 정도면 버티고는 있는 셈이다.

부웅!

나는 팽팽하게 당겨진 촉수를 아주 오랜만에 써 보는 [빔! 으로 베는] 능력으로 절단했다.

투둑!

끈질기게 촉수 한 가닥만 조졌더니 버티지 못하고 끊어졌다.

그러자 당연히 끌려가는 힘도 약해졌다.

문제는 촉수 하나를 끊고 나자 저 위장 괴물 놈이 멀쩡한 촉수 세 개를 내게 뻗고 있다는 거였지만.

[지구의 챔피언이 혀를 찹니다.]

낭패다.

과연 버틸 수 있을까?

뭐, 해 보는 데까지는 해 봐야겠지.

나는 다시금 [빔! 으로 베는] 능력으로 또 하나의 촉수를 끊어 내려고 시도했다.

그러나 미처 다 끊기도 전에 세 개의 촉수가 내 발목을 휘감았다.

이걸로 끝인가?

하는 수 없지.

나는 아끼고 아꼈던 [세계에게 편애받는] 능력을 발동해 무적 상태로 촉수의 마수에서 벗어났다.

사전에 정해 뒀던 작전을 수행하려면 필요해서 아껴 뒀었는데 이걸 지금 쓰게 만들다니.

아까워 죽겠네, 진짜.

하지만 지금껏 했던 행동에 의미가 없었던 건 아니었다.

[피투성이 피바라기가 잘 버텼다고 외칩니다!]

내가 위장 괴물과 줄다리기를 하는 동안 다른 성좌들이 도착했기 때문이다.

나 하나라도 잡아먹고 힘을 회복하려던 계획이 망가져서 어쩌냐?

뭐, 별로 안타깝지는 않지만.

나는 낄낄 웃었다.

                    *   *   *

그다음에 일어난 일은 아주 익숙했다.

다수의 폭력.

일방적인 다구리.

이제는 숨 쉬는 것만큼이나 익숙해진 상황이었다.

아, 여긴 우주라 숨은 못 쉬지만 말이다.

성좌라서 상관없지만.

와하하하!

안 웃긴 농담에도 웃음이 나오는 건 드디어 아이들의 복수를 마치고 지구를 위협하는 적 세력을 뿌리 뽑아 완전한 안전을 담보 받기에 그런 걸 테지.

[피투성이 피바라기가 마무리 일격은 네게 양보하겠다고 말합니다.]

[아름다운 로맨스가 좋은 제안이라고 말합니다.]

[위대한 오크 투사가 지구의 챔피언은 명예를 얻기에 충분한 활약을 했다고 인정합니다.]

[끌어내려져 존경받는 왕은 가신들의 판단을 너그러이 인정합

니다.]

[피투성이 피바라기]가 뒤늦게 자신의 월권을 알아차린 듯 쪼그라드는 모습이 조금 우스웠으나 나는 웃지 않았다.

[피투성이 피바라기]와 달리 나는 눈치가 있기 때문이다.

[지구의 챔피언이 폐하의 뜻에 따라 부족하나마 최선을 다하겠다고 말합니다.]

나는 이래저래 엮인 게 많긴 하지만 그래도 미궁 초반부터 나를 지원해 준 성좌를 위해 이렇게 발언했다.

이렇게 [왕] 성좌의 배려가 감사하는 모습을 보이면 [피바라기] 성좌의 무례도 덮어질 테니까.

그러자 어이없게도 [피바라기] 성좌는 서운해하는 기색이었다.

역시 눈치가 없구나!

아무튼 나는 바로 시간을 멈추고 영역을 전개한 후 빔 세 발을 쏜 후 빔으로 변해 돌격했다.

[신비한 시간]

[신비한 세계]

[비이이이임!!!!]

[비이이이임!!!!]

[비이이이임!!!!]

[빔 인간]

능력으로 표현하자면 이렇게 되겠다.

지구의 모험가들 힘을 지나치게 꿔다 쓰는 게 아닐까 하는 생각이 들긴 하지만, 이것도 마지막일 텐데 이 정돈 괜찮겠지 하는 생각도 같이 들었다.

그래서… 질렀다.

번쩍! 빠지지직!!

어차피 다 죽어 가던 놈이라 그런지, 위장 괴물은 별 저항도 못 하고 순식간에 타들어 가기 시작했다.

거대한 위장 모습이었던 괴물은 타들어 감에 따라 작아졌고, 더 버티지 못한 듯 분리되었다.

거의 타 버려 색을 다 잃은 [우주에서 온 색채].

쪼그라든 잿더미처럼 보이는 [위대한 잠보]

그리고 '놈'.

'놈'이 보인 모습이 가장 특이했다.

모습이 무너지기 시작한 촉수 가운데 가장 멀쩡한 것을, 나와 한 번 마주한 적이 있는 인간과 비슷한 형태로 바꾼 것이 그것이었다.

"크크큭, 크큭……!"

사람 모습이 된 '놈'이 육성으로 웃기 시작했다.

죽을 때가 되니 정신이 나가 버린 건가?

"성공이다! 성공이야! 드디어 지구는 우리 것이 되었다! 옛 주인을 다시 찾았으니 모든 피조물이여! 노래하라! 노래하라! …크헉!"

결국 인간 형상이 된 촉수에마저 불이 붙어 재가 되고 나자, '놈'의 숨이 끊겨 무너져 내렸다.

그야말로 막대한 힘이 차오르는 것이 느껴졌다.

놈들의 죽음을 뜻하는 현상이다.

그러나 이 현상을 맛보고도 나는 제대로 기뻐할 수 없었다.

'놈'이 마지막에 남긴 말이 너무나도 불길했기 때문이다.

마지막 발악으로 내지른 악담일지도 모른다.

그럴 가능성이 더욱 크다.

그러나 만에 하나, 사실이라면?

그렇다면…….

[아름다운 로맨스가 비명을 지릅니다.]

가장 먼저 이상을 눈치챈 성좌는 [아름다운 로맨스]였다.

[고대 엘프 사냥꾼이 이건 아니라고 고개를 젓습니다.]

[고대 드워프 광부가 침통하게 고개를 떨굽니다.]

뭔데? 왜들 그러는데?

[말과 돌고래 애호가가 아이들에게서 오는 힘이 끊어졌다고 말합니다.]

[태생부터 강한 자가 말문을 잃습니다.]

나는 무슨 일이 일어났는지, 내 몸으로 알게 되었다.

힘의 근원이 끊어져 나갔다.

무한할 것처럼 뿜어져 나오던 힘의 원천이 완전히 침묵했다.

존재를 이루는 일부가 영원히 떨어져 나간 것만 같았다.

원인을 파악하기까지 오래 탐구할 것도 없었다.

답은 쉬이 떠올랐다.

아이들이, 지구의 아이들이 죽었다.

[피투성이 피바라기가 얼른 지구로 가 보자고 합니다.]

[끌어내려져 존경받는 왕이 그 판단을 윤허한다고 합니다.]

우리는 지구로 다시 향했다.

이미 답을 알고 있음에도, 직접 보기 전까지는 인정할 수 없으므로.

자랑스러웠어야 했던 개선 행렬은 마치 패배자들처럼 비통했다.

＊　　　　＊　　　　＊

지구는 조용했다.

사실 원래부터 지구는 그리 시끄러운 편이 아니긴 했다.

애초에 한 번 완전히 멸망하고 지표면이 싹 쓸려 나간 적도 있는 만큼, 소음이 있는 게 더 이상하다.

하지만 미궁 50층에 도달한 모험가들이 땅을 일구고, 곡식을 재배하고, 결혼하고, 아이를 키우며 조금씩이나마 소란이란 게 일기 시작했었다.

충분히 시간이 있었다면 우리는 번성했으리라.

문명을 다시 일으킬 만큼.

이제는 지나가 버린 꿈이 되고 말았다.

할 말을 잃은 채 지구의 지표면에 다다른 나는 미궁 또한 완전히 자취를 감췄음을 알아차렸다.

이 사실을 우리는 지구에 도착하기도 전에 이미 알고는 있었다.

[아름다운 로맨스]가 비명을 지른 이유가 무엇이겠는가?

[고대 엘프 사냥꾼]과 [고대 드워프 광부]가 그토록 비통해한 이유가 무엇이겠는가?

[말과 돌고래 애호가]의 증언과 [태생부터 강한 자]의 반응은 불길한 예견을 더욱 유력하게 만들었다.

그럼에도 불구하고 아바타 상태로 지표면을 딛었음에도 미궁의 시스템이 전혀 반응하지 않았다는 사실은 내게는 충격으로

다가왔다.

돌이켜 보면 미궁은 우리에게 가혹했고, 우리를 이용해 먹기 위해 소원을 이룰 수 있다는 암시를 걸기까지 했다.

그러나 지금, 50층에 도달한 모험가는 미궁으로부터 많은 것을 얻었다.

능력과 능력치, 그로 인해 미궁 바깥에서도 살아남을 정도의 질긴 생존 능력.

아이템, 식량, 그리고 식량 자원을 재배할 기술.

이것도 다 살아남았기에 할 수 있는 말일지도 모른다.

만약 죽었다면, 미궁에 의해 살해당했다면 그대로 끝나 버렸을 테니까.

그러니 살아남은 이들은 미궁에 어느 정도 빚을 지고 있다고 할 수 있겠다.

그래서 미궁이 끝장나 버린 게 속 시원한가?

그렇지 않다.

결코 그럴 수 없었다.

모험가들의 후손이라고까지 일컬을 수 있게 된 30층대의 세계 주민들을 생각해서도 그런 감정을 느낄 순 없었다.

그렇기에 이토록 큰 충격을 받은 것이리라.

"사위."

내가 말을 잃고 주저앉아 있을 때, 내 품속의 미니 [세 번 위대한 이]가 나에게 말을 걸었다.

"이러고 있을 때가 아니네."

그래, 이러고 있을 때가 아니긴 하다.

나는 애써 몸을 일으켰다.

그런데… 그럼 뭘 하지?

생존자라도 찾아봐야 하나?

"적이 숨어 있던 곳이 있을 게야. 그곳엔 흔적이 남아 있겠지. 그걸 찾아내야 하네."

그래, 복수.

복수해야지.

나는 마음속에 불씨가 살아나는 것을 느꼈다.

2장
—
re (1)

유지 비용을 아끼기 위해 아바타 상태로 돌아온 나는 지구 위를 탐색했다.

산이 가라앉고 바다가 마르기 전에는 남태평양이었던 곳에서 놈들이 숨어 있던 흔적을 발견했다.

"여기도 탐색은 했었건만……."

별 하나뿐인 [비밀 교환★]으로는 이 정도로 깊이 파고든 놈들의 은신처를 찾아내지 못한 듯했다.

그도 그럴 것이, 수백 km 단위로 파고 들어갔으니 몰랐을 수밖에 없었다.

지각은 당연히 뚫었고 멘틀까지 파고든 셈이다.

놈들은 이 구멍에 분신을 하나씩 숨겨 두었다가 우리, 그러니까 11명의 성좌가 본체를 죽이러 간 후에 꺼내 텅 빈 미궁을 집어삼킨 듯했다.

지구의 모든 영혼과 에너지를 빨아먹은 다음에는 분신이 죽은 본체 대신 새로운 본체가 되어 도망간 듯하고.

"이렇게까지 할 짓인가?"

아무리 분신이 남아 있다 한들 본체가 죽은 것은 매한가지다.

그런데 본체의 희생을 각오하고 지구를 빨아먹는 걸 우선시한 다고?

도저히 이해가 안 된다.

"놈들을 이성적으로 분석하려 들지 말게, 사위."

[세 번 위대한 이]가 말했다.

"놈들은 태생부터 미친놈들이고, 태초부터 이성이란 걸 가진 적이 없는 놈들이다."

누가 분신이고 본체인지는 애초부터 별로 중요하지도 않았고, 놈들에겐 그저 어떻게 해서든 지구를 먹는다는 목적밖에 남지 않은 것 같았다.

그리고 이제는 나도 그렇게 될 것 같았다.

"…이제 어떻게 합니까? 놈들을 찾아갑니까?"

손익을 가리지 않고 복수에 모든 것을 건다.

이것만이 남은 것 같았다.

"아니, 여기 위치를 잘 기억해 두게."

대체 왜 이런 걸 해야 하는지는 잘 이해가 가지 않았지만, 나는 [세 번 위대한 이]가 말하는 대로 놈들이 떠난 구멍의 위치 좌표를 따 두었다.

"했나? 그럼 됐군."

[세 번 위대한 이]는 만족스럽게 웃었다.

"그럼 이제 회귀하자고."

그 말은 너무 간단하게 나왔다.

"어… 예?"

"회귀 말일세. 한 번 해 본 적이 있지 않은가?"

해 본 적이 있긴 하다.

그러나 그것은 미궁이 초기화되는 과정에서 내가 상태 이상을 극복한 것뿐이다.

미궁마저 완전히 멸실된 지금, 회귀를 어떻게 한단 말인가?

"티케."

그때, [세 번 위대한 이]가 티케를 불렀다.

내 안주머니에 숨어 있던 티케가 주저주저하며 기어 나왔다.

"네가 나설 때가 왔다."

"예?"

되물은 것은 나였다.

"어르신, 그게 무슨 뜻입니까?"

"무슨 뜻이긴, 자네 정도로 눈치 빠른 사내라면 이미 눈치채지 않았겠는가?"

그건 너무 저를 높이 사는 것 같으신데요.

…라고 대답하기 전에, 나는 이미 답을 찾아냈다.

"…[운명 조작]."

나는 [행운] 200 능력을 떠올렸다.

왜 하필 지금?

"그렇다네."

그 답은 [세 번 위대한 이]가 알고 있었다.

[세 번 위대한 이]의 날개 위에 새겨진 무수한 눈이 마치 눈웃음치듯 길쭉해졌다.

"우리는 많은 실패를 겪었네."

그 말이 무슨 뜻인지, 나는 듣자마자 알았다.

티케는 [행운의 여신]이었음에도 성좌가 아닌 채로 내게 발견됐다.

그것도 성상은 훼손되고 부서진 채로, 신전이나 비밀 공간조차 아닌 미궁 1층 통로의 외딴곳에 그저 놓여있기만 할 뿐이었지.

본래 여신이었던 티케가 성좌 미만의 존재로 추락한 이유는 무엇일까?

티케가 '어른 성좌' 앞에 나서는 것을 그렇게 두려워했던 까닭은?

미궁 바깥 존재들의 본체와 싸울 때, 굳이 [세 번 위대한 이]가 굳이 티케를 불러 데려가도록 한 이유는?

나는 이제야 알았다.

이것이 티케가 그토록 지켜 왔던, 내가 지금에 이르기까지 [비밀 교환]으로 알아내려 들지 않았던 티케의 비밀이었음을.

"하지만 그 모든 것은 시행착오에 불과했지."

본래 실전에서 가장 먼저 구겨져 버려지는 게 작전 계획서라고 하는데, 어째서 전투 직전에 짠 작전 계획이 그렇게 원활하게 돌아갔는지.

그것은 시행착오를 겪었기 때문이다.

시행착오를 겪으며 몇 번이고 수정한 작전 계획이기에 그렇게 원활히 돌아갈 수 있었던 거였다.

그래, 몇 번이고.

"적의 본거지 위치를 알아냈다. 지구에 매복해 있던 놈들 분신의 위치도 간파했지. 얼마나 강한지, 약점은 있는지, 전술은 어떤 것인지, 전부 파악했다."

[세 번 위대한 이]는 자신만만하게 선언했다.

"다음 한 번, 이번이 마지막 회귀가 될걸세."

그 선언이 몇 번째의 선언인 건지, 나는 굳이 묻지 않았다.

"티케, 못난 아버지로서 네게 희생을 강요해 온 것을 미안하게 생각한다."

다른 성좌들 앞에 보인 것과는 달리, [세 번 위대한 이]는 고통스러운 표정을 지어 보이며 딸에게, 내 아내에게 말했다.

"하지만 불가피한 희생이야."

[세 번 위대한 이]는 이번에 우리가 잃은 것에 대해 설명했다.

이번의 오판으로 우리가 치른 대가는 그저 미궁을, 지구인들을 잃은 것에 그치지 않는다.

힘을 얻을 곳을 잃은 성좌들은 엔트로피가 쌓여 천천히, 고통스럽게 소멸할 것이고 우리에게는 절망 외의 미래가 남겨지지 않았음을 역설했다.

"알았어요. 알고 있어요, 아버지."

"그럼 티케, [운명 조작]을 사용해라. 우리의 운명을 되돌려라."

[세 번 위대한 이]는 그렇게 명령했다.

티케는 앞으로 나섰다.

바로 능력을 쓸 참인 것 같았다.

"잠깐."

나는 머리로 생각하지 않았다.

정신을 차리고 보니 이미 나서고 있었다.

"[운명 조작]은 저도 사용할 수 있습니다."

"안 돼!"

처음에는 누구 목소리인 줄 몰랐다.

티케가 이렇게 큰 목소리를 낼 거라고는 생각하지 못한 탓이었다.

"안 돼, 하지 마. 나서지 마. 내가 할 거야. 내가 하면 되잖아."

기겁한 목소리를 낸 티케는 곧 내게 애걸까지 하기 시작했다.

그런 녀석의 모습을 본 나는 어이가 없어졌다.

"…네가 그렇게 나오면 내가 안 하려고 하겠니?"

[운명 조작]으로 회귀를 했을 때 어떤 문제점이 생기는지 모르지만, 티케가 이렇게 기겁하고 말릴 정도면 적지 않은 부담을 져야 하는가 보다.

그런 부담을 마누라에게 떠넘기고 모르는 척할 정도로 경우 없지는 않았다.

"미안하네만 사위, 그것은 허락할 수 없네."

그런데 여기에서 [세 번 위대한 이]가 끼어들었다.

"티케의 쓸모는 실질적으로 [운명 조작]뿐이지만, 자네의 쓸모는 무궁무진하지. 우리는 자네를 잃을 수 없네."

"…[운명 조작] 쓴다고 죽는 건 아니잖습니까?"

목소리가 곱게 나가지 않았다.

칭찬해 준 것에 기뻐하기보다는 마누라가 무시당한 것에 대한 분노가 약간은 더 큰 탓이리라.

"대신 성좌가 아니게 될 걸세."

역시 내가 생각한 대로인 모양이다.

가지고 있는 힘 이상으로 [운명 조작]을 쓰게 되면 성좌의 격을 잃어버리게 되는가 보지.

"고작 시간을 되감는 것에 그렇게 많은 희생을 치러야 한다는 겁니까?"

"완전히 다르네! [운명 조작]은 단순한 시간 되감기가 아니야."

[세 번 위대한 이]는 내게 조곤조곤 설명했다.

"그저 시간만 되감는 거라면 나라도 할 수 있네. 하지만 그렇게 시간을 되감아 봤자 모든 것은 이미 관측된 대로 귀결될 뿐일세."

인간의 표현을 빌리자면 '정해진 운명에 따라' 다시 모든 것이 재현될 뿐이라고 [세 번 위대한 이]가 풀어서 설명했다.

설명을 듣던 나는 이상한 점을 발견했다.

"하지만 저는 회귀로 많은 것이 바뀌었는데 말입니다만."

미궁 7층에서 홀로 안온하게 살아가던 노인이었던 내가 회귀 후에는 성좌가 되어 있으니, 바뀌어도 너무 많은 것이 바뀌었다.

그러나 [세 번 위대한 이]는 어린아이를 가르치듯 내게 말했다.

"미궁의 초기화는 미궁 내부의 초기화에 지나지 않아. 미궁 바깥의 시간은 그대로 흐르고 있었다네."

"아······."

미궁 36층 시점에서 처음으로 미궁 바깥에 나왔을 때 너무 많은 것이 바뀌어 이상하다고 느끼긴 했다.

그런데 바깥의 시간은 초기화가 안 된 거였다면 앞뒤가 들어

맞는다.

"그에 비해 [운명 조작]은 문자 그대로 운명을 다시 쓸 수 있게 해 주는 능력일세. 그뿐만이 아니야. 운명을 의도대로 뒤틀 수도 있게 해 준다네."

예를 들어 특정 인물의 기억을 남긴 채 회귀시키는 것도 여기에 속한다고 한다.

"물론 그만한 대가를 치러야 하네만, 그럴 만한 가치가 있지."

그럴 만한 가치가 있다는 것은 이해한다.

하지만 그 희생을 치러야 하는 게 티케라는 게 문제다.

"나는 이번에 티케에게 자네의 격을 보존해 달라고 부탁할 셈 이었네. 자네야말로 지난 회귀에는 등장하지 않은, 우리의 히든카 드이니."

그리고 그 희생의 수혜자가 나라는 것도 마음에 들지 않는다.

"그럼에도 불구하고 자네의 선택은 마음에 드는군."

그저 날개 더미에 눈이 붙어있는 모양의 [세 번 위대한 이]가 그렇게 처연한 표정을 지을 수 있을 줄은 몰랐다.

아니, 그저 내가 이렇게 느끼는 것뿐인가.

"딸을 사랑해 줘서 고맙네. 그것도 나 이상으로 말이야."

내가 상념에 잠긴 동안에도 [세 번 위대한 이]의 말은 계속해서 이어지고 있었다.

"아버지!"

뒤늦게 장인어른의 말을 캐치한 티케의 얼굴이 온통 새빨개 졌다.

"하지만 앞서 말했듯 자네가 힘을 써 버리면 격을 유지할 수 없네. 미궁도 자네에게 초기화를 걸어 버릴 테니 말이야."

응? 초기화?

"사실 자네가 힘을 써도 미궁의 초기화만 버틸 수 있다면 상관없겠네만, 그런 것도 아닐 테니……."

"저, 장인어른."

웃어른의 말을 끊고 들어가는 게 무례한 행동인 건 알고 있지만, 그냥 넘어갈 수 없는 내용이라서 나는 부득이하게 끼어들었다.

그런데 이걸 어떻게 설명해야 하지?

나는 티케에게 시선을 주었다.

장인어른께 설명 안 했어?

뭘? 하는 대답이 시선으로 돌아왔다.

어… 티케도 내가 힘과 아이템을 간직한 채로 회귀한 줄은 모르고 있었나?

티케가 내 고유 능력에 아버지한테도 말을 안 한 줄 알고 살짝 감동까지 받았었는데, 그게 그냥 모르고 있었던 것일 뿐이었다니.

아무도 배신 안 했는데 배신당한 느낌이다.

아니, 눈치챘을 만도 하지 않나?

내가 회귀했다고 몇 번을 말했는데!

나는 왠지 기분이 상해서 티케를 노려보았다.

티케는 어리둥절한 기색이었다.

하긴 내가 알려 주지도 않고 알아서 눈치채라고 하는 게 더 이상하지.

회귀했다고만 말했지, 강한 채로 회귀했다고는 말한 적 없긴
했으니까.

나는 눈에서 힘을 풀었다.

그러자 티케는 한층 더 어리둥절했다.

이거 참, …귀엽네.

"뭔가, 불렀으면 말을 하게."

[세 번 위대한 이]의 목소리가 어째선지 조금 불퉁했다.

"저 초기화 당해도 힘 안 잃습니다."

분위기가 심상치 않은 걸 느낀 나는 조금 서둘러 말했다.

"그러니까… 뭐?"

"초기화 버텼습니다. 이미 한 번."

[세 번 위대한 이]의 표정이 이상해졌다.

"그게 가능한가? 아니, 가능할 순 있지. 그런데 그게 왜 가능
하지?"

장인어른께서 보기 드물게 동요하고 계시다.

게다가 지금 장인어른께선 미니 버전이라 이런 모습이 꽤나 귀
엽기까지 하시다.

날개에 눈깔 달린 존재가 귀여울 수가 있나 싶었는데, 이게 가
능했던 거라니.

미궁 시스템이 살아있었다면 저거 영상으로 찍어다가 영구 보
존을 해 놨을 텐데… 아쉽다.

나는 아쉬움을 미뤄 두고 내 고유 능력에 대해 설명했다.

[불변의 정신★]: 외부의 정신적 상태 이상 발생 시도에 대해 초
월적으로 완벽하게 저항할 수 있다.

그러고 보니 다른 사람에게 내 첫 고유 능력에 대해 정확하게 설명하는 건 처음이네.

티케에게 [비밀 교환★]을 사용할 때 언급한 적이 있긴 했지만, 그것도 언급에 그쳤다.

미궁이 제공하는 능력의 설명을 그대로 읊는 건 이번이 처음이었다.

"이런 게 있었어?"

역시나 티케는 이 능력의 존재 또한 전혀 눈치채지 못한 것 같다.

"아니, 그럼 미궁 3층에서 나한테 [비의 계승자] 성상 집으라고 한 건 뭐였는데?"

이제는 이름도 잘 생각 안 나지만, [비의 계승자]는 내게 [지식]을 부여하며 미궁 내부에 미궁 바깥의 존재를 들여놓으려고 한 위험한 놈이다.

계속해서 나라면 괜찮을 거라고 말하면서 그런 놈 성상을 집으라고 한 게, 나는 티케가 내 고유 능력의 존재를 알고 한 줄 알았는데⋯⋯.

그런 것도 아니었던 모양이다.

"그건 네가 운이 좋으니까⋯⋯."

그런데 정답은 이거였다.

⋯운 나빴으면 거기서 넘어갔을 거란 뜻 아닌가?

하지만 운이 좋았던 건 사실이다.

정확히는 [행운] 능력치가 높았던 거지만.

"그게 다 내 덕이지!"

티케는 가슴을 펴며 자랑스러워했다.

딱밤 먹이고 싶다.

이렇게 격렬하게 딱밤을 먹이고 싶었던 적은 이전에도 없었고 이후로도 없으리라.

*   *   *

"아니, 딸아. 방금 사위가 고유 능력 덕이라고 말하지 않았더냐?"

그러나 내가 티케에게 진짜로 딱밤을 먹이기 전에 장인어른께서 먼저 말씀하셨다.

"그럼 제가 [운명 조작]을 사용하는 것에 이의는 없으신지요?"

시무룩해진 티케를 내버려 두고, 나는 장인어른께 말씀을 올렸다.

"아니, 허락할 수 없네."

그럼에도 불구하고 장인어른은 완고하게 고개를 저었다.

지금 저은 게 고개 맞나? 하는 생각이 들긴 하지만, 그거야 뭐 어쨌든.

"자네의 힘이 필요하다는 것에 변함은 없어. 하지만… 자네의 말이 사실이라면 한 가지 방책이 떠오르긴 하는군."

"방책이라 하시면."

"둘이 동시에 [운명 조작]을 사용하는 거지."

[세 번 위대한 이]가 뭔가 대단한 아이디어를 꺼낸 것처럼 말했다.

"이러면 힘을 반반씩 쓰고 회귀할 수 있어."

생각 외로 간단한 해결책이었다.

"처음부터 그러면 되지 않았겠습니까?"

"확률의 문제일세. 이 방법을 쓰면 십중팔구는 둘 다 성좌의 격을 유지한 채로 회귀할 수 있겠지만, 100%가 아니란 말이지."

십중팔구라는 말은 곧 10%에서 20% 정도의 실패 확률은 있다는 의미다.

그리고 그 확률에 걸려 내가 성좌의 격을 잃으면 힘과 능력을 모두 잃게 되니, 낮은 확률이어도 무시할 수 없는 리스크가 되어 버린다.

물론 원래는 그랬다는 소리다.

"그러나 회귀하더라도 초기화로부터 몸을 지킬 수단이 있다면, 10% 정도의 실패 확률은 감내할 만한 리스크가 되지."

장인어른께서는 내가 기억과 힘을 유지한 채로 회귀할 수만 있다면 설령 성좌의 격을 잃더라도 금방 다시 성좌가 될 수 있으리라고 말씀하셨다.

"게다가, 뭐… 자네는 운이 좋은 남자 아닌가. 행운의 여신의 사랑을 받는 남자니."

장인어른께선 그렇게 덧붙이셨다.

여러 개의 눈 중 하나를 감았다 뜨며.

저거 설마… 윙크인 건가?

아니, 이런 쓸데없는 걸 고민하고 있을 때가 아니다.

나는 티케 쪽을 바라보았다.

티케는 고개를 끄덕였다.

그것도 마구.

저거 귀여운 거 봐.

"좋습니다. 그 방법을 쓰도록 하죠."

"좋아!"

[세 번 위대한 이]가 활짝 웃었다.

웃은 거 맞지?

…이런 거 고민하지 말자고 생각했는데, 어째선지 계속 하게 되네.

*　　　*　　　*

일단 [운명 조작]을 사용해서 회귀하기로 결정했다.

결정이 내려지자, 다음은 일사천리였다.

우리는 모여서 계획을 짰다.

다만 아쉬운 건 회귀 후에 내가 어떤 상태일지 예상하기 힘들다는 점이었다.

정확한 회귀 시점마저도 운에 맡겨야 하니, 다양한 상황에 대비할 수밖에 없었다.

"이런 것도 운에 맡겨야 하다니… 과연 [행운] 능력이로군."

[피투성이 피바라기]의 말대로였다.

"기억해야 할 것은 다 기억했나?"

[세 번 위대한 이]가 내게 다가와 물었다.

"예, 기억도 하고 메모도 하고 영상으로 찍어서 보관도 했습니다."

"좋아."

내 대답이 마음에 든 듯 고개 비슷한 부위를 한 번 끄덕인 [세 번 위대한 이]는 [끌어내려져 존경받는 왕]에게 눈짓 같은 것을 했다.

"자, 그럼!"

그러자 [끌어내려져 존경받는 왕]이 외쳤다.

"시작해 보자고!"

나는 티케의 손을 잡았다.

성좌의 손임에도 불구하고, 손은 따스했다.

"다 잘될 거야."

"알고 있어."

티케가 웃었다.

"나는 행운의 여신이니까."

아, 그러셨죠. 참.

나도 마주 웃었다.

"셋, 둘, 하나. 발사!"

나와 티케는 동시에 [운명 조작]을 발동했다.

성좌의 힘이 능력에 빨려 들어가며, 늘어져 있던 운명의 실타래를 팽팽히 당기더니 순식간에 되감기기 시작했다.

나는 이 광경을 한 번 본 적이 있다.

이 광경은 어딘가 미궁의 초기화를 연상하게 만들었다.

모든 것이 뒤로 던져지고 있다.

우주 저 너머로 도망쳤을 터인 미궁 바깥의 존재, 그 셋의 분신이 저 멀리서부터 거꾸로 휙 날아오는 모습이 보였다.

나는 그것들이 날아온 궤도와 위치를 잘 기억해 두었다.

그것들은 위장을 거꾸로 잡아 빼 듯하여 미궁을 꺼내고, 미궁을 녹였던 소화액을 다시 위장 안으로 꿀렁꿀렁 밀어 넣었다.

그러자 이유식처럼 물렁물렁해졌던 미궁은 딱딱해졌고, 탑처럼 솟았던 미궁은 마지막 모험가의 내면에 빨려 들어갔다.

필설로 형용할 수 없는 비명을 지르던 마지막 모험가는 거꾸로 달려 마찬가지로 거꾸로 달리던 미궁 바깥의 존재를 추격했다.

미궁 바깥의 존재는 모험가를 하나씩 토해 내기 시작했다.

그러더니 인류의 영역을 구축해 놓았던 보호막을 되살리고, 거꾸로 걸어가며 그들이 튀어나왔던 구멍 속으로 빨려 들어갔다.

이렇게만 보니 미궁 바깥의 존재가 마치 인류의 수호자 같이 보였다.

이것이 시간이 되감아지는 광경만 아니었다면 그랬을 테지.

그러나 진실을 아는 내 눈에는 끔찍하게만 보였고, 분노와 원한을 되새김질하게 만드는 광경에 불과했다.

시간은 더욱 빠르게 감아지기 시작한다.

10년이 몇 분 만에 되감아졌고, 미궁 50층의 광경은 순식간에 끝났다.

100년이 몇 초 만에 되감아졌고, 미궁 30층대 세계는 쪼그라들었다.

아니, 잠깐. 이거 너무 많이 되감기는 것 아닌가?

나는 능력을 제어하려 들었지만, 쉽게 되지 않았다.

홀로 발동한 능력도 아닌 데다, 애초에 능력의 결과는 신조차도 모른다.

[행운의 여신]조차도.

단순히 시간을 되감는 것이 아니라, 인과율을 거스르고 운명을 다시 쓰는 것이나 다름없는 능력이기에.

그래서 발동과 발현 모두 행운에 기대는 것이다.

[행운]이 아니라, 행운에.

그러나 모든 게 다 잘될 것 같았다.

무엇 하나 빠짐없이, 전부 다.

내 직감은 잘 들어맞는 편이다.

*　　　*　　　*

"아니……"

나는 고개를 마구 저었다.

"너무 많이 감았잖아."

막 50층에 도달했을 때쯤으로 되감았으면 됐다.

그게 힘들었으면 40층이라도 상관없었다.

많이 양보해서 30층도 참을 수 있었다.

그런데 여기는 20층도 아니었다.

10층조차 아니었다.

여기는 미궁 1층이었다.

그것도 시작도 안 한 1층.

[System]: 미궁의 초기화가 완료되었습니다.

[System]: 모든 모험가를 초기화시킵니다.

─[불변의 정신★]이 상태 이상 [초기화]에 저항합니다.

―저항 성공!

이야, 상태 메시지도 반갑네.

아니, 그런데 잠깐.

[불변의 정신★]?

★이 그대로라고?

[System]: 모든 모험가의 초기화가 완료되었습니다.

나는 시스템 메시지를 무시하고 외쳤다.

"상태창!"

[이철호]

레벨: 333

"오."

미궁 바깥 놈들의 본체를 잡았던 경험치가 반영됐던 덕일까?

레벨이 상상했던 것보다 훨씬 높다.

[세 번 위대한 이]에게는 초기화가 날 피해 갈 거라고 큰소리를 탕탕 쳤는데, 사실 이게 두 번 적용될 거란 법은 없었다.

만약 [운명 조작]이 지나치게 되감겨 내가 [불변의 정신]을 받기 전으로 되돌렸다면 초기화가 되어 버렸겠지.

하지만 레벨이 멀쩡한 걸 보니, 역시 초기화는 먹히지 않은 것 같았다.

[System]: 각 모험가에게 고유 능력이 무작위로 배포됩니다.

[System]: 무작위 고유 능력 배포가 완료되었습니다.

"오."

멍하니 시스템 메시지를 보고 있던 나는 혹시나 해서 다시금 상태창을 열어보았다.

고유능력: [불변의 정신★], [비밀 교환★], [모발 부적★]

그랬더니 못 보던 능력이 하나 추가되어 있었다.

그것도 ★이 달린 채로.

"아니, [모발 부적★]?!"

못 보던 능력이 아니었다.

오히려 자주 봤던, 너무나 익숙한 능력이었다.

[모발 부적★]: 목표로 한 상태 이상을 저장할·수 있다. 저장한 상태 이상을 목표 대상에게 발생시킬 수 있다.

능력을 사용할 때마다 머리카락이 하나씩 빠진다.

다만 ★이 달린 만큼 능력의 상세는 좀 달랐다.

상태 이상을 제거하기 위해 머리카락을 뽑을 필요가 사라진 것은 물론이고, 상태 이상 부여를 위해 머리카락을 찔러 넣을 필요까지도 사라졌다.

그러나 사용 조건이랄까, 페널티가 좀 소름 돋게 바뀌었다.

뭐, 이미 성좌가 된 나에게는 별 의미가 없는 페널티긴 했지만.

그래도 읽고 있으려니 좀 찜찜해지긴 하네.

그거야 뭐 아무튼.

유상태의 고유 능력이었던 [모발 부적]이 내게 돌아온 것만 봐도 알 수 있듯, 이번에도 고유 능력은 랜덤으로 분배된 모양이다.

새로운 능력임에도 ★이 붙은 건 뭐, 레벨 때문이겠지.

어렵게 생각할 필요가 없었다.

"이로써 새로운 모험이 시작된 건가."

나는 감회에 서려 아직 누워 있는 모험가들을 바라보았다.

당연하다면 당연하지만, 다 모르는 얼굴들 뿐… 아니, 잠깐.

나는 아는 얼굴을 하나 찾아내고 깜짝 놀랐다.

수아가 여기 있네?

우리 꼬맹이가 처음부터 나랑 같이 있었단 말야?

하긴 4층에서 회귀자 아저씨 운운했었지.

그냥 소문 듣고 그랬으려니 하고 넘겼는데, 아예 처음부터 같이 있었을 줄은 몰랐다.

수아 성격이면 이런 거 떠들고도 남았는데, 왜 끝까지 입을 다물고 있었지?

이런 의문이 들긴 했지만, 나는 곧 호기심을 접었다.

뭐 수아도 생각이 있었겠지.

물론 별생각 없었을 가능성이 더 컸지만, 나는 그냥 좋은 쪽으로 정리해 두도록 했다.

어차피 내가 아는 수아는 여기 없다.

시간이 되감겼으니, 인연도 초기화됐다.

내가 아련한 표정으로 수아를 내려다보고 있으려니, 성좌 채널로 이상한 소리가 들려왔다.

[행운의 여신이 벌써부터 바람피울 생각이냐고 묻습니다.]

"아, 티케! 멀쩡하구나!"

[행운의 여신이 멀쩡하다고 말합니다.]

"그런데 벌써부터라는 게 무슨 소리야? 우리 10년은 넘겼잖아. 신혼은 아닌데?"

[행운의 여신이 그럼 바람피워도 되냐며 울먹거립니다.]

"아니, 바람을 피울 거란 소린 아닌데……."

그거야 뭐 여하튼.

[System]: 미궁 초기화 시퀀스 완전 완료.

[System]: 미궁이 준비되었습니다.

[System]: 모든 모험가를 각성시킵니다.

모험가들이 깨어난다.

미궁이 다시 열린다.

그리고 내 입에는 미소가 걸렸다.

"이렇게 된 이상, 10만 명을 전부 생존시켜 볼까?"

지금의 나는 아바타 상태다.

그 말은 곧 나는 여전히 성좌라는 뜻이기도 하다.

운이 좋았지.

뭐, 90% 확률이 들어맞은 걸 두고 운이 좋다고 말하는 건 좀 애매하긴 하지만, 적어도 나쁜 건 아니다.

좌우지간 나는 여전히 성좌 [지구의 챔피언]이며, 지구인들, 즉 모험가들은 내 아이들이라는 뜻이다.

그 말은 곧 모험가를 많이 살릴수록 내 힘이 더해진다는 의미도 된다.

10만명 생존시키기.

35레벨로 회귀했을 때는 꿈도 못 꾸던 업적이지만, 333레벨인데다 아바타도 살아 있는 성좌 상태인 지금이라면……

"불가능하지 않을 것 같은데."

다른 모험가들이 신음성을 흘리며 몸을 일으키려 애쓰고 있을 때, 나는 홀로 서서 웃었다.

사실 인간이라는 게 그냥 가만히 있다가도 심장 마비 등으로 죽어 버리기도 하는 존재니만큼 불가능에 가까운 업적이라고 보긴 봐야겠지.

하지만 어렵기에 도전할 가치가 있지 않겠는가.

[모험가 여러분, 미궁에 오신 것을 환영합니다.]

[모험가 여러분의 무운을 빕니다.]

그 말을 듣자마자, 나는 인벤토리에서 [고대 엘프 사냥꾼의 활과 화살★]을 꺼냈다.

그리고 굳이 [지식]을 사용하지 않고 성좌의 힘을 발휘해 [투시]와 [망원]을 켰다.

그 다음에는?

슈슈슈슈슝!

지금 막 배치된 미노타우로스가 벽 관통 속성을 부여한 [신비한 화살]에 꿰뚫려 속절없이 죽어 나갔다.

고블린들은 안 죽이고 그냥 뒀다.

저 정도는 모험가들이 잡고 레벨 올려야지.

사람 수가 고블린보다 많은 데다, 서넛 정도만 뭉쳐도 고블린이 기습을 포기하고 도망가는데, 이 와중에 고블린한테 죽을 정도면…….

음… 미궁에 안 맞는 인재라 할 수 있겠다.

뭐, 그래도 [망원]으로 보다 위험하다 싶으면 구해 주겠다만.

그냥 살아만 있어도 내게 힘을 주는 존재들인데 숨은 붙여 놔야지.

*   *   *

1층의 가장 큰 사망 원인인 미노타우로스를 모조리 제거한 후, 고블린에 의해 죽을 뻔했던 사람도 다 살렸다.

다만 10만 명을 전부 살리는 건 무리였다.

고블린의 습격에 놀라 심장 마비로 죽은 사람이 한 명 나왔기 때문이다.

아니, 진짜로 심장 마비로 죽는 사람이 나올 줄은 몰랐지.

"아쉽다. 절반의 성공이네."

사실 10만 명 생존을 달성시키지 못한 시점에서 실패라 말하는 게 맞긴 하지만, 나는 굳이 말을 바꿨다.

원래대로라면 단 1%만 살아서 통과할 미궁 1층이었지만, 이로써 99.999%는 살아서 통과할 수 있게 됐다.

야! 이것도 대단한 거야!

아무튼 절반의 성공이다.

99.999%의 성공이라고는 말하지 않은 게 양심적이지 않은가?

"뭐, 이것도 딱 1층에서만 해 줄 수 있는 서비스지만."

어차피 2층은 고블린들이나 나오는 곳이다.

1레벨짜리가 맨주먹으로도 상대할 수 있는 적들이 나오는데, 내가 대신 처리해 줄 순 없는 노릇이지.

다들 스스로 싸워서 싸우는 법을 익히고, 레벨도 올리고, 장비도 맞춰야 한다.

3층은 1인용이라 애초에 도와줄 수가 없다.

가만, 그런데 내가 3층에 들어가면 어떤 적들이 배정되는 거지?

뭐, 티아마트라도 나오나?

나는 실없는 생각에 실실 웃었다.

4층은 내가 끼어들면 큰일 난다.

5인용 층에 333레벨짜리가 끼어들면 평균 레벨이 어떻게 되겠는가?

나는 경험치도 못 먹는 전투를 강제당하고, 다른 사람들은 전투에 참여하지도 못하게 되겠지.

무엇보다 나는 미궁을 50층까지 꾸역꾸역 올라갈 생각이 없었다.

미궁 바깥에 나가서 따로 해야 할 일이 있어서.

그것은 당연히 복수였다.

미래에 일어날 일에 대한 복수도 복수는 복수겠지?

다만 미궁은 알고 겪는 것과 모르고 겪는 것의 차이가 큰 편이다.

그러니 모험가들에게 미궁의 정보를 미리 넘겨주고 싶은데, 커뮤니티도 없는 상황이다 보니 그냥 공지로 풀어 버리는 쉬운 방법도 쓸 수 없다.

그렇다면 역시 대리인을 만들어서 떠넘기는 게 낫겠는데… 누굴 대리인으로 삼지?

"이럴 땐 역시 인성으로 구분하는 게 맞겠지?"

고유 능력이야 다 랜덤으로 뒤섞였으니, 이전의 랭킹은 도움이 안 된다.

그렇다면 역시 주요 평가 요인은 인성이다.

"일단 김민수는 거르고."

그 녀석의 혐성은 1회차 때 충분히 경험한 바 있다.

"이럴 땐 역시 만만한 게 4서폿이지."

[행운의 여신이 역시 바람피울 생각이냐고 울먹이며 묻습니다.]

이게 왜 그렇게 되냐?

아무튼 나는 내 챔피언으로 삼기 위해 4서폿을 납치했다.

"허억! 누, 누구야? 당신!"

"누구세요?! 누구신데 저를⋯⋯!"

나를 처음 보는 듯 반응하는 유상태와 김이선을 보고 살짝 껄끄러운 기분이 들긴 했다.

"혹시 조금 전에⋯ 아닙니다."

김명멸은 내가 화살을 날린 걸 눈치채기라도 한 듯 반응했다.

그리고⋯⋯.

"⋯⋯."

이수아는 그 큰 눈을 꿈벅거리며 나를 바라보기만 할 뿐이었다.

보자마자 시끄럽게 떠들 줄 알았더니만, 그런 행동을 보이는 건 아는 사람 앞에서만인 것 같았다.

모르는 사이가 되고 나서야 새롭게 알게 되는 사실도 있구나.

그거야 뭐 아무튼.

"나는 [지구의 챔피언]이다. 성좌지."

나는 자기소개를 했다.

4서폿 앞에서 이러려니 참 어색하네.

"다, 당신이 우릴 이런 곳으로 끌고 온 거야? 대체 무슨 목적으로!"

유상태가 건방지다.

세상에, 유상태가 건방지다니.

뭔가 신선한데?

신선하지만 불쾌하다.

그냥 확 대표에서 탈락시켜 버릴까?

"여기는 대체 어디예요? 미궁이 뭐예요? 성좌란 건 무슨 뜻이죠?"

와, 김이선이 말이 많다니.

이건 좀 신기하다.

나랑 만나기 전, 그러니까 1층에서 3층 사이에 도중에 말이 확 줄어든 계기라도 있었던 걸까?

아무리 이제는 없던 일이 되어 버렸다지만, 상상하니 불쾌해졌다.

이수아는 눈치를 보듯 눈알을 굴리고 있었고, 김명멸은 설명을 요구하듯 나를 바라보고 있었다.

제일 안 신기한 건 김명멸이네.

이런 상황에서도 멘탈 단단한 거 봐.

신뢰가 간다.

그래서 나는 이 넷 중 대표는 김명멸을 뽑기로 내심 마음에 정했다.

그리고 미궁의 데이터를 어떻게 전달해야 하나 잠깐 고민했다가 좋은 방법을 떠올렸다.

"티케. 성좌가 아닌 인간한테 [운명 조작]을 거는 건 훨씬 싸겠지?"

[행운의 여신이 당연히 그렇다고 합니다.]

"그럼 이 녀석에게 [운명 조작]을 써서 회귀 전 기억을 되살리는 건?"

[행운 30 정도면 될 거라고 합니다.]

생각보다는 저렴하긴 하지만, 그래도 네 명 전부의 기억을 되살리는 건 좀 부담스러운 가격이긴 하다.

그러니까 그냥 명멸이만 하자.

"[운명 조작]."

나는 김명멸에게 능력을 사용했다.

"헉! …서, 선생님!"

그러자 김명멸의 기억이 바로 되살아난 듯 반응을 보였다.

"저희가, 놈들이! 쳐들어와서!!"

"진정해."

아무래도 미궁 바깥의 존재를 직접 목격한 탓에 정신 오염이 진행된 듯했다.

나는 혀를 끌끌 차며 다시 한번 [운명 조작]을 사용해 김명멸의 오염된 정신을 정상으로 되돌렸다.

이게 회귀 전 기억을 되살리는 것보다도 비쌌다.

하여간 존재하는 것만으로도 독극물 같은 놈들 같으니라고.

나는 이 갈리는 걸 참고, 김명멸에게 물었다.

"괜찮아?"

"예, 예… 놀라울 정도로 괜찮습니다. 그런데… 저, 회귀한 겁니까?"

상황 파악이 빨라서 좋네.

"그래, 맞다. 네가 회귀자가 된 거지."

나는 엷게 웃으며 답했다.

"이제부터 너는 내 역할을 대신해야 해."

"저, 제가 말입니까?"

어울리지도 않게 말을 더듬는 김명멸의 반응이 신선하다.

"1층부터 50층까지, 모험가들을 이끌고 나아가라. 최대한 많이 살리고, 최대한 크게 성장시켜서."

"…저는 자신이 없습니다."

"되는 데까지만 해도 돼."

나도 되는 데까지 했으니까.

첫 회귀 때는 1층에서 2만 명밖에 살리지 못하기도 했었지.

당시에는 꽤 많이 살렸다고 생각했는데, 지금 와서는 별로 좋은 추억이 아니다.

"그리고 너 혼자 해야 하는 일인 것도 아니니까."

그제야 김명멸은 주변을 둘러볼 여유를 얻었다.

"이수아, 김이선, 그리고… 어르신."

"어르신이 나야? 왜 나만 어르신이야?"

유상태가 항의했다.

"그야 어르신이시니까요?"

이 대화만큼은 회귀 전과 똑같아서 어째선지 웃음이 나왔다.

"다른 사람들 기억은 안 살려 주십니까?"

김명멸의 물음에 할 대답은 심플했다.

"그거 비싸."

"아."

김명멸은 납득한 듯 고개를 끄덕였다.

"명예롭게도 제가 선택받은 거로군요."

"그런 거지."

"알겠습니다. 그러시다면… 최선을 다하겠습니다."

김명멸의 눈이 사명감으로 빛났다.

든든하구만.

"그래, 잘 부탁해."

＊　　　　＊　　　　＊

그렇게 상황을 정리한 나는 모험가들을 한데 모았다.

사실 미궁 1층에는 10만명 가까운 인원이 모일 만한 공간이 없었지만, 그건 그리 문제가 되지 않았다.

공간이 없다면 만들면 그만이니까.

나는 미궁의 벽을 부숴서 큰 홀을 만들었다.

능력 같은 건 안 쓰고, 그냥 힘으로.

이쯤 되니 벽을 부수는 것보다 힘 조절 하는 게 더 힘들다.

힘들다기보다는 신경 쓰이는 건가?

그거야 뭐 여하튼.

사람들을 다 모은 나는 큰 목소리로 말했다.

"안녕하십니까, 여러분. 저는 [지구의 챔피언]입니다."

큰 목소리라고 해서 목청을 높여 말한 건 아니다.

그냥 크게 들리도록 하면 되니까.

성좌의 능력이란 건 참 신기하네.

"당신이 우리를 여기로 부른 겁니까?"

그때, 누군가가 말했다.

목소리에는 울분이 차 있었다.

나는 고개를 저었다.

"그 반대입니다. 저는… 군이 비유하자면 졸업자입니다."

그런데 이거 근거도 없는데 믿어줄라나?

나라면 절대 안 믿지.

이거 이대로 그냥 말하면 안 듣겠네.

하는 수 없구만.

나는 평소에는 그냥 끄고 다니던 [위엄]과 [매력] 능력을 켰다.

정확히는 [군림] 능력과 [매료] 능력이지만, 여기까지 와서 그런 게 뭐 중요하랴.

아무튼 이로써 나는 여기 모인 사람들에게 한없는 카리스마와 매력을 갖춘 존재로 보일 것이다.

진짜로 한없는 건 아니고, 대충 능력치로 310 정도겠지만.

그거야 뭐 여하튼.

나는 이 상태로 말했다.

"여기는 미궁입니다. 가혹하고, 위험한 곳이지요. 그러나 모든 시련을 극복한다면, 여러분은 강력한 힘과 여러 능력을 얻게 될 것입니다."

사람들은 나를 몽롱한 눈으로 쳐다보았다.

사실상 능력치로 농락하는 거긴 한데… 어쩔 수 없지.

이것도 다 사람들의 생존률을 높이기 위함이다.

"저는 여기 오래 머물 수는 없습니다. 따라서 여기 대리인을 두겠습니다."

나는 김명멸의 어깨를 짚으며 말했다.

사실 오래 머물 수 없다는 건 거짓말이긴 한데, 모험가들이 오래 머물 수 없는 건 사실이니까 완전 거짓말인 건 아니다.

"미궁의 공략법을 남겨 두었으니, 부디 숙지하셔서 안전하고 실속 있는 모험을 즐기시길 바랍니다."

나는 [욕망 구현]으로 마이크를 한 대 만들어서 김명멸에게 넘겨주었다.

"부탁한다."

"맡겨 주십시오."

＊　　　　＊　　　　＊

그렇게 뒷 일을 김명멸에게 맡긴 나는 미궁 바깥으로 나섰다.

아직 미궁 1층이 막 열린 시점임에도 불구하고 미궁 바깥의 풍경은 내가 아는 것과 다르지 않았다.

그래도 내가 미궁에 끌려오기 전에는 지표면에 색깔이 많이 남아 있었던 걸로 기억하고 있는데…….

역시 내가 미궁에 끌려온 시점과 미궁 1층에서 눈을 뜬 시점에 차이가 있는 것 같았다.

그것은 곧 내가 기억하지 못하는 미궁 초기화가 몇 번이고 있었다는 뜻이겠지.

"하이고, 저것들이 벌써부터 있네."

나는 미궁 주변에 널려 있는 양혼장과 전초 기지를 보며 혀를 끌끌 찼다.

한차례 힘을 써 적들의 시설을 일소한 나는 곧장 미리 기록해 둔 남태평양의 좌표로 향했다.

그리고 땅을 파기 시작했다.

목적은 물론 이 위치에 숨어 있을 미궁 바깥의 존재 분신들을 파내서 죽여 버리기 위해서였다.

[행운의 여신이 위험해지면 곧장 다른 성좌들을 초환하라고 합니다.]

[행운의 여신이 나는 부를 필요 없다고 합니다.]

[행운의 여신이 부를 거면 나만 부르든가, 다른 성좌들하곤 같이 부르지 말라고 합니다.]

티케의 잔소리를 들어 가며.

그런데 이게 잔소리인가?

잔소리 맞긴 하지?

아무튼 충분히 땅을 파고 나자 [비밀 교환★]이 반응했다.

능력의 사거리 안에 놈들이 있다는 증거였다.

"그럼 일단!"

나는 성좌 열을 초환했다.

[운명 조작]을 사용하기 전에 미리 초환권을 받아 뒀기 때문에 가능한 일이었다.

애초에 이 지점을 파내고 숨어 있을 놈들을 처단하는 것도 계획된 작전이었다.

다만…….

[피투성이 피바라기가 너는 누구냐고 묻습니다.]

[운명 조작]으로 힘과 기억을 보존한 것은 나와 티케뿐이라는 부분 정도가 좀 문제라고나 할까.

그래서 다른 성좌들은 나에 대한 기억이 없다.

이거 좀 섭섭하네.

[아름다운 로맨스가 네게서 매력이 느껴진다고 합니다.]

[피투성이 피바라기가 또 로맨스냐고 묻습니다.]

[아름다운 로맨스가 닥치라고 합니다.]

[피투성이 피바라기가 네게서 혈기가 느껴지는 건 사실이라고 합니다.]

[피투성이 피바라기가 호의적입니다.]

[아름다운 로맨스가 호의적입니다.]

[피투성이 피바라기가 따라 하지 말라고 합니다.]

[아름다운 로맨스가 똬봐 화지 말라고 합니다.]

뭐지. 왜 갑자기 사이좋은 남매 모습을 연출하는 것이지.

[끌어내려져 존경받는 왕이 싸우지 말라고 합니다.]

[피투성이 피바라기가 놀라서 아버지가 어떻게 여기 계시냐고 묻습니다.]

[끌어내려져 존경받는 왕이 나도 모른다고 합니다.]

[끌어내려져 존경받는 왕이 당신에게 네가 나를 해방시켰냐고 묻습니다.]

어, 시간대에 차이가 있긴 하지만 해방 시켰다는 게 틀린 말은 아니지?

그래서 나는 고개를 끄덕였다.

[끌어내려져 존경받는 왕이 그게 어떻게 가능하냐고 되묻습니다.]

시간을 거스르면 가능하거든요?

하지만 일일이 붙잡고 설명할 시간이 없을뿐더러 그럴 필요도 없다.

그런 건 장인어른한테 맡기면 그만이니까.

"작전 계획을 전달하겠습니다."

나는 [운명 조작]을 사용하기 전에 만들어 두었던 작전 계획서를 장인어른, 그러니까 [세 번 위대한 이]에게 전달했다.

지금까지 말없이 나를 바라만 보고 있던 [세 번 위대한 이]는 내키지 않는 듯 작전 계획서를 받아들더니, 그 내용을 확인하고는 표정을 풀었다.

[세 번 위대한 이가 이건 분명 내 필체가 맞다고 합니다.]

[세 번 위대한 이가 보아하니 아무래도 티케가 운명 조작을 사용한 모양이라고 말합니다.]

처음부터 이럴 계획이었다.

애초에 이미 여러 번 [운명 조작]을 써 봤을 터인 [세 번 위대한 이]가 이런 상황에 대한 대처를 안 해 뒀을 리가 없었다.

게다가 저 작전 계획서, 말이 계획서지 사실상 [운명 조작]을 사용하기 전 상황에 대한 상황 전달을 위해 영상 데이터까지 다 첨부해놓은 거다.

그냥 종이 묶음이 아니란 말씀!

[아름다운 로맨스가 티케라면 행운의 여신을 말하는 거냐고 묻습니다.]

[아름다운 로맨스가 행운의 여신은 어디 있느냐고 묻습니다.]

친척 고모가 자기를 찾는 데도 티케는 모습을 드러내지 않았다.

이런 점은 여전하구만.

그렇다고 티케를 일부러 불러내거나 여기 있다고 말할 생각은 없었다.

내 마누라는 놀려 먹어도 내가 놀려 먹는다.

이 감정이 사랑인 걸까?

틀림없어, 이게 바로 사랑이다.

[행운의 여신이 쓸데없는 생각하는 표정이라고 속닥입니다.]

*　　　　*　　　　*

[세 번 위대한 이]가 다른 성좌들과 작전 계획을 공유하자, 가장 먼저 반응한 것은 [피투성이 피바라기]였다.

[피투성이 피바라기가 미궁 바깥 놈들을 죽이는 데 빠질 수 없다고 외칩니다.]

[아름다운 로맨스가 시끄럽다고 합니다.]

[피투성이 피바라기가 미궁 바깥 놈들을 죽이는 데 빠질 수 없다고 속닥입니다.]

[아름다운 로맨스가 너 일부러 그러는 거냐고 묻습니다.]

[피투성이 피바라기가 고개를 끄덕입니다.]

[아름다운 로맨스가 미소를 짓습니다.]

그리고 또 부부 싸움이 시작되었다고 해야 하나?

하지만 두 성좌는 부부가 아니고 굳이 따지자면 둘이 서로 잠깐 외도를 저지른 적이 있다고 했는데…….

설마 지금이 그때인가?

서로 알콩달콩 사랑싸움을 하는 걸 보니 그런 것 같기도 하다.

부부 싸움 하니까 생각났는데, 동시에 불려 나온 [고대 엘프 사냥꾼]과 [고대 드워프 광부]는 서로 불편한 듯 외면하고 있었다.

그렇군, 둘 사이에 결혼을 했던 사실도 사라진 거로군.

나와 티케는 기억을 보존한 채 둘이 동시에 회귀해서 결혼한 사실이 잊히지 않았지만, 그런 것도 없는 저 둘은 경우가 다르다.

아니, 그런데 잠깐.

어떤 사실을 깨달은 내 등에 소름이 스치고 지나갔다.

[세 번 위대한 이]에게 우리 결혼을 말 안 했었지?

작전 계획서에 그런 시시콜콜한 개인사를 적진 않았으니, 모르는 게 정상이다.

이거 장인어른의 반응이 어떨지 모르겠는데… 괜찮겠지?

…괜찮을 리가 없나?

나는 마른침을 삼켰다.

뭐, 이런 건 나중에 생각해도 될 일이다.

[끌어내려져 존경받는 왕이 시작하라고 합니다.]

이제 곧 작전을 시작할 시간이기 때문이다.

*   *   *

작전 목표는 당연히 이 구덩이 안에 숨어 있을 미궁 바깥 놈들의 분신체를 소멸시키기 위함이었다.

"그럼… 시작하겠습니다."

구덩이를 마저 파 적절한 깊이를 확보한 나는 곧장 작전대로 행동했다.

[신비한 세계]

[비이이이임!!!!]

[비이이이임!!!!]

[비이이이임!!!!]

콰드드득! 콰드드드득!

미궁 바깥의 존재에겐 쥐약에 가까운 [신비] 입자로 이뤄진 굵직한 빔이 땅을 파고 들어가 마침내 잠들어 있던 분신체에게 닿았다.

콰과광—!

그러자 색이 빨려 회색이 되어 버린 흙이 폭약처럼 터지며 구덩이 안에서 운석이 튀어나왔다.

이미 여러 번 처치한 적이 있는 [우주에서 온 색채]의 운석이다.

운석은 기이한 색으로 빛나며 나와 다른 성좌의 색깔을 빼앗으려고 시도했다.

그러나 필멸자에게는 우주적 공포일 이 공격은 성좌에겐 일반적인 공격에 지나지 않았다.

곧장 나는 성좌의 모습을 취한 후, 운석을 작전대로 [고대 엘프 사냥꾼], [고대 드워프 광부], [위대한 오크 투사], [태생부터 강한 자]에게 넘겼다.

아직 30층대 세계가 열리지 않아 네 성좌의 힘만으로 놈을 처치하기에는 힘이 모자라지만, 맞상대하며 시간을 끌기엔 충분했다.

다른 성좌는 구덩이 안에서 튀어나올 다른 상대에 대비해 경계했다.

[비이이이임!!!!]

[비이이이임!!!!]

[비이이이임!!!!]

내가 다시금 능력을 발동했다.

이미 [신비한 세계]를 펼친 덕에 [빔] 정도는 무제한 리필이 가능했다.

그러자 구덩이에서 자욱한 형광색 분진이 쏟아져 나오며 시야를 가렸다.

틀림없다. [위대한 잠보]의 분진이다.

나는 [투시]를 켰다.

평범한 [투시]로는 분진을 꿰뚫어 볼 수 없어, 성좌의 힘을 더욱 기울여 능력의 효과를 끌어올려야 했다.

굳이 이름을 붙이자면… [투시★]?

멀쩡한 능력에 이 정도의 마개조를 행했으니 성좌의 힘을 평범한 [투시]에 비해 몇 배나 잡아먹었지만, 투자한 만큼의 가치는 있었다.

아니나 다를까, 분진으로 가려진 시야 속을 슬그머니 움직이는 한 토막 촉수가 보였으니까.

[지구의 챔피언이 공격 개시를 외칩니다!]

[피투성이 피바라기가 나한테 명령하지 말라고 외칩니다!]

[피투성이 피바라기]가 막 아군이 된 라이벌 캐릭터처럼 외쳤다.

이상하게 정감 가네?

이런 생각이나 하고 있을 때가 아니었다.

[비이이이임!!!]

[신비]의 입자포가 형광색 분진에 의해 궤도가 왜곡되어 빗겨나갔다.

역시 이놈을 상대할 때는 그냥 두들겨 패는 게 적절할 것 같았다.

그리고 그건 잘하는 사람이 따로 있다.

[지구의 챔피언이 부탁한다고 합니다.]

[피투성이 피바라기가 진작 그럴 것이지, 라고 합니다.]

진짜 되게 정감 가네.

아무튼 그렇게 나는 [위대한 잠보]의 분신체를 [피투성이 피바라기], [아름다운 로맨스], [말과 돌고래 애호가]에게 떠넘겼다.

마지막으로 '놈'이 남았다.

사실 '놈'이 진짜로 여기 있는지 없는지는 모른다.

그저 십중팔구는 있으리라고 예상할 뿐, 확증 같은 건 없었으니 말이다.

만약 여기서 '놈'이 튀어나오지 않는다면 구덩이에 아무 의미 없는 힘 낭비를 하는 셈이 되지만······.

상관없었다.

[비이이이임!!!]

어차피 [신비한 세계]를 펼쳐 둔 상태였으니까.

[비이이이임!!!]

[비이이이임!!!]

[위대한 잠보]가 뿌려 둔 자욱한 분진 탓에 빔의 궤도가 이지러

졌지만, 그럼에도 [신비]의 입자는 구덩이 아래로 파고들었다.

쿠구구구궁! 드드드드득!

세 번 연속으로 발사된 [비이이이임!!!!]의 위력 때문에 가벼운 지진마저 일기 시작했다.

그리고 마침내, '놈'이 기어 나오기 시작했다.

드래곤만 한 크기의, 하지만 성좌의 모습인 지금의 내게는 손바닥만 한 크기의 촉수가.

[끌어내려져 존경받는 왕이 나왔다고 외칩니다.]

[세 번 위대한 이가 작전을 개시하겠다고 합니다.]

[끌어내려져 존경받는 왕이 작전 개시를 승인합니다.]

[피투성이 피바라기가 이거 맞냐고 묻습니다.]

3, 2, 1.

[피투성이 피바라기가 이거 맞는 것 같다고 말합니다.]

3초 동안 [왕]의 시선을 받은 [피투성이 피바라기]는 손바닥을 뒤집었다.

이런 점은 회귀해도 똑같구나, 형!

[시산혈해]

[피투성이 피바라기]가 능력을 펼쳤다.

힘이 솟는다!

[피투성이 피바라기가 이거 제정신으로 할 짓이 아니라고 외칩니다!]

확실히 그건 그렇다.

내가 써 봐서 알지.

하지만 지금은 어쩔 수 없다.

48층에서 '놈'과 싸울 때, 열 명의 성좌가 한꺼번에 달려들었음에도 쓰러뜨리기는커녕 오히려 압도당했던 기억이 아직도 생생하다.

버프 없이는 승산도 없다.

그때의 전훈이 이것이었다.

마침 구덩이 속에서 '놈'의 촉수가 폭포처럼 뿜어져 나왔다.

촉수 하나하나를 확실하게 처치해야 2페이즈에서 고생을 안 한다는 사실을 이미 파악한 성좌들은 철저하게 촉수들을 밟아 죽였다.

이 또한 회귀 전에 작성한 작전 계획서 덕이었다.

ー■■! ー■■!

밟혀 죽은 촉수들이 비명처럼 기도문을 외웠으나 여기에 그런 걸로 정신 지배를 당할 약한 성좌는 없었다.

[우주에서 온 색채]나 [위대한 잠보] 상대로 간신히 버티기만 하고 있던 성좌들도 [시산혈해]로 받은 힘으로 서서히 승기를 잡아 나가기 시작했다.

그러자 의외의 일이 일어났다.

ー■■!

외마디 비명을 내지르며, '놈'이 [우주에서 온 색채]와 [위대한 잠보]를 내버려 두고 홀로 도망치기 시작한 것이 바로 그것이었다.

2페이즈에는 들어가지도 않았는데 벌써 도망 패턴이라니?

사전에 논의된 내용이 아닌 듯, [우주에서 온 색채]와 [위대한 잠보]도 몸을 빼려는 기색이었다.

그리고 대부분의 전쟁이 그러하듯, 가장 큰 피해를 내는 것은 도망치려고 들 때였다.

[우주에서 온 색채]의 등짝에 [신비한 기둥]이 박혔고, [위대한 잠뵈의 등판을 [혈투창]이 꿰뚫었다.

우리 편 성좌가 당황하지 않은 이유는 간단했다.

이런 일이 일어날 경우에 대한 작전까지 짜 둔 덕택이었다.

역시 장인어른, [세 번 위대한 이]는 과연 위대했다.

도망치는 '놈'의 뒤를 쫓는 것 나 하나였다.

나머지 성좌들은 다른 두 놈의 숨통을 끊어 내기로 되어 있었다.

회귀 전에 싸웠던 놈들의 본체와 달리, 이번에는 '놈'이 진심으로 달아났다.

나 혼자서는 도저히 쫓을 수가 없었다.

그러나 상관없었다.

[망원]

이번에는 '놈'이 어디로 도망가는지 확인하는 것이 내 임무였으니.

어차피 나 혼자 따라잡아 봤자 쓰러뜨릴 수도 없으므로 이게 최선이었다.

충분히 거리가 벌어지자마자 '놈'은 차원 문을 열고 도망가 버렸다.

나는 차원 문의 좌표를 확인하고 미소 지었다.

'놈'이 본체가 있는 곳으로 달아났다는 게 확실해졌기 때문이다.

쏴아아아.

마침 성좌들이 다른 놈들을 처치했는지, 내 성좌의 힘도 늘어나는 것이 느껴졌다.

전투가 끝났기에, 나는 유지비를 아끼기 위해 바로 아바타의 형상으로 돌아왔다.

그리고 내가 알아낸 것을 다른 성좌들에게 전파했다.

"회귀 전의 우리는 놈들을 거의 처치하기 직전까지 간 모양이로군."

[세 번 위대한 이]가 자랑스러운 듯 가슴을 폈다.

어느 부분이 가슴인 건지는 잘 모르겠지만, 아무튼 가장 두꺼운 곳의 날개를 폈으니 가슴을 폈다고 표현해도 이상하지는 않았다.

아니, 이상한가?

그거야 뭐 아무튼.

[세 번 위대한 이]가 육성으로 말하는 것에서 이미 눈치챘겠지만, 성좌들은 미니 성좌의 형상을 띤 채 또 나를 캐리어 삼아 움직이고 있었다.

"하지만 이번 교전으로 확실해졌습니다."

내가 말했다.

"지금 동원할 수 있는 전력으로 놈들의 본진에 쳐들어가는 건 위험합니다."

작전을 짜기 전에는 분명 무난하게 버텨 주리라 예상했던 성좌들이 고전을 면치 못했던 것만 봐도 힘의 차이가 확연했다.

[피투성이 피바라기]나 [아름다운 로맨스] 등의 성좌도 마찬가지

였지만, 특히 [고대 엘프 사냥꾼]과 [고대 드워프 광부]가 회귀 전에 비해 너무 약하더라.

물론 이런 말을 대놓고 할 수는 없었지만, 넌지시 전달했더니 [세 번 위대한 이]는 바로 알아들었다.

아직 자기 종족을 지니지 못한 성좌들이 종족을 가지게 하고, 이미 종족을 가졌더라도 그 성세가 약한 종족을 번성하게 해, 우리 측 성좌의 힘을 불릴 필요가 있다.

덤으로… 지난번에는 그냥 배제해 버렸던 도마뱀 성좌를 데리고 가는 것도 생각해 볼 수 있을 것이다.

미궁 안에서는 적이었지만 어쨌든 미궁 소속의 성좌인 만큼 우리 편이긴 하니까.

그리고 우리 미궁의 배반자인 [비의 계승자]를 찾아내서 죽이는 것도 큰 이득이 될 것이다.

좌우지간 그러려면 일단 미궁의 모험가들이 미궁탐사를 진행해야 했다.

적어도 7층, 이상적으로는 30층대의 세계를 열어야 했다.

[지구에서 온 챔피언이 지금 미궁 탐사의 진행 상황은 어떻게 되느냐고 묻습니다.]

그래서 나는 성좌의 힘을 써서 챔피언인 김명멸에게 물어보았다.

[김명멸]: 지금은 미궁 3층입니다.

그러자 미궁 시스템인 성좌 채널을 통해 이런 답이 돌아왔다.

그리고 보니 챔피언을 임명하는 것도, 챔피언으로부터 보고를 받는 것도 이번이 처음이다.

아무 생각 없이 한 건데, 경험하고 보니 꽤 감회가 깊네.

그거야 뭐 아무튼, 3층이라면 놈이 있는 곳이다.

[비의 계승자].

놈을 죽일 찬스다.

＊　　　　＊　　　　＊

마침 3층은 1인용 층인지라 다른 모험가를 방해하지 않고 개입할 수 있기도 하다.

따라서 나는 아무런 망설임 없이 미궁으로 들어갔다.

3층의 구조는 '코너 셋.'

코너를 한 번 돌 때마다 레벨에 맞는 몬스터가 등장해 모험가를 가로막는 구조다.

그리고 이번에 내 앞을 가로막은 몬스터는…….

"…누나가 왜 여기서 나와?"

세계의 종말, 티아마트였다.

39층에서 이미 한 번 조우한 적이 있는 몬스터긴 하나, 그때는 30층대의 인류 전체와 모험가들이 전부 연합해서 싸웠었지.

하지만 지금은 나 혼자다.

"아무리 레벨에 맞는 몬스터라고 해도 이건 좀 너무한 거 아닌가?"

아니, 티아마트가 나올지도 모른다고 예상하긴 했지.

하지만 그건 반쯤 농담이었는데… 이게 최선인가?

"하아."

어째 미궁의 통로가 넓고 높더라니.

그럼에도 티아마트는 통로를 꽉 채울 정도로 커 답답해 보이기도 한다.

"하는 수 없지."

[신비한 세계]

[신비한 시간]

[대폭주]

[빔 인간]

[빔 인간]

[빔…….]

아무리 통로가 넓어졌다 한들 한정된 공간인지라 그 안에 [신비한 세계]를 꽉 채우는 건 어렵지 않았다.

그러면?

시간 정지 후 무한 [빔 인간]이 노 코스트다!

물론 [신비한 세계]를 펼치는 데에는 당연히 소모값이 있지만, 아바타인 상태로 [신비]만 소모하는 건 지금의 내게 있어선 별 부담이 없었다.

―레벨 업!

―레벨 업!

―레벨…….

그렇게 나는 티아마트를 죽이고 다음 코너로 넘어갔다.

다음 코너에는 또 티아마트가 있었다.

"이거 다 티아마트만 나오는 건 아니겠지?"

같은 방법으로 티아마트를 한 번 더 죽인 후 다음 코너로 넘어갔더니 티아마트가 나왔다.

"이거 설마⋯⋯."

미궁 안에 내 레벨에 맞는 적이 티아마트밖에 없는 거 아냐?

그도 그럴 만한 게, 평범한 모험가가 50층까지 깨 봐야 250레벨이 끝이다.

물론 인장 같은 걸로 한계 레벨을 더 끌어올릴 수는 있겠지만, 그걸로 과연 300레벨을 넘길 수 있을까?

300레벨 능력이 존재하는 걸로 봐서 아예 불가능하진 않을 거 같긴 한데, 거의 불가능하다고 봐야겠지.

그러니 앞으로 1인용 층계에 들어가봤자 나는 티아마트만 줄곧 만날 가능성이 컸다.

아니, 거의 100% 아닐까?

"이게 이렇게 되나⋯⋯."

그거야 뭐 어쨌든, 나는 345레벨을 찍었다.

하필 345레벨인 건 한계 레벨에 걸려서다.

[운명 조작]으로 1층에 돌아왔을 때 333레벨이었으니, 그때 한계 레벨이 335레벨로 잡혔고 한 층마다 5레벨씩 확장된 거면 계산이 딱 맞다.

사실 레벨이나 능력보다는 성좌로서의 힘이 더 중요해지긴 했지만, 아바타 상태로 레벨을 올리는 게 나쁠 리는 없다.

어쨌든 이렇게 얻은 레벨과 능력도 힘은 힘이라서, 미약하나마 성좌의 힘으로 전용할 수 있기 때문이다.

"1인용 층계만 골라 먹는 것도 나쁘진 않겠네."

잠깐 그런 망상을 했지만, 망상은 망상으로 그쳐야 한다.

지금 나는 미궁을 돌러 들어온 게 아니라 [비의 계승자]를 죽이러 온 거다.

"자, 그럼 비밀 통로나 열어 볼까?"

나는 [비의 계승자]가 은근슬쩍 자기 성상을 놓아 둔 비밀 통로를 열었다.

내 존재를 알아차리고 도망갔을 가능성도 염두에 뒀으나, 다행히 그런 일은 없었다.

통로 끝에는 회귀 전과 다름없이 훼손된 성상이 놓여 있었으니까.

'좋아.'

일단 나는 성상을 집었다.

어떻게 반응하는지 보자!

결과.

놈은 [운명 조작] 전과 똑같이 반응했다.

[비의 계승자가 당신에게 호의적입니다.]

[비의 계승자가 당신에게 선물을 줍니다.]

—[지식] +17

처음에는 이거 하나 맞고 진짜 죽는 줄 알았는데… 이제는 이 정도로는 [불변의 정신★]이 발동도 안 한다.

[비의 계승자가 당신의 높은 지식에 놀랍니다.]

[비의 계승자은 당신을 초대하고자 합니다.]

—[비의 계승자]의 초대에 응하시겠습니까?

[비의 계승자] 놈의 본체에 어떻게 접근해야 할지 걱정했었는데, 설마 본인이 부를 줄이야!

"응한다."

나는 튀어나오려는 웃음을 꾹 눌러 삼키며 태연한 듯 대답했다.

그러자 다음 순간, 나는 [비의 계승자]의 알현실에 불려와 있었다.

[우주에서 온 색채]의 추종자답게, [비의 계승자]의 세계는 완전히 잿빛으로 탈색된 상태였다.

이미 거의 모든 힘을 착취당한 것이 명백한 세계.

나는 보자마자 판단했다.

이 정도라면…….

[지구의 챔피언이 크게 웃습니다.]

나 혼자 잡고도 남는다.

3장
—

re (2)

    곧장 성좌로서의 본신을 드러낸 나는 곧장 [비의 계승자]를 두 들겨 팼다.

    오른쪽 주먹으로!

    쾅!

    [비의 계승자가 비명을 지릅니다.]

    [비의 계승자가 당신을 추방합니다.]

    —행운이 당신을 가호합니다.

    [추방 실패!]

    아, 이거 추방이 있구나!

    다행히 이번에는 운이 좋아서 추방을 피해 갔지만, 다음에는 어떻게 될지 모른다.

    오래 끌면 안 되겠다.

판단을 내린 나는 센 거 한 방을 때리기로 했다.

[벼락 강림]

꽈르릉!

*   *   *

[비의 계승자]는 죽었다. 이젠 없다.

하지만 놈의 힘은 내 속에서 함께 살아간다.

"고마워… 고마워, [비의 계승자]."

나는 [비의 계승자]를 홀로 죽이고 모든 전리품을 독식했다.

먹고 보니 이렇게 달달할 수가 없다.

"정말로 고마워… 정말로, 이 말밖에 못 하겠어."

지금 기분을 묘사하자면, 길에서 주운 로또가 당첨된 것 같다.

아무리 레벨을 올려 봐야 성좌 하나를 나 혼자 다 처먹는 것만 못하다는 사실을, 나는 몸으로 체험하며 깨달았다.

뭐, 이럴 일이 몇 번이나 있겠냐만.

[비의 계승자]가 이미 상당 부분 그 힘을 [우주에서 온 색채]에게 빨아 먹혔기에 망정이지, 아니라면 나도 혼자 잡을 생각은 못 했을 것이다.

어지간한 미궁 바깥의 존재는 여럿이 힘을 합쳐야 비로소 쓰러뜨릴 수 있으니, 이렇게 독식하는 건 이번이 처음이자 마지막이 될 것이다.

"쩝."

입맛을 다신 나는 [비의 계승자]의 것이었던 알현실에서 나왔다.

아, 알현실.

알현실도 이젠 내 거다.

내 마음대로 할 수 있는 거다.

비록 전 주인인 [비의 계승자]가 [우주에서 온 색채]에게 모든 것을 조공해 버려 아무것도 없어서 영 황량하지만……

그래도 0부터 다시 지어 올리는 것보다는 낫겠지.

이번 싸움이 끝나면 싹 다 갈아엎고 내 색깔로 물들여야지.

그런 생각을 하면서, 나는 버릇처럼 4층으로 넘어가려다 간신히 멈췄다.

지금 내가 내려가면 민폐야… 그것도 보통 민폐가 아니지.

미궁의 진행 자체는 모험가에게 맡겨야 한다.

따라서 나는 바로 미궁 바깥으로 나와 버렸다.

"다들 부탁한다."

아, 이게 성좌의 기분인가.

어쨌든 한 걸음 떨어져서 볼 수밖에 없는, '당사자'가 아닌 방관자적인 느낌이 영 생소했다.

그래도 1층에선 직접 개입했고, 2층 시점엔 지구에 숨어 있던 미궁 바깥의 존재를 쫓아내느라 정신없었는데, 갑자기 할 일이 없어지니 실감이 확 난다.

…그래, 이게 다 할 일이 없어져서다.

할 일이 없다면, 만들면 되지 않을까?

*　　　　*　　　　*

나는 지구를 갈아엎고 있었다.

혹시 또 우리 몰래 숨겨 둔 미궁 바깥의 존재 분신체가 없는지 확인한다는 대의명분이 있었다.

대의명분이라고 한 이유는 실제로는 없다는 걸 잘 알기 때문이다.

만약 그런 게 있었으면 [운명 조작] 걸기 전 시점의, 그러니까 미궁도 다 닫히고 먹을 것도 다 파먹은 지구에 남겨 뒀을 리가 없지.

하지만 그때의 지구에 남은 흔적이라고는 남태평양의 그 구덩이밖에 없었다.

그러므로 달리 숨어 있는 놈은 없을 것이다, 라는 결론을 도출할 수 있다.

조금 안이한가?

그렇게 느낄 수도 있겠다.

그러니까 내가 대의명분을 얻고 이렇게 지구 곳곳에 구덩이를 파고 있는 거겠지.

일단 남태평양 쪽은 다 팠지만, 예상한 대로 별 소득은 없었다.

"이거 너무 손이 많이 가는데."

[행운의 여신이 그러면 처음부터 안 했으면 되는 거 아니었냐고 묻습니다.]

왜 맞는 말을 하지?

내가 원하는 건 맞는 말이 아니었는데.

"아무래도 레벨을 좀 올려야겠어."

[비밀 교환★]에 ★을 하나 더 달면 능력의 유효 거리가 늘어날

가능성이 컸다.

그렇게 된다면 구덩이를 더욱 띄엄띄엄 팔 수 있게 될 것이다.

그 말은 곧 지금처럼 태평양을 곰보로 만들지 않아도 되게 된다는 뜻이다.

[행운의 여신이 그냥 땅파기를 그만두면 해결되는 문제 아니었냐고 묻습니다.]

그러니까 왜 자꾸 맞는 말을 하지?

"아니, 시작한 일은 끝을 봐야지."

왜 이렇게 고집을 부리냐고?

왜냐하면 잘못하면 끌려가기 때문이다.

어디로?

티케의 알현실… 아니, 침실로.

당연하지만 내가 티케의 침실을 두려워하고 있다는 사실을 녀석에게 들켜선 안 된다.

화를 낼까?

아니, 즐거워할 것이다.

그리고 바로 끌고 가겠지.

으으으, 안 돼.

너무 무서워.

[행운의 여신이 군이 미궁에 들어가 레벨을 올리기보다는 성좌의 힘을 활용해 능력을 개조하면 되지 않느냐고 묻습니다.]

티케는 내 고집을 꺾기를 포기하고 생산적으로 작업이 더 빨라질 방법을 찾기로 한 모양이다.

티케가 말한 방법을 쓰는 게 불가능하지는 않다.

하지만 싫다.

귀찮다!

미궁이 주는 대로 쓰는 게 머리 안 써도 되어서 편하고 좋다.

조금만 검색하면 프리셋이 나올 텐데 굳이 본인이 처음부터 코딩 짜서 올릴 이유가 어디 있겠는가?

하려면 할 수 있지만 그러고 싶지 않다.

역시 답은 복붙이지!

문제는 내가 미궁에서 레벨을 올리려면 1인용 층계에 들어가야 한다는 건데…….

"3층 다음은 9층이었지?"

그런데 지금 모험가들은 몇 층 진행 중이지?

[지구의 챔피언이 지금 몇 층쯤이냐고 묻습니다.]

[김명멸]: 저는 지금 5층에 있습니다, 선생님.

5층이라.

미궁 진행도가 생각보다 지지부진하다.

하긴 공략을 아는 사람들이면 4층 정글 무한 뺑뺑이를 돌다가 내려왔을 테니 그럴 만도 한가.

아무튼 5층이라면 고대 원시 엘프들이 사는 비밀 차원이 나오겠군.

엘프들을 최대한 많이 살리려면 거기 가서 티라노사우루스를 좀 잡아 줘야 할 것 같은데… 이걸 누구한테 부탁하지?

아니, 20레벨 모험가가 티라노사우루스를 무난하게 잡을 것 같지는 않다.

아무래도 내가 직접 가야 하려나?

그런데 내가 도중에 난입하면 미궁 난이도는 어떻게 되는 거지?

"5층이라면… 별로 상관없을 것 같긴 한데."

5층은 생존한 모험가 전원이 함께 쓰는 층인 데다, 아직 모험가들이 많이 살아 있어서 345레벨이 내려가도 별 티가 나지는 않을 것이다.

[지구의 챔피언이 지금 생존한 모험가 수가 어느 정도 되냐고 묻습니다.]

[김명멸]: 8만 명 정도입니다. 죄송합니다.

아니, 생각보다 많은걸?

어떻게 그렇게 많이 살았지?

회귀 전에는 5층 시점에서 1000명도 못 넘겼고, [운명 조작] 전에는 2000명 남짓이었을 거다.

그런데 8만 명이면 거의 40배나 되는 수준이다.

물론 이번에는 내가 1층 시점에 직접 개입해서 10만 명 가까이 살려서 2층으로 내려보내긴 했다.

하지만 [운명 조작] 전에도 나는 2만 명 이상을 살려서 내려보냈다.

즉, 비율만 잡아도 [운명 조작] 전보다 여덟 배는 더 살렸다는 소리다.

[지구의 챔피언이 생각했던 것보다 생존율이 높다고 합니다.]

[지구의 챔피언이 무슨 수를 쓴 거냐고 묻습니다.]

[김명멸]: 저는 별로 한 게 없습니다. 단지 선생님께서 원하신다고 하니 다들 잘 따르더군요.

이야기를 들어보니 김명멸이 거의 선지자 취급을 받는다고 한다.

일반 모험가들의 입장으로 볼 때, 회귀자이긴 했지만 같은 입장의 모험가였던 내가 이끄는 것보다 배후에 뭔가 신 같은 존재가 도사린 김명멸이 이끄는 게 더 카리스마가 느껴졌나 보다.

하긴 게다가 지난번엔 1층이나 2층에서 그냥 만나는 사람에게만 팁을 좀 전달해주고 말았지, 다 모아놓고 회귀자의 팁 전수 같은 시간을 보낸 적이 없긴 하다.

회귀 전에는 1층에서 5층까지 극소수의 모험가만 살아남았고, 지난번에는 95%가 죽었으니까. 사실 비율만 따지자면 가장 위험한 게 미궁 초입이긴 했다.

그런데 김명멸이 사람들 모아놓고 미궁 설명회를 거친 것만으로 이렇게 생존자 비율이 확 올라갈 줄이야.

[김명멸]: 이게 다 선생님 덕입니다.

김명멸은 내게 공을 돌리고는 있지만, 저 녀석이 잘 해낸 덕을 본 걸 부정할 순 없다.

[지구의 챔피언이 잘했다고 칭찬합니다.]

그런데 칭찬만 하고 끝?

뭐라도 보상을 좀 줘야 하지 않을까?

그러고 보니 나는 관장하는 능력치도, 능력도, 성검이나 성배도 없다.

이래서야 성좌로서 반푼이인 셈이다.

"땅이나 파고 있을 때가 아니었네……."

[행운의 여신이 알았으면 슬슬 침실로 오라고 합니다.]

"아니, 그럴 때가 아니라니까."

나는 팔에 돋은 소름을 감추기 위해 굳이 큰 동작으로 긴소매

옷을 꺼내 입으며 말했다.

"티케, 능력치나 성검 같은 거 만들려면 어떻게 해야 해? 그러니까 네 [행운이나 성검 같은……]"

[행운의 여신이 성검 이야기는 꺼내지 말라고 합니다.]

이걸 여태 부끄러워하네.

아니, 혼자 오래 살면 그런 도구도 쓸 수도 있지.

한창 흥이 오르면 꺼내서 같이 즐기기도 했는데, 제정신일 때는 역시 아직 부끄러운가 보다.

…말하다 보니 오해가 생길 것 같은데, 그 도구란 건 별거 아니고 하프다.

자기 성검이 하프인 걸 갖고 왜 저렇게 부끄러워하는지 모르겠다.

아직 자기 연주에 자신이 없어서 그런가?

내가 듣기론 잘 켜는 것 같은데… 이것도 콩깍지 같은 게 껴서 그런가?

[행운의 여신이 나도 성검 만드는 법은 누구한테 배운 건 아니라며, 그런 건 지내다 보면 자연스럽게 터득하게 된다고 합니다.]

그렇구나.

너도 모르는구나.

[행운의 여신이 무례한 생각하는 표정이라고 말합니다.]

10년 넘게 같이 살았더니, 날 너무 잘 아네.

＊　　　　＊　　　　＊

나는 [세 번 위대한 이]의 성상을 꺼내 성좌 채널로 문의했다.

답변은 곧 돌아왔다.

[세 번 위대한 이는 너만의 능력을 얻으려면 그만한 탐구와 궁구가 필요하다고 말합니다.]

[세 번 위대한 이가 [신비한 명상]이 도움이 될 것이라고 조언합니다.]

"어… 그거 하면 [지식] 오르잖습니까?"

[세 번 위대한 이가 능력에 손대서 바꾸면 된다고 합니다.]

아, 그렇지.

나, 성좌지.

"알아들었습니다. 답변 감사합니다."

나는 곧장 내가 파던 구덩이 안에 앉아서 [신비한 명상]을 사용했다.

명상에 잠긴 나는 곧 답을 얻을 수 있었다.

나는 [지구의 챔피언]이자 [행운의 여신]의 남편이며 지구 인류의 아버지다.

그러한 내가 관장할 능력과 능력치는 무엇일까?

바로 이것이었다.

[악운]: 악운은 최악의 상황을 피할 수 있도록 해 줄 것입니다.

[펌블] 확률을 줄이며, 내성 실패율을 줄이고, [즉사] 상태 이상의 발동 확률을 크게 줄입니다.

[인간의 가능성] 능력의 성공 확률이 의미 있게 상승합니다.

미궁에 들어가서 시스템을 적용받고 툴팁을 살펴보자, 내가 창조한 능력치를 이렇게 문장으로 표현해 주었다.

생각만 할 때는 다소 모호했던 게, 문장으로 읽어 보니 확실해 지는 느낌이다.

[펌블]이란 정말 어처구니없는 실수를 뜻한다.

소변보다가 [펌블]이 터지면 바지 내리는 걸 깜박하고 소변을 보게 되며, 밥 먹다가 [펌블]이 터지면 젓가락으로 자기 뺨을 꿰뚫 는 수준이다.

일상생활에서도 이런 식인데, 전투 중에 [펌블]이 터지면?

십중팔구는 죽는다고 봐야 한다.

그것도 누가 봐도 어처구니없는 방식으로 말이다.

참고로 말해 두자면 나는 티케를 만난 뒤로 [펌블]을 터트려 본 적이 한 번도 없다.

왜냐하면 [행운]이 높았기 때문이다.

사실 회귀 전에는 몇 번 있긴 했는데, 도끼로 내 엄지발가락을 찍거나 하는 가벼운 수준이었다.

아직 살아 있잖아?

그럼 된 거지.

각설하고… 사실 [악운]은 [행운]으로 대체 가능한 능력치이긴 하다.

솔직해지자면 [행운]이 훨씬 좋다.

그냥 스펙만 보자면 티케한테 애들에게 [행운] 좀 뿌려달라고 하고 싶을 정도지.

하지만 문제는 [행운]을 관장하는 [행운의 여신]인 티케의 성격 이다.

1층에서 티케의 성상을 집었을 때 일어난 일을 나는 아직 기억하고 있다.

냅다 저주부터 내렸었지…….

그래서 티케의 그 성격이 지금은 바뀌었나?

바뀌긴 했다.

날 상대할 때만!

나 외의 다른 모험가들을 상대할 때는 어떻게 나올지… 솔직히 예상이 간다.

그리고 이건 남편으로서 좀 속 좁은 본심이긴 하다만…….

나는 티케가 다른 모험가 앞에 나서는 모습을 보기 싫다.

남자 모험가는 물론이고, 여자 모험가한테도.

독점욕이 너무 심한가?

그럴 수도 있지.

그러든 말든 나는 앞으로도 티케를 독점할 생각이다.

이게 사랑이야!

틀림없어!

말이 샜는데, 그럼에도 불구하고 [행운]은 모험가에게 아주 좋은 능력치다.

필수불가결까지는 아닌데, 어쨌든 미궁은 미궁이다 보니 [행운]을 믿고 대담하게 나서야 할 때가 생각보다 많다.

그런데 다른 모험가에게 [행운]을 주기 싫다?

그러면 내가 대체품이라도 줘야겠지.

그게 바로 [악운]이다.

운 좋게 대박을 터트릴 일은 없더라도, 운 나쁘게 ■ 되는 일은 없도록… 아, 이게 검열 처리되네.

아무튼 그런 쪽으로 치우친, 극대화된 능력치다 보니 모험가에 겐 오히려 더 좋을 것이다.

까놓고 죽어도 높은 확률로 부활할 수 있다는 믿음이 있다면 그게 얼마나 마음 놓이는 삶이겠는가?

물론 부활은 100레벨을 찍고 나서야 적용받긴 하겠지만, ■ 될 확률을 줄여 주는 것만으로 많이들 환영할 거라 믿는다.

뭐, 없는 것보단 나을 테니 말이다.

이거 하나는 확실하지!

그래서 나는 새로 만든 [악운]을 김명멸에게 선물해 주었다.

[악운 7]

김명멸의 [악운]은 처음부터 꽤 높았다.

하긴 김명멸도 어떤 의미에선 회귀자인 데다, 회귀 후에 5층까 지 모험한 모험가이기도 하다.

내 초기 [지식]이 17이었던 걸 생각하면 별로 이상한 일은 아니지.

초기 [행운]은 2였지만.

그거야 뭐 아무튼.

"이제부터 레벨이 오를 때마다 [악운]을 1씩 올리겠습니다."

김명멸의 입에서 어디서 들어 본 말이 나왔다.

어디서 들어 본 게 아니라, 내가 티케에게 했던 말이구나.

이상한 데서 추억이 돋네.

"괜찮겠어?"

"예, 뭐. 미배분 능력치야 일반 기술 열심히 올리면 남으니까 요. 어차피 한 번 해 본 거라 금방 올릴 겁니다."

그건 그래!

내친김에 나는 일반 기술 단련에 쓸 만한 물자를 김명멸에게 잔뜩 물려주었다.

어차피 5층은 시간 여유가 좀 있으니 기술을 단련할 시간도 낼 수 있으리라.

"이번엔 제가 작게 만들어드리지 못하니 좀 아쉽군요."

사람이 들어가기엔 너무 좁은 비밀 차원 입구에서, 김명멸이 쓴웃음을 지었다.

하긴 지난번에는 녀석의 [작아져라!]를 받고 다녀왔었지.

하지만 지금은 내가 내 몸을 스스로 줄였다.

[굶주린 거대] 성좌에게 받은 [거대화] 능력을 거꾸로 적용시키는 것만으로 충분했다.

"그럼 다녀올게."

"예, 어차피 금방 다녀오시죠? 기다리겠습니다."

그러니 할 거 하고 있으라는 말을 하려다, 명멸이 손에 들린 뜨개질바늘을 본 나는 그냥 그러라고 했다.

*　　　　*　　　　*

5층의 비밀 차원.

처음 왔을 때는 킹룡의 존재에 감탄했지만, 이번은 그러지 않았다.

나도 이제 애가 아니다.

지난번에도 애가 아니었던 것 같지만, 그런 게 뭐 중요하겠는가?

[지식] 대신 [신비]를 쓰도록 개조한 [망원]으로 주위를 둘러본 나는 대멸종의 원인이 되기로 마음먹었다.

"[비이이이임!!!!]"

원시 세계에서 사용하는 SF 병기라니, 이 또한 가슴 뜨거워지는 컬래버레이션 아니겠는가.

사실 SF 병기가 아니라 내 손가락 끝에서 나가는 [신비] 입자포라지만, 그런 게 뭐 중요하겠는가?

아무튼 [빔 렌즈] 능력을 통해 확산 빔이 된 [비이이이임!!!!]은 이 세계 곳곳에 자리 잡은 육식공룡의 작은 뇌를 정확하게 꿰뚫어 죽였다.

"좋아, 됐다."

참혹한 생태계 파괴를 자행한 나는 나지도 않은 땀을 닦으며 흡족해했다.

"아, 생색내고 가야지."

사실은 그냥 이대로 떠나버릴 수도 있었지만, 나는 굳이 고대 원시 엘프들 앞에 모습을 드러내기로 마음먹었다.

성경에 이런 말씀도 나오지 않는가?

오른손이 하는 일을 왼손이 알도록 하라.

아니었나?

그런 게 뭐 중요하겠는가?

*　　　　*　　　　*

[고대 엘프 사냥꾼이 고마워합니다!]

[고대 엘프 사냥꾼이 고마워합니다!]
[고대 엘프 사냥꾼이 고마워합니다!]

크, 역시 생색은 내고 볼 일이야.

솔직히 [운명 조작]으로 회귀한 후, 내게 초환된 [고대 엘프 사냥꾼]이 나를 뚱하게 바라보는 시선에 조금 상처받았던 나였다.

뭐, 이해는 한다.

[고대 엘프 사냥꾼] 입장에서야 만난 기억도 없는 애송이 성좌가 자기 초환권을 들고 있다가 이상한 곳에서 갑자기 초환을 해 댄 셈이니까.

일단 정식으로 초환권 쓰고 한 초환이니 뭐라 말은 못 하겠는데, 속으로는 찜찜했겠지.

그러니 그런 반응을 보였던 것이리라.

하지만 이해는 해도 납득은 안 된다는 게 이럴 때 쓰는 표현이리라.

그래, 납득이 안 됐다.

내가 엘프들도 구해 주고, 어? 했잖아?

아무리 이젠 없었던 일이 됐다지만 내 기억에는 남아 있는데 반응이 저러니 내심 섭섭하긴 했다.

그러나 이렇게 엘프들을 구해 주고 나니 오히려 이전보다도 더욱 고마워하는 모습을 보이지 않는가?

얼마나 보기 좋아!

나는 완전히 바뀐 [고대 엘프 사냥꾼]의 반응에 매우 흡족해했다.

[고대 엘프 사냥꾼이 당신에게 청혼합니다!]

…아니, 이런 거 말고.

저, 저는 집에 아내가 있어요!

실제로 이렇게 말하지는 않았지만, 유부남이라고 말했더니 실망하는 기색이다.

…같은 뜻인가? 같은 뜻이네!

아무튼 이걸로 잘 수습이 됐겠지?

이런 판단을 내리기엔 아직 섣불렀다.

[고대 엘프 사냥꾼이 혹시 로맨스에 관심 있냐고 넌지시 물어봅니다.]

…또 너냐, [아름다운 로맨스]?!

*   *   *

[고대 엘프 사냥꾼이 필요한 일이 있으면 언제든 불러 달라고 합니다.]

로맨스를 거절하자, [고대 엘프 사냥꾼]은 아쉬움을 감추지 못했다.

그럼에도 불구하고 내게 조력을 약속했다.

"그럼 엘프들에게 인간 모험가가 찾아왔을 때 좀 잘 대해 달라고 말해 줄래?"

아, [운명 조작] 전과 달리 나는 [고대 엘프 사냥꾼]과 반말을 텄다.

성좌와 대등한 관계 구축하기!

다른 사람에게는 사소한 한 걸음일지 모르겠지만 내게는 대단한 성과였다.

아, 이미 티케와는 반말로 대화하고 있지만 그건 부부라 그렇지.

[고대 엘프 사냥꾼이 네 뜻대로 될 것이라 대답했습니다.]

됐다.

이로써 인간 모험가들은 7층에 오래 머물며 기술을 단련할 수 있을 것이다.

"아, 맞다. 범죄자들은 처형해도 돼."

갑자기 [운명 조작] 전에 7층에서 엘프에게 나쁜 짓을 하려다 처형당한 모험가가 생각났다.

그런 놈들까지 봐 달라고 하면 안 되겠지.

나중에 일이 꼬이기 전에 미리 말해 두는 게 서로서로 좋은 일일 거다.

[고대 엘프 사냥꾼이 배려에 감사한다고 말합니다.]

배려는 무슨.

내가 고맙지.

*　　　　　*　　　　　*

이 세계에는 티케의 시선이 닿지 않는다는 걸 잘 알고 있음에도 정절을 지켰다는 사실에, 나는 이상한 뿌듯함을 느꼈다.

이런 나를 위해 국가에서 열녀비… 가 아니라 열남비라도 세워 줘야 하지 않나? 하는 생각마저 들 정도였다.

[행운의 여신이 잘했다고 합니다.]

으엇?!

여, 여기서 왜 티케가?!

아, 티케 분신!

티케 분신이 아직도 내 성좌 채널에 남아 있었어?!

[행운의 여신이 반응이 왜 그러느냐고 묻습니다.]

"아, 아니… 그냥?"

[행운의 여신이 이건 그냥 못 넘어가겠다고 합니다.]

[행운의 여신이 그런 의미에서 집에 들어오라고 합니다.]

나는, 나는 잘했는데!

떳떳한데!

하긴 나는 혼자 이렇게 싸돌아다니는데, 티케는 자기 방에 혼자 박혀 있으니 얼마나 심심하겠어.

슬슬 들어가 봐야겠다.

"알았어, 여기서 나가면 바로 갈게."

나는 그런 말을 하며 차원문으로 향했다.

＊　　　　＊　　　　＊

미궁 9층.

"뭐 이러냐?"

티아마트만 아홉 마리 나왔다.

아무래도 내가 일전에 세웠던, '미궁에서 가장 강한 몬스터는 티아마트가 한계' 가설이 맞는가 보다.

더 웃긴 건 레벨은 잘 오른다는 거다.

티아마트 레벨이 500쯤 되나 보지?

아무튼 그래서 나는 375레벨에 도달했다.

말할 것도 없이 이번 층계 한계 레벨이다.

그리고 상태 메시지에 따르면 365레벨 시점에서 [인간★★]에 도달하고 종족 능력과 고유 능력에도 ★이 추가되었다.

왜 350레벨이 아니라 365레벨?

1년이 365일이라서?

미궁이 지구의 잔존 세력임이 확실해진 이상, 가능성이 그리 낮은 가설은 아니었다.

증명할 방법이 없어서 가설로 남겨 두었지만 해야 한다만, 그 거야 뭐 아무튼.

[인간의 끈기★★]이 발동했을 때 회복되는 생명력이 더 많아 졌고 [극한 상황의 괴력]의 발동 조건이 생명력 30% 이하로 올라 가는 동시에 보너스가 올라갔으며 [인간의 가능성★★]의 확률이 '낮은'에서 '낮지 않은'으로 바뀌었지만, 이런 건 중요하지 않다.

아니, 중요하긴 하지.

아바타의 생존 확률이 높아졌으니, 이런 부분은 의미가 있긴 하다.

하지만 진짜 중요한 건 이쪽이었다.

[비밀 교환★★]: 주시하는 대상에게 깃든 비밀의 존재를 알아 차릴 수 있다. 주시하는 대상에게서 원하는 비밀을 알아낼 수 있 다. 그 대가로 본인의 비밀을 상대에게 지불해야 한다. (미리 지불 한 비밀로도 교환은 성립한다.)

[비밀 교환★★]의 발동 범위가 시야 범위와 동등하게 바뀌었 다.

이 말의 뜻은 뭐다?

[망원]과 [투시]의 조합으로도 [비밀 교환★★]을 발동시킬 수 있게 됐다는 소리다!

이제 쓸데없이 태평양을 다 헤집고 돌아다닐 필요가 없게 됐다.

크, 내가 답을 맞혔어!

역시 레벨을 올리는 게 답이었어!

아, 다른 고유 능력도 ★을 받기는 했다.

하지만 [불변의 정신★★]이야 또 표현이 좀 바뀌고 저항이 더 쉬워졌을 뿐이고, [모발 부적★★]은 머리카락이 빠지는 부작용이 빠졌다.

그럼 이제 '모발' 부적도 아니지 않나?

…라는 못된 말은 하면 안 된다.

'모발'이 빠져도 된다니, 어허! 쓥!!

그런 말은 하면 안 돼요!

그거야 뭐 여하튼, [비밀 교환★★]을 얻었으니 이제 다시 태평양을 갈아엎으러 가야겠다.

*   *   *

결과.

"아니, 이거 안 했으면 큰일 날 뻔했네."

'놈'의 촉수 중 일부가 발견되었다.

아무래도 첫 구덩이에서의 교전 때 대량의 촉수 분출을 일으켜 시선을 빼앗으면서 일부 촉수를 빼돌려 두었던 게 있었던 모양이다.

그런데 그게 인도양까지 가 있었다.

이러니 남태평양을 아무리 파엎어도 아무 것도 발견이 안 되지.

이 정도 소규모라면 [운명 조작] 전 기준 모험가들이 어떻게든 싸워 물리칠 수 있을지도 모르지만, 피해 없이 무찌르긴 힘들었을 것이다.

그런 의미에서 볼 때는 이놈들을 미리 발견해서 다행이라 할 수 있었다.

콰직!

사실 그보다는 촉수를 밟아 죽일 때마다 들어오는 성좌의 힘이 더 중요하지만 말이다.

물론 나 혼자 [비의 계승자]를 처먹었을 때보다는 적은 수익이지만, 수익은 수익이다.

"흐흣."

나는 작게 웃었다.

동네방네 소문낼 생각은 없었다.

왜냐하면 나 혼자 다 처먹어야 하니까.

[비~~~임!]

굳이 [빔]을 개조해 새로운 능력을 개발한 것도 이때문이었다.

지구 지각에는 큰 피해를 주지 않고 촉수만을 죽이는 [빔].

이거 만드느라 머리 터지는 줄 알았다.

그리고 노력한 보람이 있었지.

또 한 마리의 촉수를 터트리고 힘을 얻었다.

이럴 때 미궁이 레벨 업! 이라고 외쳐 주면 좋았을 거라는 아쉬움을 느끼는 건 내가 미궁 중독이기 때문일까?

에이, 아니겠지.

나는 나한테 좋을 대로 해석하기로 했다.

그게 지금 중요한 것도 아니고.

[비~~~임!]

다 먹을 때까지 방심하면 안 된다.

집중하자, 집중!

*   *   *

나는 잘못된 판단을 했었다.

뭐? 이 정도 소규모라면 모험가들이 어떻게든 싸워서 이겨?

그건 잘못된 생각이었다.

북대서양, 그러니까 원래 구덩이의 위치에서 볼 때 완전히 지구 반대편에 대규모 촉수 집단이 발견되었기 때문이다.

아무리 대규모라 해도 '놈'의 분신체 정도는 아니었지만, 나 혼자 먹기엔 좀 부담스러운 규모인 건 또 맞았다.

그래서 마누라를 불렀다.

원래 맛있는 건 부부끼리 먹는 거다.

[행운의 여신이 우리 둘로는 힘이 좀 모자라지 않겠냐고 합니다.]

"그럼 장인어른 부를까?"

[행운의 여신이 내가 열심히 하겠다고 합니다!]

처음 티케가 [세 번 위대한 이]와 재회했을 땐 고맙다고 나한테 보상까지 준 걸로 기억하는데…….

어쩌다 또 장인어른을 다른 어른 성좌들처럼 취급하게 된 걸까?

아마 [운명 조작] 전 50층에서 나랑 뽀뽀하려다 장인어른한테 들켰을 때부터 그랬던 것 같다.

그때 좀 많이 쪽팔려하긴 했지.

[행운의 여신이 이상한 추억을 떠올리는 표정이라고 합니다.]

아니? 이상하지 않은데?

좋은 추억인데?

너 말고 나한테만?

[행운의 여신이 그런 표정 짓지 말라고 합니다.]

이제는 대화에 말도 필요가 없네.

편하니까 좋긴 하다.

그거야 뭐 아무튼.

"시작할까, 케?"

[행운의 여신이 준비됐어, 호. 라고 합니다!]

[비~~~임!]

[행운의 빔!]

나와 타이밍을 맞춰서, 티케가 요상한 이름의 요상한 빔 능력을 사용했다.

오늘 이날 이때를 위해 만든 공격용 능력이다.

[행운] 능력치 기반으로 빔을 쏘는데, 불행을 가져오는 불경한 존재에게만 타격을 주는 효과를 지녔다고 한다.

좀 이상하긴 하지만, 성좌는 자기 콘셉트를 지키는 데에 생사를 걸어야 한다.

선을 지키는 한도 내에서는 그나마 이 정도가 최선인 것 같다.

나도 지구랑 상관없는 외계인을 지키려고 성좌의 힘을 함부로 쓰면 힘이 뭉텅뭉텅 깎일 테니까.

그저 [지구의 챔피언]이라 다행일 따름이다.

다행히 '놈'의 촉수는 불경한 존재로 판정됐는지 [행운의 빔]]은 정상적으로 타격을 주었다.

"좋아! 잘 통하네. 계속하자!"

나와 티케는 힘을 합쳐 계속해서 [빔]을 발사했다.

그러자 '놈'의 촉수도 가만히 있지 않았다.

[빔]을 최대한 버티도록 상대적으로 단단한 촉수를 앞세운 촉수 무리가 우리 쪽을 향해 빠른 속도로 달려들고 있었다.

그 과정에서 징그러운 진액을 전신에서 내고 있는데, 이게 지각을 푸딩처럼 부드럽게 뚫고 갈 수 있게 만들어 주는 모양이었다.

그 때문인지 촉수 무리는 내가 예상했던 것보다 훨씬 빠른 속도로 우리에게 다가오고 있었다.

하, 이거 장인어른 불러야 하나?

살짝 약한 생각이 들기도 했지만, 할 수 있는 데까지는 해 보자는 오기가 이겼다.

어차피 초환권이야 언제든 쓸 수 있다!

"티케! [대폭주]다!"

나는 나와 티케에게 [대폭주]를 걸었다.

성좌를 상대로 능력을 사용했더니만 힘이 쭉 빠져나갔다.

그러나 효과는 절륜했다.

[행운의 여신이 천하를 호령합니다!]

뭐? 누가 뭘 호령해?

나는 방금 있었던 일을 잘 기억해 두기로 했다.

나중에 티케를 놀릴 때 쓸모 있을 것이다.

하지만 티케를 놀리는 것도 이번에 이겨야 가능한 일이겠지.

반드시 이겨야 하는 이유가 생겼다.

나는 곧장 [신비한 세계]를 펼쳤다.

그리고…….

[비이이이임!!!!]

[비이이이임!!!!]

[비이이이임!!!!]

놈들이 이미 충분히 지표면 가까이 기어 나왔다는 판단하에, 나는 힘 조절 없이 전력으로 [빔]을 갈겼다.

푸가가가각!

파괴적인 위력의 [빔]은 지표면의 바위조차 아랑곳하지 않고 파헤치고는 곧장 적을 향해 쏘아져 나갔다.

빠직! 으지직!

그 덕에 갑각 역할을 하던 단단한 촉수가 부서져 나갔고, 안쪽의 상대적으로 부드러운 촉수들이 햇살에 아이스크림 녹듯 녹아버렸다.

이번 공격으로 큰 피해를 줬다.

그건 확실하다.

하지만 이걸로 이겼다거나, 승기를 잡았다거나 한 건 결코 아니었다.

녹아내린 촉수의 시체를 뚫고, 날카로운 시체가 섬전처럼 뻗어내 이마를 노린다!

[신비한 시간]

급박한 상황, 나는 끝내 아껴 두던 능력을 사용하는 데에 성공해 냈다.

시간을 멈췄음에도 천천히나마 내게 공격을 뻗는 촉수의 기세가 심상치 않다.

그러나 과연 녀석은 [신비]를 꿰뚫을 수 있을까?

[빔 인간]

[빔], 그 자체가 되어 버린 내 이마를 꿰뚫고 나를 죽일 수 있을까?

답을 말하자면,

빠지직!

아니다!

녀석의 본체조차도 해내지 못한 위업을, 분신체도 아니고 그저 촉수 무더기에 불과한 것이 해낼 수 있을 리 없지 않은가?

[빔 인간]

[빔 인간]

나는 연달아 [빔]이 되었고, 마지막 촉수 하나까지 녹여 버린 뒤에야 말했다.

"시간은 움직인다."

펑! 콰광!

시간 정지 상태에서 [빔]이 되어 발한 열기가 시간이 다시 움직이면서 폭발적으로 뿜어져 나왔다.

[행운의 여신이 놀라 물러납니다.]

아, 티케가 있었지.

시간을 정지하기 전에 미리 말해 둘 걸 그랬네.

*　　　　　*　　　　　*

촉수들은 우리 부부가 맛있게 먹었다.

이렇게 말하니 무슨 쭈꾸미를 볶아 먹은 것 같지만, 그런 건 아니고 그냥 촉수에 남아있는 성좌의 파편을 흡수한 거였다.

내가 훨씬 더 많이 먹은 것 같아서 좀 찔리긴 하지만, 그만큼 활약해서 먹은 거니 할 말 없겠지?

…없겠지?

혹시나 놓친 놈이 있을까 싶어 다시 한번 지구 전역을 쭉 돌며 [투시], [망원], [비밀 교환★★]을 사용했지만, 역시 놓친 건 없었다.

사실상 나 혼자 다 먹은 게 맞았다.

뿌듯하다!

[행운의 여신이 혼자 다 먹으니 좋냐고 합니다.]

"응!"

[행운의 여신이 할 말을 잃습니다.]

아무튼 그렇게 먹고 먹고 또 먹고 잘 먹은 결과, 나는 내가 별이 될 수 있음을 깨달았다.

이철호★다!

아니, 이게 아니라.

[피투성이 피바라기]나 [아름다운 로맨스], 혹은 [끌어내려져 존경받는 왕]처럼 행성체가 될 수 있다는 뜻이다.

실제로는 이런 말은 안 쓰지만, 군이 이름을 붙이자면 대성좌가 되었다고 할 수 있겠지.

엄청나게 강해졌다.

처음 정식 성좌가 되었을 때와 비교하자면, 그때보다 한 15배 정도?

미궁과 달리 능력치가 수치화되어 보여지는 게 아니라서 확실하지는 않지만, 대충 그 정도는 될 것이다.

어쩌면 그것보다도 더 세졌을 수 있겠다 싶기도 하고.

[행운의 여신이 부러워서 배가 아프다 못해 터져 버렸다고 합니다.]

"아니, 우리 애는 어쩌고!"

티케의 배 안에는 태어나기까지 앞으로 90년 가까이 남은 우리 아이가 있다.

그런데 그 배가 터져 버렸다니!

[행운의 여신이 농담이라고 합니다.]

알고는 있었다.

"그런 농담은 하지 말아 줘, 자기."

[행운의 여신이 내가 심했다고 합니다.]

좋아.

이 분위기라면 수습할 수 있겠다.

나는 적절할 때 적절하게 발끈한 모습을 보여 준 나 자신을 스스로 칭찬했다.

[행운의 여신이 이상한 생각하는 표정이라고 합니다.]

아닛, 이게 들킨다고?!

＊　　　＊　　　＊

이 와중에도 지구의 모험가들은 미궁의 모험을 차근차근 진행해, 어느새 15층에 도달해 있었다.

"그러고 보니 13층엔 못 갔네."

개인적으로 안 좋은 기억이 있어서 별로 가고 싶지는 않았지만, 그래도 레벨을 올릴 수 있는데 가야 하지 않겠냐는 생각을 하고 있었다.

문제는 생각만 하고 있었다는 것이다.

막상 모험가들이 13층에 도달했을 때, 나는 잔존 촉수를 처리하는 데에 정신이 팔려 갈 생각을 못 했었다.

"뭐, 19층 가면 되지."

어차피 9층에서도 티아마트 세 마리 잡고 나니 레벨 한계에 걸렸었다.

한 층 정도 빼먹는 거야 별로 치명적인 실수도 아니었다.

그보다는 15층이다.

15층에는 볼 일이 따로 있었다.

"고대 원시 드워프들 구하러 가야겠네."

[행운의 여신이 드워프는 너한테 청혼을 안 할 테니 그거 하나는 다행이라고 생각한다고 합니다.]

"…그런 거 상상하게 만들지 마라."

[행운의 여신이 나는 조금 상상했다고 합니다.]

왜 자폭을 하고 그러니?

그거야 뭐 아무튼, 볼 일이란 건 이거 하나만이 아니었다.

나는 커뮤니티 랭킹을 보고 상위 100명을 골라서 [악운]을 쫙 돌렸다.

김명멸이 레벨마다 [악운]을 올려 준 덕인지, 거기서 오는 힘이 꽤 괜찮았기 때문이다.

사실 15층인 지금에 와서야 겨우 본전치기이긴 하다만, 원래 게임은 길게 보고 가는 것 아니겠는가?

이 20명이 50층에 도달할 때쯤에는 상당한 캐시백으로 돌아올 것이다.

아, 물론 살아서 올라가야겠지만.

준 [악운]을 못 살리고 도중에 죽어 버리면 수익이 줄어드는 건 물론, 최악의 경우 손해까지도 볼 수 있다.

그나마 다행인 건 [악운]이 생존에 도움을 주는 능력치라는 점이다. 조건이 빡세긴 하다만 죽은 놈을 되살리는 기능까지 달려 있으니까 말이다.

사실 본격적인 투자라면 일일이 면접을 보는 게 맞겠지만, 이번 투자는 일종의 서류 심사에 가까웠다.

이제 이 100명 중에 능력이랑 성검이나 성배 줄 인원을 골라야겠지.

뭐, 그건 나중 이야기다.

어차피 아직 능력이든 성검이든 뭐든, 아무것도 준비가 안 됐으니까.

준비가 안 됐다는 게 뭐 필요한 자원이 부족하다거나 어려운 부분이 있다거나 하는 이런 수준이 아니라, 아예 기획 단계에서 막혀 있다는 건 모험가들에겐 비밀이다.

그거야 뭐 아무튼!

나는 15층의 비밀 세계로 향했다.

그리고 매머드들을 처치하여 비밀 세계의 빙하기를 끝내고 원시 고대 드워프들을 구원했다.

이래도 [고대 드워프 광부]는 내게 까칠하게 굴 것인가?

[고대 드워프 광부가 감사해합니다.]

아닛!?

아무리 그래도 그냥 감사해할 거라고는 생각도 못 했는데!

해봐야 그냥 '흐, 흥! 고, 고마워하지 않는 건 아니지 않을지도 모른다고!' 정도의 반응이 돌아올 줄 알았는데…….

그렇다고 딱히 새침데기 드워프 성좌가 그리운 건 아니다.

남자 새침 떠는 걸 감상하는 취미는 없으니까.

[행운의 여신이 그래도 광부 성좌는 네게 청혼은 안 하지 않냐고 말합니다.]

제가 그거 상상하지 말라고 말씀드리지 않았나요, 마눌님?

"우가가! 우가우!"

"그거 하지 마."

일단 이번에는 드워프들이 그 기이한 호칭으로 날 부르는 행각을 기원부터 차단하려고 시도했다.

"이."

"이!"

"철."

"처!"

"아니, 처 말고 처—얼."

"처—얼!"

"좋아, 이번엔 그걸 빠르게. 철!"

"쳐!"

이놈들 일부러 이러는 건 아니겠지?

나는 몇 번 더 반복했다.

그 결과.

"철!"

"됐다! 그럼 다음, 호!"

"호!"

"그걸 빠르게 합쳐서, 이철호!"

"이치—로!"

아니, 일본인 아니라고!

"이쳐—로!"

나는 대충 타협하기로 했다.

"그래, 이철호. 그게 내 이름이다."

"이치—로!"

"이쳐—로라고!"

[행운의 여신이 네 이름은 이철호라고 합니다.]

[정신 차리라고 합니다.]

아, 나도 모르게 그만.

*　　　　　　*　　　　　　*

미궁 19층.

티아마트 9마리를 처치했다.

400레벨을 달성했다.

"이게 이렇게 되네?"

층계 한계 레벨은 아직 여유가 있고, 401레벨에 해당하는 경험치도 꽉 채웠는데도 레벨 업이 정지된 걸 보니, 아무래도 400레벨이 만렙인 듯했다.

"이제 굳이 1인용 층계에 올 필요는 없겠네."

성좌가 된 지금은 중요도가 많이 떨어졌긴 했지만, 아무튼 400레벨을 달성함으로써 [인간★★★]을 받고 고유 능력도 ★★★을 달았다.

[인간의 끈기★★★]: 생명력이 0이 되어도 죽지 않는다.

아니, 여기서 불사 능력을 받는다고?

처음에는 나도 이렇게 생각했지만 진정하고 다시 잘 보면 이건 불사 능력이 아니다.

그냥 생명력에 피해를 받고 죽는 걸 방지해 주는 것에 불과했다.

그러니까 노화나 심정지 등의 사인으로는 죽을 수 있다는 뜻이다.

물론 이것만 해도 어디냐 싶긴 하지만, 처음에 불사 능력인 줄 착각한지라 기쁨이 좀 덜했다.

[극한 상황의 괴력★★★]: 생명력이 낮을수록 전투력이 상승한다.

이것도 심플해졌다.

빈사 조건도 사라졌고 시간제한도 없어졌다.

생명력이 1%만 깎여도 전투력은 20%가 증가한다.

즉, 100%가 깎이면 2000%.

[끈기★★★]와 조합하면 아바타 상태로도 무시할 수 없는 전투력을 보일 수 있다.

[인간의 가능성★★★]: 부활할 수 있다.

하지만 제일 심플해진 건 [가능성★★★]이었다.

이래도 되나 싶을 정도다.

뭐 '부활할 수 있다' 지, 100% 확실하게 부활하는 건 아니기 때문에 여전히 확률제긴 하다.

그런데 [행운]에 [악운]까지 갖춘 나라면?

거의 100%라고 봐도 무리는 아니리라.

원래는 인간 종족이 다른 종족에 비해 아주 좋다는 생각이 들진 않았지만, ★★★ 달고 나니 그냥 미친 종족이 되어 버렸다.

이건 미궁의 편애인가?

역시 지구는 인간의 별이라는 뜻인가?

다음은 고유 능력.

[불변의 정신★★★]: 외부의 정신적 상태 이상 발생 시도에 저항한다.

이건 앞에 덕지덕지 달려 있던 표현이 다 사라진 대신, '할 수 있다' 가 '한다' 로 바뀌었다.

99.999%가 100%로 바뀐 셈이다.

★★★ 달고 드디어 완성됐다는 느낌이다.

[모발 부적★★★]: 목표 대상의 상태 이상을 해제한다. 목표 대상에게 상태 이상을 발생시킨다.

이쪽도 완성형이다.

이제는 상태 이상을 저장할 필요도 없다.

이렇게 보니 무슨 초월적인 능력 같네.

아니, 초월적인 능력 맞다.

이게 그 [모발 부적] 맞나?

가슴이 웅장해진다.

[비밀 교환★★★]: 주시 대상에게서 원하는 비밀을 알아낸다.

[모발 부적★★]에 이어 이쪽도 양심을 잃었다.

교환 어디 갔어?

비밀 하나 받으면 비밀 하나 줘야 했던, 정당한 거래 따위 이제는 눈 뜨고 찾아도 보이지 않는다.

그저 이기적으로 비밀을 몇 개든 뜯어내는 비밀 포식자만이 남아 있을 뿐이었다.

'나는 회귀자다'라고 떠들고 다니던 기억이 아직도 생생한데, 이게 이렇게 되어 버렸네.

아쉽지는 않지만 노스텔지어 비스무리한, 어떤 기이한 느낌이 들긴 한다.

"뭐, 그래도 레벨 올리길 잘했네."

사실상 미궁을 돌 이유가 없어졌음에도 마지막까지 미련을 놓지 않은 보람이 있다 해야 할까.

물론 성좌의 힘을 활용하면 진작 이렇게 개조할 수 있었지만, 그건 어디까지나 가능성의 이야기.

뇌세포 하나하나 전부 꼬아 가며 능력 개조하는 데에 고심하느니 미궁이 주는 거 그대로 받아 쓰는 게 훨씬 낫다.

그래서 나는 ★ 단 기념으로 다시 한번 지구를 싹 돌았다.

그리고 놀라운 사실을 알아냈다.

"…공룡이 썩어서 석유가 된 게 아니었다니!"

지구가 감추고 있던 비밀이 드러났다!

그 외에도 여러 비밀들을 알아냈지만, 곧 다 잊어버리고 말았다.

데헷!

*   *   *

이미 만렙을 찍은 나는 이 이상 미궁이 들어갈 필요가 없다.

그러나 내게 미궁이 필요 없을 뿐, 미궁은 여전히 나를 필요로 한다.

미궁 25층.

나는 5층, 15층 때와 마찬가지로 비밀 세계로 향했다.

그리고 일주일을 기다렸다.

일주일 후, 운석이 떨어졌다.

[우주에서 온 색채]의 운석이었다.

처음 저 운석을 마주했을 때의 일이 떠오른다.

나는 겁에 질려 있었다.

내가 할 수 있던 건 전력을 다해 도망치는 것뿐이었다.

멸망과 멸종을 앞두고 공포에 휩싸인 비명을 지르는 이 옛 세계의 생물들은 뒤로 한 채, 나는 홀로 미궁으로 도망쳐야 했다.

그러나 지금.

"훙."

나는 공포에 질리는 것 대신 코웃음을 쳤다.

"오늘의 일용할 양식, 잘 먹겠습니다."

누구를 향한 건지 모를 감사 인사를 전하고는.

퍼억!

나는 운석을 파괴했다.

굳이 성좌의 모습으로 변할 것도 없이, 아바타인 채로.

위력은 충분했다.

[신비 410]

이제는 어디다 쓸 데도 없는 미배분 능력치를 확 밀어 넣었더니, [신비]가 한계 돌파의 영역을 돌파해버린 덕이다.

운석 파괴는 아바타가 했지만, 성좌의 힘을 얻은 건 성좌로서의 나였다.

혼자 [비의 계승자]를 다 처먹었을 때에 비하면 미약한 양이었으나, 그래도 먹은 건 먹은 것.

"끄윽."

굳이 할 필요도 없는 트림을 하며, 나는 비죽 입꼬리를 끌어올렸다.

"잘 먹었습니다."

당연히 일용할 양식에 대한 감사 인사도 잊지 않았다.

*   *   *

나는 25층의 비밀 세계에 한 달을 더 머물렀다.

이미 비밀 세계에선 바깥 세계의 시간이 흐르지 않는다는 사실을 알아챈 것도 있긴 있지만, 진짜 이유는 달리 있다.

[우주에서 온 색채]가 운석 하나만 떨어뜨리고 말지 어떨지 몰랐기 때문이다.

[운명 조작] 전 50층, 지구에서는 그러지 않았다.

주기적으로 운석을 떨어뜨리고 이쪽의 반응을 관찰하며 끝내는 본체를 희생시키고 지구에 숨겨 둔 분신체로 미궁과 모험가들을 집어삼키지 않았는가?

손익을 도외시하고 일단 먹어 치우는 것을 우선시하는 듯했던 그 광기에 가까운 행각을 떠올리면, 여기에서도 운석 한 발로 끝날 것 같지 않았다.

그리고 그런 내 예상은 맞았다.

"또 오네."

"그래?"

대답한 건 티케였다.

미궁 바깥이나 다름없는 이곳에서, 티케는 마련해 둔 분신을 꺼내서 현현했다.

물론 미니 버전으로.

아바타가 없으니 이게 가장 가성비가 좋았다.

"이번엔 작정을 한 모양이로군."

이쪽을 향해 날아드는 12개의 운석을 바라보며, 나는 미소를 지었다.

사실 운석의 개수는 별로 중요하지 않다.

[운명 조작] 전에는 100개가 넘는 운석이 지구를 향해 떨어지

는 광경도 목격하지 않았나.

하나 12개의 운석 중 하나가 유난히 돋보이게 큰 것이 중요했다.

[우주에서 온 색채]의 분신체다.

"쓰읍, 혼자 다 못 먹을 거 같은데."

"내가 도와줄게."

"쓰읍, 우리 둘이 다 못 먹을 거 같은데."

"……."

티케가 말없이 날 빤히 바라보았다.

"뭐, 할 수 있는 데까지는 해 보자고."

"알았어!"

나는 아바타인 상태로 [하이퍼 파워 아머]의 부스터를 작동시켰다.

이거 오래 쓰네.

옛날엔 [욕망] 한 방울도 남김없이 다 쓰려고 [욕망 구현]으로 만든 템을 계속 바꿨었는데.

역시 거대 로봇이 최고라는 방증 아닐까?

"얼른 가자!"

"알았어."

티케의 말 덕에 나는 쓸데없는 생각을 끊어 낸 나는 하늘로 날아올랐다.

"다 왔다!"

"금방이네."

대기권을 넘자, 티케는 미니 버전의 모습을 버리고 성좌 본래의 모습을 되찾았다.

나도 성좌의 형태를 취했다.

[비이이이임!!!!]

[행운의 빔!]

그리고 둘이서 운석을 열한 개씩 맡아서 순식간에 파괴했다.

그러자 마지막 남은 하나, [우주에서 온 색채]의 분신체인 거대 운석이 꿈틀거리기 시작했다.

[행운의 빔!]

[행운의 빔!]

티케가 [행운의 빔!]을 두 번 쓴 거냐고?

아니다.

여기 머무는 동안 나도 [행운의 빔!]을 배웠다.

그래서 우리 둘이 힘을 합쳐 [행운의 빔!]을 쓸 수 있게 된 거였다.

까드드드득!

우리 둘이 힘을 합쳐 쏜 [행운의 빔!]이 거대 운석의 요요한 색채를 깎아 내기 시작했다.

그러나 그것은 표면의 색채를 깎아 내는 것에 지나지 않았다.

거대 운석은 그 궤도를 기묘하게 바꾸더니, 우리를 향해 달려들었다.

동시에 색채를 광선 검처럼 뻗으며 우리 둘을 동시에 베려 들었다.

[신비한 시간]

[신비한 세계]

[대폭주]

[빔 인간]

나는 순식간에 능력을 자아냈다.

드득! 드득!

[신비한 시간]에 의해 멈춰진 시간 속에서도 거대 운석은 조금씩 움직이며 색채를 휘두르고 있었으나, [신비한 세계] 속의 내게는 닿지도 않았다.

우드드득!

오히려 [신비] 그 자체가 된 내 몸이 거대 운석을 갈아 버렸다.

까드드드득!

한 번 더!

까가가가각!

한 번 더!

세 번에 걸쳐 [대폭주]를 곁들인 [빔 인간]을 사용했음에도, 거대 운석의 절반 정도를 깎아 내는 데에 그쳤다.

"크……! 시간은 움직인다……."

힘을 다 쓴 나는 [신비한 시간]을 거둬들였다.

그러자 거대 운석은 다시금 크게 움직여, 힘을 잃은 나를 색채검으로 노렸다.

"안 돼!"

쾅!

티케가 육성으로 외치며 운석을 들이박았다.

운석은 그걸 기다리고만 있었다는 듯 색채를 번쩍거리며 티케를 아예 집어삼키려고 했다.

나는 '안 돼!' 라고 외치지 않았다.

왜냐하면…….

[절대 행운]

티케에게 무적기가 있는 건 잘 알고 있었으니까.

그러고 보니 나는 저거 받고도 한 번도 안 썼네.

무적 필요할 때는 그냥 [세계에게 편애받는] 능력을 썼었으니까.

익숙하다는 건 이래서 무서운 거다.

아무튼 티케가 시간을 끌어 준 덕에 힘을 되찾은 나는 뒤늦게 외쳤다.

"안 돼!"

티케만 외치게 내버려 두고 나는 안 외쳤을 때 어떤 일이 일어날지, 지금이라도 깨달은 덕이다.

*　　　*　　　*

나는 내가 이렇게 강해졌을 줄은 몰랐다.

찬찬히 생각해보면 근거는 있었다.

일단 1층에서 모험가 10만 명을 거의 다 살려서 내려보낸 것부터가 시작이었다.

비록 5층 시점에서 그 숫자가 8만 명이 되긴 했지만, 커뮤니티가 생긴 이후에는 생존율이 더욱 뛰어올랐다.

김명멸이 일반 모험가의 시야로 새로 쓴 공략이 잘 먹힌 덕택이었다.

하긴 나는 7층 죽돌이였지, 제대로 된 모험가라 하긴 힘들었다.

회귀 후에는 거의 항상 남들보다 30레벨 이상 더 높게 레벨 차를 유지했으니, 일반 모험가 입장에서 보고 판단할 일이 없었다.

아무튼 그 덕에 25층에 올라온 지금, 놀랍게도 생존 모험가 수는 8만대를 유지하고 있었다.

그리고 이들이 내 힘의 기반이 되어 주었다.

물론 50층대에 비교하자면 레벨이 많이 낮긴 하지만, 그래도 숫자가 숫자니만큼 [운명 조작] 전에 비해 내가 받는 힘이 훨씬 클 수밖에 없었다.

게다가 [운명 조작] 후에 내가 미궁 바깥의 존재를 좀 많이 먹어 치웠나?

물론 [운명 조작] 전에도 [우주에서 온 색채]와 [위대한 잠보], 그리고 '놈'의 본체를 죽이고 힘을 많이 얻긴 했다.

그때 얻은 힘 대부분을 [운명 조작] 쓰는 데에 소모하긴 했어도, 완전히 소진된 건 아니었다.

그래서 이러한 위업이 가능해진 것이리라.

"우리 둘이서 분신체 하나를 해치우다니!"

불끈불끈 힘이 솟는다.

쓴 것보다 얻은 게 더 많으니 당연한 일이다.

더욱이 쓴 건 시간 지나면 다시 채워질 거다.

힘을 완전히 회복하고 난 후엔 어쩌면 [끌어내려져 존경받는 왕]보다도 강해져 있을지도 모른다.

"나는 죽는 줄 알았는데!"

"하지만 살았지!"

그리고 더 강해졌다.

이번에는 티케의 기여도도 낮지 않으니, 힘도 그만큼 많이 얻었을 것이다.

"이런 날은 참을 수 없지!"

나는 티케에게 달려들었다.

"꺄악!"

행복 섞인 비명.

이걸 마지막으로 들은 지가 언제였던가.

…생각보다 얼마 안 됐나?

뭐, 아무럼 어때!

*   *   *

미궁도 25층을 넘기자, 모험가 상당수가 100레벨을 찍는 데에 성공했다.

이 말이 의미하는 바는 곧, [인간+]이 되어 종족 능력을 얻었다는 뜻이다.

원체 [인간의 가능성]과 궁합이 좋은 [악운] 능력치의 수요도 그만큼 늘어났다.

"분명히 죽은 거 확인했었는데! 사람이… 사람이 되살아났어!"

"아! 이거 [인간의 가능성]이다! 분명히 확률이 희박하다고 했는데!"

"이게 다 [악운] 덕이지!"

이걸로 죽다 살아난 모험가들의 간증이 이어졌기 때문이다.

물론 [악운]을 갖고도 죽은 사람도 있긴 했지만, 원래 죽은 사람은 말이 없는 법이니까.

그거야 뭐 아무튼, 나는 아낌없이 [악운]을 풀었다.

손익 분기점이야 한참 전에 넘겼고, 이제는 안정적인 흑자를 기록하는 시점이다.

추가 투자를 망설일 이유가 없었다.

더욱이 30층대 세계에서 일반 기술을 단련해 미배분 능력치에 여유가 생긴 모험가들이 [악운]을 올림으로써 내가 얻게 될 수익을 생각하면, 미리미리 투자해 두는 게 당연하기까지 했다.

그러나 문제가 하나 있었다.

[김명멸]: 저, 선생님. [악운]에는 100 능력이 없습니까?

내가 이것저것 하느라 바빠 능력 개발이 늦어진 탓에, [악운]은 100 능력조차 없는 능력치가 되어 버리고 만 것이다.

아직은 100 찍은 모험가가 적어 소문까지 퍼지지는 않았으나, 이것도 시간문제이리라.

안 그래도 30층을 앞두고 다른 성좌의 유혹이 강해지는 마당이니만큼 이것은 간과할 수 없는 문제였다.

급조해서라도 얼른 100 능력을 만들어야 하는데…….

"뭘 만들지?"

그랬다.

100 능력의 개발은 여전히 기획 단계에서 막혀 있는 상태였다.

시간이 지나다 보면 자연스레 생각이 나리라고 여겼건만, 아무래도 내가 스스로를 과대평가한 모양이다.

머리를 데굴데굴 굴려 봐야 돌 구르는 소리밖에 안 난다.

"후… 안 되겠다."

나는 결단했다.

"베끼자."

물론 무단 표절을 할 생각은 없었다.

"그래서 네 능력을 베낄까 생각하는데, 어떻게 생각해?"

무단 아니고 유단 표절이다.

아니, 이거 맞는 말인가?

[행운의 여신이 뻔뻔하다고 합니다.]

[행운의 여신이 당신의 그런 점이 좋다고 합니다.]

얘도 참, 그런 칭찬을 하다니.

부끄럽네.

아무튼 나는 표절, 아니고 정식 라이선스를 받기로 했다.

[악운 폭발]: [악운]을 소모하며 발동한다. 능력 발동 중에는 생명력이 0 이하가 되지 않는다.

[행운]은 300을 찍어야 얻을 수 있는 [절대 행운]과 유사한 능력이다.

무적은 무적이어도 피해는 받는, 그런 능력이랄까.

당연히 [절대 행운]의 하위 호환이지만 300 능력이랑 100 능력을 1:1로 놓고 비교하는 게 양심 없는 짓이 아닐까?

그래도 [인간+]의 종족 능력과 꽤 시너지가 나고, 모험가의 생존율을 높이는 그런 능력이 된 것 같다.

[행운의 여신이 이거 왜 내 허락받았냐고 물어봅니다.]

[전혀 다른 능력으로 보인다고 합니다.]

원작자가 그렇게 말씀하신다면야 베낀 입장에서도 보람이 있네요!

좋아, 등록!

[김명멸]: 이거… 좋네요. 상당히 좋아요.

다행히 김명멸을 비롯한, 이미 [악운] 100을 찍어 둔 모험가들에게는 꽤 호평이었다.

하긴 누가 능력치 100 수준에서 무적을 주겠어.

나밖에 없지.

아무튼 이걸로 한숨 돌린 느낌이다.

급하게 마련하느라 너무 퍼준 느낌이 없지 않지만, 그거야 뭐 어쩔 수 없는 것 아니겠는가.

                    *   *   *

모험가들은 어느새 미궁 30층에 도달했다.

다음 층, 즉 31층이면 30층대의 세계가 열린다.

이로써 [피투성이 피바라기]를 비롯한 성좌들의 파워 업도 노릴 수 있을 것이다.

"그럼 드디어 반격에 나설 수 있게 되겠지."

홀로 미궁 바깥에 나와 있던 나는 하늘을 올려다보며 읊조렸다.

운석이 떨어지고 있었다.

[우주에서 온 색채]의 운석이다.

내가 25층에서 세운 업적은 적지 않은 나비 효과를 낳았다.

저것이 그 나비 효과 중 하나다.

지구의 미궁이 더욱 다채로운 색을 갖게 됨에 따라, [색채]는 뭐 마려운 개처럼 지구에 운석을 마구 던져 대고 있었다.

[행운의 여신이 쉴 시간도 없다고 말합니다.]

"아니, 쉴 시간도 없는 건 아니지."

[행운의 여신이 너랑 나랑 같이 쉴 시간이 없다고 말합니다.]

그건… 맞지.

45일씩이나 티케의 세계에 틀어박혀 있을 시간이 없긴 하다.

그렇다고 운석이 한 달마다 주기적으로 떨어지고 있다는 소리 는 아니었다.

그 반대로, 떨어지는 운석에는 주기라는 게 없었다.

마치 간이라도 보는 듯, 아무 때나 랜덤으로 운석을 찔끔찔끔 던져 대고 있었다.

그렇다고 이렇게 떨어지는 운석의 양이 많은 것도 아니다.

이번에도 단 하나의 운석만이 떨어지고 있었다.

"간 보는 거 맞는 것 같지?"

[행운의 여신이 틀림없다고 합니다.]

나는 혀를 찼다.

저거 먹어 봐야 간에 기별이나 갈지 모르겠다.

그래도 안 먹… 아니, 안 막을 순 없지.

저걸 내버려 뒀다가 무슨 일이 생길지 어떻게 알겠는가?

[비이이이이이임!!!!]

물론 이번 운석도 나 혼자 독식했다.

다른 성좌들 불러 봤자 현현하는 비용이 더 많이 들 테니 당 연한 선택이었다.

[행운의 여신이 저거 빨리 없애 버리고 싶다고 합니다.]

티케가 또 투덜거렸다.

"이제 얼마 안 남았어."

앞서 말했듯, 곧 30층대의 세계가 열릴 테니까.

놈들의 본체를 빠개고 나면 저것들도 더 이상 간 보기는 못 하리라.

*　　　　　*　　　　　*

미궁 31층.

8만 명의 모험가들은 재빠르게 움직였다.

8만이라는 머릿수는 아직 고대 사회에 불과한 31층 세계를 순식간에 장악했다.

왕국과 공화국, 도시 국가로 난립해 있던 각 세력을 하나로 통합해 바로 인류 제국을 건국했고, 제국의 수호 성좌 자리에는 [피투성이 피바라기]와 [아름다운 로맨스]가 앉았다.

인류는 번영했고, 두 성좌의 힘 또한 왕성하게 성장했다.

그와 더불어, 내 지령을 받은 모험가들이 산맥을 넘어 트리톤족을 찾아내 내가 했던 것처럼 퀘스트를 받아 해결했다.

성장에 걸림돌이 되는 요소를 모조리 제거했으니, 트리톤족 또한 번영할 것이고 수호 성좌인 [말과 돌고래 애호가]도 힘을 불릴 것이다.

그렇게 모험가들이 31층에서 5년을 보내는 동안, 나는 미궁 바깥에서 운석들을 처리했다.

이게 또 쌓이니까 양이 꽤 되더라.

그 덕에 나는 더욱 강해졌다.

"그렇다고 이렇게만 있을 수는 없지."

오는 운석만 받아먹고 만족한다?

그러다가 적이, [색채]가 다른 생각을 품으면?

물론 그때 가서 성좌들을 초환해 함께 막으면 괜찮을지도 모른다.

그러나 애초에 '막는다'는 선택지가 마음에 들지 않는다.

그래서 나는 모험가들이 32층으로 넘어간 직후, 곧장 채널을 열고 성좌들을 초대했다.

"저들을 끝장낼 때가 됐습니다."

오늘의 의제는 당연히 적들의 본체 제거였다.

*　　　　*　　　　*

그러나 내 제안에 대한 성좌들의 반응은 미적지근했다.

"…솔직히 말하자면 말이야, 조금만 더 머물렀으면 하긴 하네."

이게 [피투성이 피바라기]의 입에서 나온 말이라면 믿겠는가?

놀랍게도 이게 사실이다.

생각해 보면 그럴 만도 했다.

32층, 33층을 거치며 30층대의 인류는 더욱 번영할 것이며, [피투성이 피바라기]와 [아름다운 로맨스]의 힘은 더욱 커질 테니까.

아니, 아무리 그래도 그렇지! 그렇게 전쟁 좋아한다던 양반이!

이것 때문에 [피투성이 피바라기]에 대한 배신감이 더 커졌다.

그런데 알고 보니 미궁 내에서 전쟁을 준비하고 있단다.

[피투성이 피바라기] 편이랑 [아름다운 로맨스] 편으로 갈라서 전쟁하겠다나?

…결국 그거 우리끼리 내전이잖아.

하지만 이 양반이 내전을 얼마나 좋아하는지 나는 알고 있었다.

설득은 무리겠네.

[고대 엘프 사냥꾼]이나 [고대 드워프 광부]라고 뭐 다르지는 않았다.

그들 종족은 30층대의 세계에 아직 등장조차 하지 않았으니 말이다.

그나마 이 둘은 내게 큰 빚을 졌기에 내 말에 따라 줄 거라고 공언한 터긴 했다.

이전, 그러니까 [운명 조작] 전에는 내게 꽤 호의적으로 나와준 [위대한 오크 투사]도 이번에는 내게 영 비협조적으로 나오고 있었다.

내가 잘 모르고 있긴 했지만, 15층에서 모험가들에게 큰 피해를 입었다던가?

하긴 엘프와 드워프가 모험가들에게 협조적으로 나왔으니, 15층의 삼파전에서 오크가 상대적으로 피해를 입을 건 예상했어야 할 일이긴 했다.

지난번에도 지금 시점에는 사이가 별로 안 좋기도 했고.

하지만 오크야 뭐 상관없다.

이제는 내가 [위대한 오크 투사]보다 확실히 세거든.

이제까지 겪은 바로는 꽤 직선적인 성격인 [투사] 성좌가 나한테 무턱대고 싸움을 걸지 않는 이유가 바로 이것이었다.

문제는 다수결이었다.

내 제의에 찬동하는 성좌는 [끌어내려져 존경받는 왕], [세 번 위대한 이], 그리고 [고대 엘프 사냥꾼]과 [고대 드워프 광부]였다.

나까지 해서 다섯.

그런데 믿었던 [피투성이 피바라기]와 [아름다운 로맨스]가 미적지근해지며 저쪽에 붙어, 숫자가 5:5가 되어 버렸다.

심지어 [말과 돌고래 애호가]도 은근슬쩍 저쪽에 붙어 있었다.

아니, 인류 제국 만들어 준 게 누군데!

트리톤 퀘스트 다 해결해 준 게 누군데!

…라고 말하면 '반대하는 건 아닌데 좀 신중하자는 거지~.'라면서 유들유들하게 나온다.

이게 진작 나치 패자고 할 때 심드렁했던 영국과 프랑스 보는 기분인가?

우리 시대의 평화 같은 소리 하고 있네!

이렇게 돼 버린 거, 티케라도 불러서 억지로 과반 만들어?

하지만 이렇게 성좌가 많은 자리에는 티케가 나오지 않을 것이다.

게다가 사실 티케를 싸움에 내보낼 것도 아니라서 지분도 별로 없긴 하지.

어떻게든 한 명만 설득하면 되긴 되는데… 그게 쉬울 것 같지 않다.

[피투성이 피바라기]야 그렇다 치는데, [아름다운 로맨스]까지 저렇게 뻔뻔하게 나올 줄은 몰랐지.

든든하게 배 채워 주면 우리 편 들어줄 줄 알았는데, 한 입만 더 먹고 가자고 말할 줄은 몰랐다.

뭐, 위장이 막 풍선처럼 늘어나나 보지?

이러니까 낙수 효과는 뻥인 거다.

그러다 [피투성이 피바라기]한테 선전포고나 맞을 텐데!

확 이거나 붙어버릴까?

내가 그렇게 혼자서 속으로 씩씩대고 있을 때였다.

"어쩔 수 없군. 이 방법만큼은 쓰지 않으려 했는데……."

[끌어내려져 존경받는 왕]이 씁쓸한 표정을 지으며 말했다.

그러자 지금껏 뻗대던 [피투성이 피바라기]의 표정이 새파래졌다.

"서, 설마… 아버지! 그건 아니죠!"

[끌어내려져 존경받는 왕]은 고개를 저었다.

"마르스, 베누스, 듣도록. 왕명이다."

아니?!

나는 깜짝 놀랐다.

[피투성이 피바라기]는 아레스 아니었어!?

하긴 아레스나 마르스나 그게 그거긴 하지.

그런데 티케는 티케인데 왜 마르스는 마르스지?

나는 이상한 의문을 품었다.

어떤 의미에서는 현실 도피이기도 했다.

왜냐하면 분위기가 안 좋았기 때문이다.

그것도 굉장히.

일단 [피투성이 피바라기], 마르스는 입술을 짓씹어 피를 흘리고 있었다.

"…예, 하늘에 계신 우리 아버지여."

그럼에도 불구하고 그 언행은 예의 바르기 짝이 없었다.

한편 [아름다운 로맨스], 즉 베누스는 그 옆에 차자작 붙으며 같이 고개를 숙였다.

"말씀 따르겠습니다."

그런 두 성좌를 한참이나 말없이 내려보고 있던 [끌어내려져 존경받는 왕], 아마도 제우스… 가 아니라 유피테르일 성좌가 말했다.

"흠, 이로써 7:3이 되었군. 다수결로 의제가 정해진 것 같아."

그러다 문득 [세 번 위대한 이]에게 시선을 돌리며 유피테르는 이렇게 말했다.

"우리 쪽 아이들이 추한 꼴을 보였어. 미안하군."

"아닙니다. 괜찮습니다."

[세 번 위대한 이]가 고개를 저었다.

잉? 우리 쪽?

왜 [세 번 위대한 이]는 '쟤네 쪽' 취급이지?

설마 이쪽은 메르쿠리우스가 아니라 헤르메스 취급인가?

아, 이게 맞구나.

티케의 아버지가 헤르메스니까, 이게 맞다.

이런 사실을 이제야 알게 된 것도 되게 새삼스럽긴 하다.

나한테는 [비밀 교환★★★]이 있음에도 불구하고 말이다.

하긴 성좌의 진짜 이름을 궁금해한 적이 거의 없었지.

[비밀 교환★★★]은 기본적으로 내가 알고 싶은 비밀을 알려 주니, 관심이 없으면 모를 수밖에 없다.

그거야 뭐 아무튼.

"자네들에게도 공유되었을 걸세. 그래, 이 젊은 성좌, [지구의 챔피언]이 가지고 온 '지난번'의 작전계획서에 첨부된 영상 이야기 맞네."

내가 혼자 딴 생각을 하는 동안, [끌어내려져 존경받는 왕]이 반대자들, 혹은 반대자들이었던 성좌 앞에서 입을 열었다.

"만약 미궁 바깥의 존재들을 내버려 두면 이 세계, 이 미궁이 어떻게 되었을지 적나라하게 드러나지 않았는가?"

'아버지'의 이야기를 들은 [피투성이 피바라기]는 고개를 푹 숙였고, [아름다운 로맨스]는 먼 곳을 바라보았다.

"자네들은 간헐적으로 날아오는 운석을 막기 급급할 거고, 그 틈을 타 적들은 미궁의 상층부터 차지해 우리 아이들의 세계에까지 침략할 걸세."

그러거나 말 거나, [끌어내려져 존경받는 왕]은 계속해서 말했다.

"그간 떨어진 운석의 숫자가 얼마나 되는지 아는가? 만약 여기 있는 [지구의 챔피언]이 없더라면 미궁 상층은 이미 점령당했을 걸세."

그러지… 는 않았을걸요?

나는 반문이 떠올랐지만, 실제로 반문하진 않았다.

내가 왜?

"이러한 [지구의 챔피언]의 봉사에 감사하지는 못할망정… 더욱이 너희 둘은 직접적인 도움까지도 받지 않았느냐! 염치도 없어!?"

급격하게 거칠어진 [끌어내려져 존경받는 왕]의 목소리는 [피투성이 피바라기]는 물론이고 [아름다운 로맨스]마저 창백하게 만들었다.

지금까지 조곤조곤 말하던 말투라 더더욱 그랬을 것이다.

"죄, 죄송합니다!"

"죄송합니다, 아버지!!"

둘의 입에서 기어코 사과가 나오게 한 후에나, [끌어내려져 존경받는 왕]은 이렇게 말했다.

"둘."

이게 무슨 뜻이지?

갑작스럽게 던져진 숫자에 영문을 모르는 나와 달리, 이 말을 들은 두 성좌는 조금 전보다도 얼굴을 새하얗게 만들며 필사적으로 고개를 저었다.

"그래, 지켜보마."

그 반응이 마음에 든 듯, [끌어내려져 존경받는 왕]이 미소를 지었다.

'둘'이 대체 뭔데……?

나는 궁금해서 돌아 버릴 것 같았지만, 끝까지 [비밀 교환★★★]은 아꼈다.

모르는 게 더 나은 진실이란 있는 법이고, 바로 지금이 바로 그 금언이 가리키는 경우일 테니까.

*　　　　　*　　　　　*

다행히 [위대한 오크 투사]나 [태생부터 강한 자]는 회의 결과가
다소 강압적으로 결정된 것에 대해 크게 반발하고 나서지는 않았
다.

아마도 넵투누스일 [말과 돌고래 애호가]는 이제까지 [끌어내려
져 존경받는 왕]이 나서길 기다리기라도 한 건지 미소마저 띄운
채 고개를 끄덕거리고 있었고.

[위대한 오크 투사]는 나한테 반대하고 싶을 뿐, [끌어내려져 존
경받는 왕] 같은 대성좌와 굳이 각을 세울 마음은 없었으리라.

역시 오크야!

강약약강이지!

뭐, 사실 나도 꽤 강해져서 이제 [위대한 오크 투사]보다는 센
것 같다만, 오크는 그렇게 생각하지 않는 기색이다.

그럼에도 불구하고 본능적으로 내 강함을 알아챈 건지 직접적
으로 덤비지는 않는 점까지 오크답다.

진짜 호감 가네.

나는 속으로 생각했다.

언제 기회 생기면 놓치지 말고 두들겨 패야겠다!

…라고.

*　　　　　*　　　　　*

아무튼 이로써 미궁 바깥의 존재 공격 작전의 실행이 결정되었다.

준비할 건 별로 없었다.

사실 준비는 내가 다 해 뒀기 때문이다.

이번 작전에 티케는 동행하지 않는다.

지구에 떨어지는 운석의 요격 임무를 맡았기 때문이다.

새로 개발한 [행운의 빔!] 덕에 이제 운석도 잘 떨어뜨리니까.

기본적으로는 우리와 싸우고 있을 때 운석을 지구로 날릴 여력이 없을 테지만, 또 혹시 몰라서 둔 포석이다.

게다가 위험해지면 나를 지구로 초환할 수 있도록 초환권도 한 장 줬다.

미궁 바깥 놈들이 보통 미친놈들이 아니라, 목숨 걸고 싸우는 도중에 목숨 버릴 각오하고 자기 분신을 하나 갈라서 지구에 던지고도 남으니까.

"그런가, 자네가 그렇다면 찬성하겠네."

[세 번 위대한 이]는 이번에도 티케를 데려갈 생각이었던 듯했지만, 나도 [운명 조작]을 쓸 수 있다는 말을 듣고 금세 의견을 바꾸었다.

보험을 두 개나 들 필요는 없으니 당연한 선택이었다.

[피투성이 피바라기]와 [아름다운 로맨스]도 처음에는 반대했던 것 치고는 의외로 협조적이었다.

그냥 한 입 더 먹고 가고 싶은 마음이 있었을 뿐, 작전 자체에 반대할 마음은 없었나 보더라.

이럴 거면 [피투성이 피바라기]는 뭐하러 그렇게 입술을 피나도록 깨물었는지 모르겠다만, 나는 굳이 이해하려 들지 않았다.

"나이 먹을 대로 먹어 놓고 아버지한테 무릎 꿇기 자존심 상했나 보지, 뭐!"

[아름다운 로맨스]가 그런 해석을 내놓긴 했지만, 이거 해석이라기보단 악담 아닌가?

좌우지간, 출정일이 결정되었다.

바로 오늘이다.

*　　　　*　　　　*

놈들 소굴의 좌표는 기억하고 있다.

그럼에도 우리는 즉각 공간 이동을 하지는 않았다.

우주로 날아오르며, 달과 수성, 금성을 비롯한 태양계 행성을 한 번 쭉 훑으면서 갔다.

만약 적이 우리를 관측하고 있다면, 평범한 순찰 작전처럼 보이도록.

물론 가까운 곳에 적들이 뭔가 숨겨 둔 게 없는지 확인하는 의도도 있긴 했다.

달 뒷면에 뭔가 커다란 크레이터가 보여서 뭔가 있나 했더니만, 딱히 특별할 건 없었다.

그 크레이터에 옛 달의 신이 머물렀다가 미궁 바깥의 존재에 의해 사냥당해 이제는 없다는, 지금에 와서는 별 의미 없는 비밀이 하나 발견됐을 뿐.

우리는 목성의 그림자에서 공간 이동을 감행했다.

적들이 도사린 좌표에서 약간 떨어진, 적당한 위치에 공간 이동을 한 우리는 나를 캐리어 삼아 움직이기 시작했다.

그리고 해당 좌표에는 '그것'이 있었다.

기괴한 색채로 물든 거대한 행성 위, 징그러운 촉수들이 뒤덮고 촉수들이 꿈틀댈 때마다 형광분진이 뿜어져 나오는 '그것'.

[우주에서 온 색채], [위대한 잠보], 그리고 '놈'의 세 마리가 뒤섞여 만들어 낸 끔찍한 혼종이었다.

"끔찍한 광경이야."

[끌어내려져 존경받는 왕] 성좌가 [운명 조작] 전에 저걸 처음 봤을 때 한 말을 그대로 다시 했다.

"준비들 되셨습니까? 그럼 출격합니다."

다른 성좌들을 실은 채, 나는 곧장 적진에 돌격했다.

"자, 다들. 작전대로 하자고. 부탁하네, [강자]."

"우오오오오!!"

가장 먼저 [왕]의 지시에 따른 것은 [태생부터 강한 자]였다.

[대폭주]

"아주 좋아. 다음."

"예, 아버지."

[피투성이 피바라기]가 이어서 능력을 발동시켰다.

[시산혈해]

"그럼 이제 제 차례로군요."

[말과 돌고래 애호가]가 나섰다.

[전군 돌격]

"마지막은 나로군… 좋아. 돌입!"

[끌어내려져 존경받는 왕]의 명령과 함께, 열 성좌가 동시에 본래 모습을 드러내는 광경은 문자 그대로 장관이었다.

나도 행성 형상으로 실전에 들어가는 건 처음이라 조금 긴장됐다.

[벼락 강림]

그리고 이제는 너무 자주 써서 내 능력이 아닌가 싶을 정도인 [벼락 강림]이 걸렸다.

당연히 [끌어내려져 존경받는 왕]이 대신 걸어 준 거였다.

쫘르릉!

열 개의 벼락이 놈들에게 꽂혔다.

그것도 각기 다른 각도로.

효과는 놀라울 정도로 좋았다.

왜 놀라울 정도냐면, [운명 조작] 전보다도 더 잘 먹혔기 때문이다.

전에도 잘 먹혀서 전술을 바꾸지 않았는데, 지난번에는 그저 균열 몇 개가 나는 것이 전부였지만 이번에는…….

콰직!

균열 하나가 크게 나면서 놈들의 집합체가 반쯤 갈라졌기 때문이다.

거기 이어서.

[세 번 위대한 이가 [신비한 세계]를 펼칩니다.]

[세 번 위대한 이가 직접 펼친 [신비한 세계]가 펼쳐졌다.

다음에 할 일은?

"[내가 빛이다.]"

이제는 당연하기까지 했다.

*　　　　　*　　　　　*

나는 [빔] 그 자체가 되어 균열에 나 자신을 때려 박았다.

마치 쐐기처럼!

다만 쐐기는 쐐기여도, 계속해서 누군가가 때려 박아주는 쐐기다!

나는 적 동체에 틀어박혀 균열을 깊게 퍼뜨리고, 다른 성좌들이 내 뒤를 따라 들어와 균열을 넓히고 말랑말랑한 내부에 타격을 주었다.

그 결과.

지난번엔 그저 한 입 크게 베어 물었을 정도에 불과했지만, 이번에는 놈들의 집합체를 완전히 반으로 쪼개 버리는 데에 성공했다.

이거 내 덕인가?

내 덕이지.

왜냐하면 여기 모인 성좌들 중 유의미하게 강해진 게 나뿐이니 말이다.

물론 이번에는 침략자들이 미궁 40층대는커녕 50층조차도 침탈하지 못한 탓도 있긴 하리라.

그걸 막은 게 누구?

바로 나다.

역시 내 덕이잖아, 이거!

내가 그렇게 속으로 자화자찬하느라 바쁠 때, 적은 바로 모습을 바꾸고 있었다.

그렇다, 2페이즈다.

지난번에는 꽤 싸우고 2페이즈에 돌입했던 것 같은데, 이번엔 꽤 진행이 빠르다.

그런데 이번에는 대괴수가 두 마리?

뭐, 반으로 쪼갰으니까 두 마리 나오는 게 자연스럽긴 하다.

지난번에는 커다란 한 놈을 상대해야 했지만, 이번에는 반절짜리 두 놈을 상대해야 한다는 점이 다를 뿐.

아마 이번이 더 쉽겠지?

나는 긍정적으로 내다보았다.

"엇?!"

그러나 결론부터 말해서, 긍정적으로 보았던 건 틀려먹었다.

왜냐하면 한 놈은 우리 앞을 가로막고, 다른 한 놈은 공간 이동을 시도했기 때문이다.

저놈이 어디로 이동하려는지는 너무나도 명백했다.

지구였다.

놈은 우리가 빠져나와 무방비 상태가 되었을 터인 지구를 노리고 있다!

몸의 반신을 잃어도 지구만은 처먹겠다는 그 집념은 이미 한 번 경험한 바 있다.

본체 버리고 분신 보내서 지구를 먹기도 하는데, 반신 정도 버리는 거야 우습지도 않겠지.

그나마 다행인 건 내게 도망치는 놈을 붙잡을 수단이 있다는 것이었다.

[듀얼!]

성좌의 힘으로 1:1 조건을 제거한 [듀얼!] 능력의 도망 방지 옵션이 이럴 때 빛을 발한다.

찌지지직…

그러자 황당한 일이 벌어졌다.

[듀얼!]에 걸린 놈의 겉가죽이 벗겨지며 속에서 무언가가 나오고 있었다.

저거 설마… 새끼를 치고 있는 건가?

아니, 이것은 차라리 허물벗기에 가까울지도 모르겠다.

새로 나온 놈은 [듀얼!]에 걸리지 않았기 때문에, 또 곧장 도망쳐 공간 이동을 시도했다.

나는 앞으로도 이놈들이 싸우기보다는 지구로 도망치는 걸 우선시하리라는 걸 직감했다.

[듀얼!]을 아무리 걸어 봤자, 놈은 같은 방법으로 계속해서 회피할 것 같았다.

물론 시도할 때마다 힘이 빠져나가고 약해지겠지만, 그렇게 약해진 놈 중 단 하나라도 지구에 도착하는 순간 무슨 일이 벌어질지 모른다.

따라서 나는 아예 다른 방법을 쓰기로 했다.

[신비한 시간]

시간이여, 멈춰라!

한 번에 힘을 많이 써서 단숨에 놈을 처치하기로 한 것이 그 다른 방법이었다.

이 방법에도 문제는 있었다.

이 멈춰진 시간 속에서 유의미하게 움직일 수 있는 건 나 혼자라는 점이다.

적들을 포함한 다른 성좌들이 움직이려면 힘을 많이 소모해야 한다.

콰직!

아, [신비한 세계]를 사용할 수 있는 [세 번 위대한 이]를 제외하면.

[세 번 위대한 이]가 거의 껍데기만 남다시피 한 놈 중 하나를 완전히 파괴하고, 도망치려는 알맹이를 향해 [신비한 광선]을 발사했다.

저거 [빔] 아닌가?

그래서 나도 마주 [빔]을 발사했다.

그 직후, 시간을 다시 움직이자 두 [빔]이 교차해 알맹이 놈을 완전히 뭉개 버렸다.

원래 이렇게 [빔] 몇 발로 없앨 수 있는 놈이 아닌데, 모든 능력을 도망에 초점을 맞춘 놈이라 그런지 생각보다 쉽게 파괴됐다.

하지만 그럼에도 불구하고 나는 [비밀 교환★★★]을 활성화했다.

이놈 상대로 몇 번이고 물을 먹었다.

이번에야말로 완전히 끝장내야 한다.

자, 속내가 뭔지 드러내라!

내 시선이 부서져 가는 놈을 꿰뚫었다.

다음 순간, 나는 '알았다'.

"와, 씨."

그 비밀에 대해 알게 된 순간, 나는 나도 모르게 육성으로 소리 내고 말았다.

"…이놈들도 본체가 아니었어?"

하긴 이놈들이 스스로 본체라고 이야기한 적은 없긴 하다.

아무리 그래도 그렇지, 이건 너무 뒷통수를 세게 후려 맞은 기분이다.

진짜 본체가 따로 있다고?

우리가 지구에서 사냥한 건 분신체의 분신체에 불과했고, 이 거대한 놈마저 분신체였다는 진실은 나를 멍하게 만들기에 충분한 충격을 주었다.

그나마 다행인 건 이 분신체와 본체 간에 통신 수단이 없다는 점, 그리고 본체의 위치가 다른 은하라는 점인가.

또 하나.

이 분신체 무리를 완전히 없애 버리면 우리 은하에 새 분신체가 파견되거나…

최악의 경우, 본체가 올 수도 있다.

그러나 이런 걸 지금 미리 걱정할 필요는 없다.

어차피 몇천 년쯤 후에나 일어날 일.

나중에 생각해도 된다는 소리다.

나는 내가 이번에 새로 알아낸 이 정보를 다른 성좌들에게 알릴지 말지 잠깐 고민했다.

결론은 곧 내려졌다.

일단 이놈부터 완전히 죽이고 보자.

한 덩어리라도 남으면 바로 지구를 침략하려는 놈들이다.

그것도 이토록 집요하게.

그 확률도 희박한 본체의 침략을 두려워하느라 이놈들을 살려두느니, 바로 처치해서 몇천 년 동안이나마 평화를 확보하는 게 낫다.

나는 이렇게 판단했다.

[피투성이 피바라기가 빨리 다시 시간 멈추라고 외칩니다!]

게다가 지금은 한가롭게 이야기나 나누고 있을 상황이 아니기도 했다.

[신비한 시간]

나는 다시금 시간을 멈췄다.

이번에야말로 놈을 완전히 끝장내기로 결심했다.

그 결심은 곧장 행동으로 이어졌다.

[비이이이임!!!!]

[비이이이임!!!!]

[비이이이임!!!!]

반대쪽에서도 비슷한 화력의 [빔], [신비한 광선]이 날아들었다.

당연히 [세 번 위대한 이]의 능력이었다.

그리고 시간은 다시 움직인다.

콰콰쾅!!

여섯 발의 [빔]에 맞은, 녀석의 나머지 반쪽 또한 파괴되기 시작했다.

그 틈을 놓치지 않고 [피투성이 피바라기]가 달려들어 파괴 행각을 자행했고, [위대한 오크 투사]를 비롯한 다른 성좌들 또한 동참했다.

그 와중에 [고대 엘프 사냥꾼]의 [신비한 화살]이 튀어나오는 작은 파편들을 모조리 분쇄해 내기 시작했다.

처음엔 삐걱거리며 시작한 원정임에도, 그 끝이 이렇게도 손발이 딱딱 맞는 건 승리가 코앞이기 때문이겠지.

이런 걸 보면 성좌들도 사람이랑 그리 다를 바가 없다.

*   *   *

"이겼다!"

[위대한 오크 투사]가 신나서 외쳤다.

나는 그 뒤통수를 빡 소리 나게 때렸다.

출발하기 전에 마음먹었던, 한 대 세게 때려 주겠다는 맹세를 지키기 위해서였다.

"왜, 왜!"

"그냥."

"아니, 왜?!"

이런 폭거를 저질렀음에도 불구하고 [위대한 오크 투사]는 내게 달려들지 않았다.

이번 전투를 통해 내가 힘을 증명했기 때문이겠지.

틀림없이 내 폭거임에도, 다른 성좌들도 별말을 하진 않았다.

분위기를 파악한 [위대한 오크 투사]도 입을 다물었다.

쭈그러든 걸 보니 좀 불쌍하네.

나중에 케어해야지.

아무튼 대승이었다.

각자 이번 전투에 힘을 많이 쓰긴 했지만, 투자한 것 이상은 벌어 갔다.

"자, 그럼."

나는 말했다.

"돌아가죠."

아직 승리의 여운이 남아 흥겨운 지금, 수천 년 후에나 찾아올 놈들의 본체에 관한 이야기를 벌써부터 할 필요는 없어 보였다.

지구로 귀환한 후에나 해도 될 터였다.

"좋아, 출발하자고!"

그렇게 오기 싫어했던 [피투성이 피바라기]지만, 지금은 매우 신난 듯했다.

이겼고, 얻었고, 성장했다.

안 신날 이유가 없었다.

*   *   *

그러나 상황은 이걸로 끝난 게 아니었다.

"지구! 지구가……!"

[피투성이 피바라기]가 말을 잃었고.

"저거 지구 맞아? 좌표 잘못 잡은 거 아니야?"

[아름다운 로맨스]가 의심했다.

"아니, 저게 지구가 맞아."

[끌어내려져 존경받는 왕]은 뜨거운 눈물을 흘리며 말했고.

"지구! 저게 지구다!!"

[말과 돌고래 애호가]는 크게 웃으며 외쳤다.

색을 잃어 잿빛이었던 지표면에 물이 가득 들어차, 푸르른 바다가 펼쳐져 있었다.

하늘에는 하얀 구름이 조용히 흐르고 있었고, 대륙과 산맥에는 푸르른 이끼가 돋아나 있었다.

생명! 그렇다, 생명이다!

지구 위에 생명이 돋아나고 있었다!!

"빼앗겼던 색을 되찾은 덕일 걸세."

[세 번 위대한 이]가 보기 드물게 물기 젖은 목소리로 말했다.

"아니, 색뿐만이 아니지. 빨려 먹혔던 영혼도, 강탈당했던 주권도 모두 되찾은 덕이야."

우리가 미궁 바깥의 존재들을 쓰러뜨림으로써, 지구는 빼앗겼던 것들을 되찾았다.

아직 모든 것을 완전히 되찾은 것은 아니었다.

바다에는 물고기가 없었고, 지표면을 뒤덮고 있는 것은 이끼 정도에 불과했다.

그러나 언젠가는 온전함을 되찾으리라.

왜냐하면…….

"아아! 나의 아이들이!"

"우리의 아이들이!!"

[고대 엘프 사냥꾼]과 [고대 드워프 광부]가 애끓는 목소리로 외쳤다.

엘프, 드워프, 오크.

트리톤에 켄타우로스.

인간.

거기에 모험가들까지.

미궁에 갇혀 있던 종족들이 지구의 대지 위를 걷고 있었다.

"미궁이 지구의 생명 유지 장치일지도 모른다던데, 그게 사실이었나 보군."

[세 번 위대한 이]가 말했다.

그게 맞았다.

조금 전까지 잊고 있었지만, 방금 기억났다.

지구 곳곳을 누비며 얻은 비밀 중에 그런 내용도 있었다.

더불어 미궁에는 외적에 맞서 싸울 전사를 키우고자 했던 목적도 있었지.

하지만 외적들을 완전히 물리쳤다고 판단된 지금.

미궁은 그 역할을 다하고 소중히 보관했던 것들을 지구 위로 꺼내 놓은 것이리라.

비록 그 숫자는 적었으나, 아무 문제 없었다.

우리는 저들이 얼마나 번성할지 알고 있기에.

*　　　　*　　　　*

물론 나는 지구를 되찾았다는 사실에 감격했다.

당연히 감격할 수밖에 없었다.

비록 지구의 문명을 되찾는다는 소원을 이루는 데에는 실패했지만, 애초에 소원을 이룰 수 없다는 걸 깨닫기까지 했으니 실망은 크지 않았다.

그보다는 다시금 문명을 쌓아 올릴 초석을 얻은 것이나 다름 없으니, 소원이 완전히 어그러진 것만은 아니었다.

물론 내게 있어선 이번이 두번째라, 약간 감격이 반감된 감도 없지 않았다.

[운명 조작] 전, 미궁 50층을 클리어하고 모험가들을 끌고 나와, 오염된 지구 위에서 개척을 시작한 기억이 있으니.

이번이 조건이 훨씬 좋긴 했으나, 그래도 언제나 그렇듯 첫번째는 특별한 법이니까.

그래서 뭐… 절대적으로야 나도 감격하고 있는 게 맞긴 했지만…

상대적으로는 아니었다.

왜냐하면 [운명 조작] 전의 기억이 없는 [세 번 위대한 이]를 비롯한 성좌들은 나보다 더욱 각별한 감격을 맛보고 있는 모양이었기 때문이다.

특히 [세 번 위대한 이]가 그랬다.

"…드디어."

[세 번 위대한 이]의 수없이 많은 눈에서 동시에 눈물이 솟구쳐 나오기 시작했다.

"여기에 도달했어."

그 목소리는 절절하기 짝이 없었다.

"제우스, 포세이돈, 하데스. 보고 있는가? 우리가… 마침내 해냈어."

[세 번 위대한 이]는 이 결말을 맞이하기 위해, [세 번 위대한

이는 티케의 [운명 조작]을 통해 몇 번이고 다시 시도했다고 증언했다.

그러나 모든 시도가 모조리 수포가 되었고, 끝내 티케가 신은 물론이고 성좌로서의 격마저 잃어 완전히 희망을 잃었다고도.

자포자기한 채 미궁이 기계적으로 초기화되도록 내버려 두고 자신의 세계 안에 틀어박혀 있을 때, 자신을 부른 것이 나였다고 한다.

[세 번 위대한 이]는 그런 이야기를 소주를 다섯 병쯤은 비운 듯한 목소리로 구구절절 내게 늘어놓았다.

자신에게 있어 내가 얼마나 큰 희망이었는지, [세 번 위대한 이]는 몇 번이고 술주정처럼 반복해서 말했다.

그런 이야기를 듣고 있는 나는 식은땀으로 등을 흠뻑 적셔야 했다.

그, 장인어른.

이거, 결말 아닙니다만…….

우리 은하 바깥에 적들의 본체가 따로 있음을 알리긴 알려야 하는데…….

"고맙네… 정말 고마워……!"

그렇게 [세 번 위대한 이]의 감사인사를 반복적으로 듣고 있던 나는 문득 머릿속의 무언가를 놓아버렸다.

뭐, 지금 꼭 진실을 밝혀야 하나?

어차피 수천 년 후에나 일어날 일인데… 나중에 밝혀도 되지 않을까?

그래, 나중에 말하면 되지!

어째 방학 숙제를 미루는 초등학생처럼 계속 문제를 미루고만 있다는 생각이 안 드는 건 아니었지만, 막상 이렇게 마음먹고 나니 갑자기 속이 확 편해졌다.

"…힘드셨겠습니다."

그 후부터는 나도 자연스럽게 장인어른의 술주정을 받는 사위처럼 말할 수 있게 되었다.

"아니! 아니지! 난 힘들지 않았어! 하나도 힘들지 않았어!!"

이 정도 오래된 성좌면 술 없이도 취하는 게 가능하구나.

나는 지구를 되찾았다는 감격마저 잊어버린 채, 메마른 감성으로 그런 생각을 했다.

4장
—
지구

　성좌들이 적을 물리치고 승리를 거두었을 때, 미궁의 모험가들은 패닉에 빠져 있었다.

　"이거 뭐야, 이거 뭐야? 이거 뭐야!"

　"상태창이 안 떠! 시스템 메시지도!!"

　"내 레벨! 내 인벤토리!!"

　타이밍도 좋게 막 33층을 클리어한 상태였던 모험가들은 아무런 전조도 없이 갑자기 미궁의 시스템에서 튕겨 나간 셈이 되었다.

　"여기 34층이야? 이거 어떻게 깨? 퀘스트가 없잖아!"

　"회귀자! 회귀자님! 김명멸님, 어디 계십니까!!"

　"아, 씨! 커뮤니티도 먹통이야!"

　분위기는 그야말로 난장판이었다.

　현대 지구 문명으로 비유하자면 갑자기 휴대폰을 다 빼앗긴 상태다 보니 당연하다면 당연한 일이었다.

"어, 아! 능력은 남아 있네! 치유가 된다!"

"내, 내 능력은 안 써지는데… 뭔지 밝힐 수는 없지만……."

"상태 메시지만 안 뜨고 능력은 써지는 거 아냐? 난 써져, 뭔지 밝힐 수는 없지만."

그나마 다행인 건, 현대 지구 문명으로 비유하자면 전기에 해당하는 '능력'은 그대로라는 점이다.

"혹시 죽어 볼 사람 있어? [악운]으로 되살아나나 보게."

"왜 누굴 시키려고 함? 네가 스스로 하면 안 돼?"

"아! 그러면 되는구나! 알려 줘서 고마워!"

"야, 야! 농담… 아, 진짜 죽었어!?"

개중에는 엇나간 이과 본능을 주체하지 못하는 사람들도 있었지만 말이다.

"살았다!"

"와, 살아났네!"

"어우, 이건 다행이네."

누군가의 그런 숭고한 희생 덕에, 100레벨을 넘긴 모험가가 얻었던 [인간+]의 종족 능력도 보존되었다는 사실을 알게 되었다.

그 사실이 알음알음 알려지자 혼란은 생각보다 빠르게 수습됐다.

"죽어도 되살아날 수 있다면야 뭐……."

"그보다 레벨은 오르나? 몬스터 안 나오나? 잡아 보고 싶은데……."

아니, 수습됐다기보다는 다른 방향으로 폭주하기 시작됐다는 표현이 더욱 어울리겠지만.

"모험! 탐사! 사냥! 가자!"

"개척은 안 해?"

"나 무기 다 인벤토리 넣어 놨는데… 이거 꺼내고 싶은
데……"

"일단 가자! 뭐라도 잡아 보자!"

그래도 다 함께 같은 방향으로 폭주하고 있다면 아무튼 혼란
은 빚어지지 않았다고 할 수도 있기는 했다.

"여러분, 어디 가십니까?"

그리고 바로 그런 상황에서 회귀자가 나타났다.

김명멸이었다.

"회귀자다! 회귀자님! 이거 무슨 일입니까? 이런 공략은 써 주
지 않으셨잖습니까?"

누군가는 선지자의 예언을 바랐고.

"몰라요? 모르신다고요? 그럼 이제 회귀자 쓸모 없네? 난 네가
전부터 마음에 안 들었어! 김명멸, 죽어라!!"

누군가는 급발진했다가… 제압당했다.

"아니, 이 아저씨는 맨날 이러네."

김명멸이 제압한 아저씨를 내려다보며 말했다.

한때는 어르신으로 모셨지만, 이렇게나 애처럼 굴면 이 이상
예전처럼 모실 수가 없었다.

"어르신이라고 불러, 임마!"

한때는 어르신이라고 부르지 말라는 게 입버릇이었던 유상태
는 이제 없었다.

"예, 예. 검마 어르신."

"검마 빼고, 임마!"

고유 능력으로 [검마]를 받은 유상태는 제압된 채 바둥거렸다.

작게 한숨을 내쉰 김명멸은 주변에 모여든 모험가들을 한 번 쭉 둘러보다가 문득 입을 열었다.

"이런 상황에 대해서는 성좌께 들은 바가 없긴 합니다만… 그래도 여기서 제가 제일 세니 제 말 들으십쇼. 알겠습니까?"

"예!"

모험가들이 절도 있게 대답했다.

그렇게 폭주는 멈췄다.

"그럼 이제 우리 뭐 해?"

이수아가 물었다.

한때 치유 능력을 특기로 하던 서포터 꼬맹이는 이제 없고, [급속 거대화]를 통해 전장의 가장 앞에 서는 듬직한 탱커가 남았다.

김명멸은 이수아를 볼 때마다 생각하곤 한다.

'저 능력이 왜 저기로 갔지? 나한테나 올 것이지.'

하지만 새로운 고유 능력으로 [검성]을 받아 놓고 이런 불평을 하다가 들키기라도 했다간 쌍욕을 먹을지도 모른다.

특히 유상태에게.

검으로 별을 자아내는 [검성] 능력은 유상태의 능력인 [검마]에 비해 거의 모든 면에 있어서 상위호환이었다.

파괴력만큼은 [검마]가 [검성]보다 좋았지만, 한바탕 날뛰고 나면 머리를 치유의 샘물에 처박고 있어야 하는 부작용 때문에 유상태의 성질은 나날이 더러워지기만 했다.

"아니, 우리 뭐 하냐고."

김명멸이 잠깐 상념에 잠겨 있자, 그새를 못 참고 이수아가 짜증을 부렸다.

'원래 안 저랬던 거 같은데. 아니, 원래 저랬나?'

복잡한 심경이 든 탓에 김명멸은 미간을 찌푸렸다.

그러자 이수아의 미간에는 더욱 깊은 고랑이 패였다.

"야."

"뭐 하긴."

이수아의 보챔에 김명멸은 픽 웃으며 말했다.

"개척."

김명멸은 자기 기준으로 회귀 전 이철호와 똑같은 결정을 내렸다.

"일단 땅부터 일구자고."

모험가가 아무리 튼튼해도, 일단 입에 뭐라도 넣어야 살지 않겠는가?

*   *   *

그렇게 김명멸의 지휘 아래 개척을 시작한 지 일주일째 되는 날.

"선생님! 선생님께서 오고 계셔요!"

[예지] 능력을 지닌 김이선의 입에서 방언이 터졌다.

"오, 드디어?"

김명멸은 하늘을 올려다보았다.

그러자 과연, 꼬리를 길게 늘어뜨린 혜성이 하나 보였다.

"드디어!"

김이선이 대답처럼 외쳤다.

이철호가 돌아왔다.

*　　　　*　　　　*

내 입에서는 이 말이 나올 수밖에 없었다.

"아이고, 고생이 많았겠네."

김명멸은 담담한 말투로 지난 일주일간의 생활을 회고했다.

지난 일주일간, 모험가들은 마실 물과 먹을 음식이 부족해서 이끼를 뜯어 먹었다고 한다.

집을 지으려고 해도 나무가 없었고, 적절한 석재도 없었으며, 흙을 불에 구워 벽돌을 만들려고 해도 잘되지 않았다고 한다.

하긴 마실 물도 없는데 흙을 물에 개서 진흙을 만들 수도 없었겠지.

그래서 모험가들은 하는 수 없이 휑한 벌판에서 이끼를 깔고, 덮고 잤다고 한다.

더욱 비참한 건, 식량이고 자재고 뭐고 다 인벤토리 안에 있는데도 그걸 꺼내 쓸 방법이 없어서 이 사단이 터졌다는 거였다.

아, 물론 평균 레벨이 100을 훌쩍 넘긴 모험가들은 일주일쯤은 먹거나 마시지 않아도 버틸 수 있고, 이불 안 덮어도, 이슬쯤 맞아도 문제없다.

그래도 배고픈 데도 아무것도 못 먹고, 자다가 이슬 맞으며 깨어나면 서러운 게 사람 아니겠는가?

"이걸 주지."

나는 [욕망 구현]으로 [아공간 금]을 하나 만들어서 김명멸에게
넘겼다.

"이건 뭡니까? 아, 죄송합니다. 미궁의 시스템이 갑자기 없어지
니 사람이 바보가 된 것 같군요."

이해한다.

아이템 설명이 바로바로 뜨던 미궁의 모험가에게 있어 미궁 바
깥 세상이 얼마나 험난하게 느껴지겠는가?

따라서 나는 친절하게 설명해주었다.

"[아공간 금]이야. 이 금을 몸에 바르고 손을 집어넣으면……."

"인벤토리! 세상에! 철호님이시여, 감사합니다!"

…너 방금 뭐라고 했냐?

내가 눈썹을 꿈틀거리자, 김명멸이 흠칫했다.

"그… 다른 사람들도 다 쓰는 말이라, 저도 전염된 것 같습니다."

다른 사람들도 다 쓴다고?

'철호님이시여, 감사합니다!' …를?

와, 세상에.

갑자기 왜 내 성좌로서의 힘이 세졌나 했더니만, 이런 바람직한
말이 유행 중일 줄이야!

"더 유행시켜. 아니, 억지로 유행시키면 역효과가 나겠군. 그냥
둬."

내 싱글벙글한 표정이 의외였던지, 김명멸이 이상한 표정이 되
었다.

"…이런 거 싫어하시지 않으셨습니까?"

"그랬지. 하지만 성좌가 되고 보니 이런 게 다 내 힘이더라고."

천년 후에 상황이 어떻게 될지 모르니 밥풀 하나도 남기지 말고 싹싹 다 긁어 먹어야 한다.

이런 속내를 다 밝히진 않았지만.

"오, 알겠습니다."

김명멸은 찰떡처럼 알아들은 모양이었다.

"억지로 하진 말고, 자연스럽게. 굳이 손대지는 말라고."

"알고 있습니다. 그렇게 하겠습니다."

그래, 김명멸이니까 알아서 잘하겠지.

이제껏 잘해 왔으니, 앞으로도 잘할 것이다.

"이야기가 샜군. 아무튼 그 [아공간 큼으로 사람들 인벤토리에서 물건 빼고 할 거 하라고 해. 많이 못 줘서 미안하긴 한데, 돌려가면서 쓰라고."

"저, 혹시 이거 반납해야 합니까?"

질문을 던진 김명멸의 표정이 좀 묘했다.

"안 해도 상관없는데, 왜?"

"선생님께 반납해야 한다고 하면 사람들이 조심스럽게 다룰 거 같아서요. 반대로 저희 가지라고 하시면 다들 욕심부려서 싸움 날 겁니다."

확실히 김명멸은 좋은 보스다.

보통은 그냥 본인이 가지려고 할 텐데, 이런 분란을 미리 예상하고 그냥 반납하려고 하다니.

"알았어, 그럼 이거 비슷한 걸 성배로 만들어서 배포하지. 물론 랭킹으로 끊을 거야."

"아, 그거라면 괜찮을 것 같습니다. 성배라면 귀속 아이템일 테니까요."

자연스럽게 성배로 뭘 만들지가 결정됐다.

* * *

인벤토리 안의 모험가들은 개척을 시작했다.

솔직히 [운명 조작] 전처럼은 안 됐다.

일단 [농사]의 랭크가 낮아서 아무거나 심어도 다 잘 자라는 초월적인 수준의 결과를 낼 수가 없다.

자재도 그랬다.

30층대 세계의 최종 테크를 밟은 자재를 들고 왔던 지난번과 달리, 이번에는 기껏해야 중세 정도의 테크에 만족해야 했기 때문이다.

아, 여기서 중세라는 건 지구의 서유럽이 아니라 문명이 살아 있던 동로마 쪽을 뜻한다.

막 무시할 만한 수준은 아니었으나, 역시 놀라울 정도는 아니라는 소리다.

그러니까 시멘트, 역청, 등유, 강철 등의 자재는 확보가 된 상태였다.

아직 [황금]급의 결과물을 뽑아낼 수 있을 정도의 랭크에 도달하지 못한 건 좀 아쉬웠다.

그래도 도로에 아스팔트 깔고 철근 콘크리트 건물을 올릴 수 있으니 이게 어디냐 싶다.

"산업 시대부터 찍고 시작하는 느낌이네."

저장된 자재를 다 쓰고 나면 이것도 끝이겠지만, 아무튼 초기 정착지만큼은 상상했던 것보다 괜찮게 올릴 수 있을 듯하다.

뭐, 내가 올리는 건 아니었지만.

사실 대다수의 일반 기술을 15랭크까지 찍어 놓은 내가 끼면 금방이다.

금세 철도 깔고 빌딩 올리고 하겠지.

하지만 나는 그러지 않았다.

정확히는 그러지 못했다.

"크앙앙! 크르르르……!"

이게 누가 낸 소리 같은가?

티케가 낸 소리다.

"아, 알았어. 그만 보고 갈게."

"아우우우우~!"

"아이고, 알았다. 지금 간다."

내가 무사히 지구로 귀환한 후, 티케는 너무 기쁘고 안심한 나머지 유아 퇴행을 넘어 짐승퇴행까지 되어버리고 말았다.

원래 짐승퇴행 같은 말이 없다는 건 잘 알지만, 지금의 티케 상태를 가리키는 단어로 다른 게 떠오르질 않는다.

우리 티케, 진짜 짐승 같거든.

"크르렁!"

앗, 내 바지가!

안 돼, 찢지 마!

꺄아악!!

　　　　*　　　　　*　　　　　*

　모험가들에게 손을 빌려주지 않은 건 딱히 티케 때문만은 아니었다.

　산업화가 너무 빨리 이뤄지면 지구 문명이 멸망하기 직전처럼 지구 자원을 급격히 소모할 것 같았거든.

　아무리 산업화가 지구 문명의 직접적인 멸망 원인이 아니었다고 하더라도, 사실상 미궁 바깥의 존재 탓이었다 하더라도.

　멸망의 전조 중 하나를 다시 보기는 꺼려지는 게 사실이었다.

　이런 걸 PTSD라고 하나.

　뭐, 이젠 외적도 없는데 딱히 기술 발전을 빠르게 가져갈 필요가 크게 느껴지지 않긴 했다.

　사실은 적의 본체라는 외적이 있긴 있지만 아무리 기술력을 올려 봤자 인간 수준에서 대항할 수 있을 리 만무하니 그게 그거다.

　…라고 생각했었다.

　"아니! 아저씨!!"

　"아저씨라니! 나 [피투성이 피바라기]야! 너 나 몰라!?"

　"아저씨네 애들이 갑자기 왜 쳐들어와요?!"

　그랬다.

　[피투성이 피바라기]의 원래 미궁 원주민, 현 지구 이주민이 우리 지구인 영역에 쳐들어왔다.

　그것도 선전 포고도 없이.

　이런 내 정당한 항의에 대해, [피투성이 피바라기]는 이런 답변을 내던졌다.

"전쟁 싫어해? 나는 좋아해!"

아니, 이 미친 아저씨가!

정말 참을 수가 없다.

"야!"

"야? 야라고 했냐, 너?!"

그리고 전쟁은 시작되었다.

＊　　　＊　　　＊

"저… 항복합니다. 제가 졌습니다. 한 번만 봐주십쇼."

눈탱이가 밤탱이 된 [피투성이 피바라기]가 나한테 고개를 숙였다.

가해자는 나다.

아니, 가해자는 [피투성이 피바라기]지.

나는 그냥 반격한 거다.

그러니까 가해자도 [피투성이 피바라기], 피해자도 [피투성이 피바라기]인 셈이 된다.

아니, 피해자는 나지.

별로 안 다치긴 했지만, 피해는 피해다.

[피투성이 피바라기]는 크게 다쳤지만, 저건 피해가 아니다.

자업자득이지.

"하하, 그렇게 강해지셨을 줄이야. 하긴 그놈들 잡을 때 참 열심히 싸우셨죠. 우리 동생님."

그렇다는 듯하다.

나도 내가 이렇게까지 세졌을 줄은 몰랐네.

뭐, 그건 그거고.

"초환권이랑 파편 좀 내놔 봐요."

이건 이거지.

"하하, 무슨 맡겨 둔 것처럼 말씀하시네."

"계속 싸워?"

"여기 있습니다, 주인님."

나는 [피투성이 피바라기]로부터 초환권이랑 [성좌의 파편]을 뜯어냈다.

정당한 배상금이었다.

*　　　　*　　　　*

"그리고 이제부터 쓸데없이 싸움 걸고 다니지 말고 힘 좀 모아 놔요."

"왜, 왜? 나는 전쟁의 신이라 싸워야 힘이 나는데!"

"그것도 정도껏 해야지, 애들 다 죽으면 오히려 더 약해지잖아!"

나는 [운명 조작] 전 미궁 34층… 이었나? 아무튼 그때 시점을 떠올리며 일갈했다.

거대했던 제국을 반으로 잘라먹고도 모자라서 수백 조각으로 쪼개 놓았던 [피투성이 피바라기]는 그 좋아하는 전쟁을 실컷 했음에도 불구하고 결국 이전보다 약해졌었다.

이유? 인구수를 반의 반의 반토막도 모자라서 수십 토막을 내

놓았는데 그럼 안 약해지고 배겨나나?

"그건… 그렇지……."

그리고 이러한 메커니즘을 본인도 모르지는 않는다.

그러니까 이 양반은 그냥 전쟁을 하고 싶은 거다.

설령 그 결과 자기가 약해지더라도.

하이고…….

그럼 어쩔 수 없지.

"곧 대전쟁이 있을 겁니다. 지금까지 있었던 그 어떤 전쟁보다도 거대하고 참혹한 전쟁이."

나는 티케에게도, [세 번 위대한 이]에게도, [끌어내려져 존경받는 왕]에게도 아직 말하지 않았던 은하 너머의 존재에 대해 말했다.

이 비밀을 밝히는 건 놀랍게도 [피투성이 피바라기]가 최초다.

어쩌다 이렇게 됐냐.

"오오!"

내 설명을 다 들은 [피투성이 피바라기]의 눈동자가 초롱초롱해졌다.

"크흠! 그럼 그 전쟁에 대비해 전력을 쌓아 놔야겠군. 미리 알려 줘서 고맙네, 동생."

그리고 그제야 대성좌로서의 위엄을 되찾기라도 한 듯 이렇게 말하는 것이었다.

이 양반 진짜 안 되겠네!

*   *   *

나는 한 가지 몰랐던 게 있었다.

"오빠! 적들 보스가 살아 있다는 게 사실이야?!"

그것은 바로 [피투성이 피바라기]의 입이 싸다는 사실이었다.

그것도 아주.

대체 뭐가 어떻게 되어야 방구석 외톨박이인 티케에게마저 소문이 들어갈 수 있는 거야?

누구에게 들었냐고 캐묻고 싶은 마음은 굴뚝같았지만, 지금은 그러기에 좋은 타이밍이 아니다.

"맞아."

"왜 나한테 말 안 했어?"

"아무한테도 말 안 했어."

"그럼 이건 뭔데?"

"[피투성이 피바라기] 빼고는."

"아……."

과연 내 마누라.

일이 어떻게 된 건지 이름 하나만 듣고 다 파악해 버린 모양이다.

대체 성좌들 사이에서 [피투성이 피바라기]의 평판은 어떻게 되어 먹은 걸까?

딱히 알아본 적은 없지만, 굳이 알아보지 않아도 알 것 같은 느낌이 드는 건 기분 탓일까?

아닐 것이다.

그거야 뭐 아무튼.

"그러지 말지 그랬어."

티케의 목소리 톤이 추궁에서 위로로 바뀌었다.

그 정도야?

"안 말했으면 계속 쳐들어왔을걸?"

"그건 그래."

[피투성이 피바라기]의 평판은 더 이상 신경 쓸 이유가 없을 것 같다.

이미 밑바닥이라 더 내려갈 곳이 없어 보이거든.

"그래서 어떻게 할 거야?"

"고민 중이야."

"무슨 고민?"

"아무리 빨라야 천 년 후에나 쳐들어올… 지도 모르는 놈인데 굳이 선제적으로 대응할 필요가 있나 싶어서."

"무슨 소리야? 당장 대응해야지."

그런데 티케의 반응이 내가 상상했던 거랑 좀 다르다.

싸우러 가지 말라고 말릴 줄 알았는데…….

"왜?"

"곧 아이가 태어나."

나는 반사적으로 티케의 배를 바라보았다.

티케의 배는 아직 불러오지도 않았다.

"…88년 후가 곧이야?"

[운명 조작] 전을 기준으로 생각하더라도 아직 채 20년은커녕 12년도 다 지나지 않았다.

"그럼, 당연하지."

이걸… 뻔뻔하다고 해야 하나?

"우린 성좌잖아. 인간식으로 생각하지 마."

아니, 당연한 게 맞구나.

그건 그렇지.

"그거야 뭐 아무튼."

"그래, 뭐 아무튼?"

"위험한 짓을 하려면 아이가 태어나기 전에 해야 한다고."

티케의 설명에 의하면 [운명 조작]은 관측된 운명조차 바꾸는 능력.

이것이 뜻하는 바는… 아이가 태어난 후에 [운명 조작]으로 과거로 돌아가면, 원래 태어날 운명이던 아이가 태어나지 않게 될 수도 있다는 소리였다.

"그, 그렇구나."

"그러니까 아이에게 안전한 세계를 물려주려면 그 전에 해결하라는 뜻이야."

틀린 말이 하나도 없네.

"안 그래도 지금 그 이야기가 성좌 사이에 화제야. 논의하기엔 적절한 분위기일걸?"

"그런데 잠깐, 넌 그게 성좌 사이에 화제인 걸 어떻게 알았지?"

이야기가 정리되는 분위기라, 나는 가장 궁금했던 걸 지금이라도 물어보기로 마음먹었다.

그런데 그 대답이 소름돋았다.

"[아름다운 로맨스]에게 들었어. 그쪽에서 찾아와서 진짜냐고 묻더라고."

"…[아름다운 로맨스]랑 '로맨스' 한 건 아니지?"

주저주저하다가, 나는 결국 의심을 털어놓았다.

그러자 티케는 정말 어이없다는 듯 반응했다.

"아니, 의심을 해도 좀 얼척 있게 의심해야지. 오빠, 여자끼리 어떻게……."

"[아름다운 로맨스]잖아."

티케가 그 자리에서 굳어 버렸다.

이걸 지금에야 떠올린다는 건 정말 아무 일도 없었나 보군.

나는 안심했다.

"…아, 아아. 미안해, 앞으로는 내가 조심할게."

티케가 지금이라도 알아서 다행이다.

"그래, [로맨스]랑 둘만 있는 상황 안 만들게."

"셋도 안 돼."

사실 넷도 안 되지만, 어차피 티케 성격상 넷 이상 모일 곳에 갈 일이 없으므로 굳이 언급하지 않았다.

"그, 그래."

그 자리에 나도 동석하면 가능하다는 소릴 하려다가 괜히 오해를 부를 것 같아서 그만두었다.

[아름다운 로맨스]가 이렇게 위험한 성좌다.

*   *   *

"그거 진짜야?"

[아름다운 로맨스]가 나를 찾아왔다.

나는 말없이 티케를 소환했다.

"뭐, 뭐야? 왜 그래?"

"아무것도 아니야."

나는 밝혀 봤자 별 이익도 안 되거니와, 사람을 아프게만 만들 진실은 숨겨 두기로 했다.

잘 생각해 보니 사람이 아니라 성좌였지만, 그래도 그냥 숨겨 두기로 했다.

내게 불려 온 티케는 뚱하니 앉아 있었다.

다른 사람 앞에서 갑자기 소환당해서 기분이 나쁘지만, 이 자리를 뜰 마음은 없어 보였다.

당연하지.

나라도 안 뜬다.

"설마… 셋이서 하자고?"

[아름다운 로맨스]가 얼굴에 희색을 띠며 말했다.

나는 티케에게 시선을 주었다.

부르길 잘했지?

티케가 눈으로 대답했다.

응.

그렇게 부부간의 아이 콘택트를 마친 나는 [아름다운 로맨스] 에게 손을 내저으며 말했다.

"개소리 말고, 무슨 용건으로 왔는지부터 말해."

이런 소릴 들으면 기분이 나쁠 법도 한데, [아름다운 로맨스]는 익숙해지기라도 한 건지 아무 반응도 보이지 않은 채 바로 본론 으로 들어갔다.

"적들의 본체가 따로 있다며?"

"그래, 맞아."

나는 [아름다운 로맨스]에게 진실을 털어놓았다.

내게서 이야기를 다 들은 [로맨스]는 나를 빤히 쳐다보더니 이런 말을 했다.

"진짜 안 할 거야? 셋이서가 싫으면 둘이서도 괜찮은데. 아니면 네가 그런 취향이라면 티케랑 하는 거 보고만 있어도 돼."

아니, 진짜.

"용건 끝났으면 가라."

"이것도 용건인데. 아니, 이게 더 중요한……."

진짜 티케 미리 부르기 잘했네. 오해 살 뻔.

끝까지 거절하자 [아름다운 로맨스]는 이 집만 이런다며 혀를 내두르며 가 버렸다.

잠깐, 이 집만?

그럼 다른 집은 다, 그… 로맨스, 한단 말인가?

[비밀 교환★★★]으로 바로 진실을 확인할 수 있긴 하지만, 나는 그냥 덮어 두기로 했다.

세상에는 몰라도 되는 비밀이 너무 많다.

*　　　　　*　　　　　*

나는 [피투성이 피바라기]를 찾아갔다.

왜 소문을 냈냐고 물어볼 참이었다.

그러자 어느 정도 예상대로의 답이 돌아왔다.

"아, 내가 지고 항복해서 데굴데굴 구르며 멍멍 짖었다고 사실

대로 말하기에는 쪽팔리잖아. 그래서······."

모두 힘을 모아 대적해야 하는 강력한 적의 존재에 대해서 소문을 내셨다.

뭐 그런 이야기였다.

"그리고 흥분도 됐고."

한시라도 빨리 전쟁에 나가려면 소문이 퍼지는 게 낫다고 판단했다나?

그래, 뭐 틀린 말은 아니지.

그렇든 말든 앞으로 [피투성이 피바라기] 앞에서 섣불리 비밀을 털어놓지 않겠다고, 나는 속으로 다짐했다.

아무튼 소문은 성좌들 사이에서 파다하게 퍼져 [끌어내려져 존경받는 왕]의 귀에까지 들어갔다.

그래서 왕이 성좌들을 모아들였다.

물론 그 성좌 중엔 나도 포함되었다.

아니, 그 정도가 아니라······.

"···이런 소문을 들었네만. [지구의 챔피언], 사실인가?"

[왕]이 나를 성좌들 한가운데에 세워 놓고 이런 질문을 던질 정도니, 이 정도면 주인공 정도 되리라.

"사실입니다."

나는 고개를 끄덕였다.

"원정을 나가야 합니다!"

내 말이 끝나자마자 [피투성이 피바라기]는 목이 터져라 외쳤다.

"놈들을 죽여야 합니다!"

되게 마음에 드는 말을 하네.

나랑 생각이 똑같다.

"지금 당장!"

타이밍만 빼고.

이 인간은 왜… 아, 인간 아니지.

진짜 인간이 아니다.

하하하, ■■.

나는 나 스스로 내 욕설에 필터링을 씌웠다.

마음을 가라앉혀야 한다.

지금은 냉정함이 필요한 때이니까.

"[지구의 챔피언]."

[끌어내려져 존경받는 왕]이 [피투성이 피바라기] 쪽은 못 본 체하며 나를 불렀다.

"놈들은 언제 처들어오나?"

오, 이것도 안 좋은 반응인데.

"빨라야 천 년 후입니다."

그래도 나는 사실대로 대답했다.

"그렇다면 그때 대항해도 되지 않는가?"

정말로 그렇게 생각해서 하는 질문은 아닐 것이다.

원래 토론은 문답으로 완성되는 거니까.

그렇겠지? 그렇다고 생각하자.

"그때는 우리가 기습받을 것입니다."

지금 당장은 아니더라도, 티케와 나의 아이가 태어나기 전까지는 공격에 나서야 한다.

이런 조급함이 내 마음을 가열하고 있었지만, 나는 마음의 격랑을 가까스로 무시한 채 말했다.

"지금이라면 우리가 기습할 수 있다는 의미군."

역시 [왕]이셔!

"그렇습니다! 그러니까 지금 당장……!"

아, [피바라기] 아저씨는 좀 닥쳐 주면 안 될까? 말씀하실수록 역효과만 나는 것 같은데.

"다만 지금은 아니다."

다행인지 뭔지, [왕]께선 여전히 [피바라기] 아저씨를 본체만체하며 이렇게 말씀하셨다.

"미궁의 종족이 지구로 나와 지금은 개척에 여념이 없네. 쓸데없이 전쟁부터 벌인 놈도 없진 않네만……."

[왕]의 날카로운 시선이 [피바라기] 아저씨를 꿰뚫을 듯 향했다.

그러자 [피바라기] 아저씨는 조용해졌다.

효과 확실하네.

"어쨌든 향후 100년, 모든 종족이 불가침 조약을 맺고 종족 번성에 몰두할 것을 이 자리에서 정식으로 선언하는 게 어떤가?"

"100년은 너무 긴데, 1년은 어떻습니까?"

[피투성이] 아저씨가 그새를 못 참고 또 입을 털었다.

"저는 100년, 좋습니다."

[아름다운 로맨스]가 마치 [피투성이] 아저씨는 아무 말도 안 한 것처럼 자연스럽게 말했다.

"100년은 너무 깁니다!"

그러자 [피투성이] 아저씨가 또 앙탈을 부렸다.

"그만, 100년 뒤에 쳐들어가자는 소리가 아니야. 우리가 자리를 비운 중에도 모든 종족이 전쟁을 일으켜선 안 되니 넉넉히 100년을 잡은 걸세."

"그치만 전 놈들을 죽인 뒤에 바로 전쟁을 하고 싶습니다!"

아… [피] 아저씨…….

하지만 88년 후에 아이가 태어나는 내 입장에서도 100년은 조금 곤란했다.

그래서 내가 말했다.

"그렇다면 두 의견을 취합해서 88년 어떻습니까?"

"100년하고 1년을 취합한 게 어째서 88년이야?"

[피] 아저씨가 울분을 토하듯 외쳤다.

"운이 좋을 것 같잖습니까? 8땡."

나는 대충 둘러댔다.

"그런 거라면 38광땡이지."

그런데 갑자기 [세 번 위대한 이]가 끼어들었다.

그러고 보니 헤르메스는 도박의 신이기도 했지.

그런데 그리스 신화의 헤르메스에 해당하는 [세 번 위대한 이]가 38광땡을 이야기하니 좀 깨는 느낌인 것 같기도 하다.

"그럼 38년으로."

[피] 아저씨가 바로 이걸 받았다.

88년보다야 훨씬 낫다 싶었나 보다.

"그럼 38년으로 하지."

그런데 이걸 또 [왕]께서 냉큼 받으셨다.

아니, 어쩌면 처음부터 [피] 아저씨가 이렇게 나올 걸 계산하고 말씀하신 건가?

입꼬리가 미세하게 올라가 있는 걸 보니 그런 것 같기도 하다.

"반대자는 또 없는가?"

반대자는 나오지 않았다.

"그럼 향후 38년간, 지구상의 모든 종족은 서로 불가침 조약을 맺고 번성에만 몰두하는 것으로 하겠네."

안심하고 고개를 끄덕이던 [피] 아저씨는 [왕]의 선언이 끝난 후에나 고개를 갸웃거리기 시작했다.

그러나 그것도 길지 않았다.

"그리고… 각 종족의 힘이 절정에 치달았을 그때, 우리는 원정을 나가 놈들의 본체를 해치우고 참초제근을 매듭지을 걸세."

[왕]의 원정 선언에 흥분한 나머지 소리를 질러대느라 바빴기 때문이다.

[피] 아저씨를 너무 잘 다루시네.

저게 왕의 품격인가?

*　　　　*　　　　*

다른 성좌들을 다 내보낸 후, [왕]은 나를 따로 남겼다.

"[운명 조작]은 여전히 쓸 수 있나?"

둘만 남게 되자마자 대뜸 나온 질문이 이거였다.

"예. 제가 쓸 수 있습니다."

티케도 쓸 수 있지만, 굳이 언급하지 않았다.

"다행이로군."

[왕]은 한숨을 푹 내쉬었다.

"재도전이 가능하다는 게 이렇게 마음 놓이는 건지 몰랐어."

비록 '이번'에는 비교적 쉽게 미궁 바깥의 존재를 격살하긴 했다.

그러나 그것마저도 분신체에 지나지 않고 본체가 따로 있다는 말에, [왕]조차 식겁한 듯했다.

"가급적 한 번에 끝내고 싶은 마음이 있습니다."

"그래, 그럴 테지. [운명 조작]에는 성좌의 힘을 많이 소모한다지? 듣기론 잘못하면 성좌의 격을 잃을 정도로."

"그렇습니다."

"재도전이 가능하다고는 해도, 실제로는 불가능할 공산도 있다는 의미로 받아들이면 되나?"

너 빠지면 우리 다 죽는다, 는 의미의 말에 나는 멋쩍게 웃었다.

"농담이 아닐세. 자네는 이제 우리의 중심이야."

"그건 전하십니다."

"나야 그냥 대표직이나 맡은 뒷방 늙은이지. 듣자 하니 마르스 녀석도 무찔렀다지?"

웃음기 섞인 [왕]의 말씀에, 나는 침묵으로 대답을 대신했다.

"그래, 그거야 뭐 별로 중요한 게 아니지. 진짜 중요한 건 따로 있으니까."

다시 [왕]의 목소리에 무게감이 더해졌다.

"이길 수 있나?"

"강 대 강으로 붙으면 아마 무릴 겁니다."

"…그런데도 [운명 조작]을 안 쓸 거라고?"

"가급적입니다, 가급적."

나는 내 계획을 말했다.

그러자 [왕]이 웃기 시작했다.

"크크큭! 돌려 깎아? 놈들의 분신체만 찾아서 다 죽인 다음에 본체를 치면 된다고? 크크크큭!!"

크하하하하!

[왕]은 아예 박장대소를 터트렸다.

"좋네! 마음에 들었어! 한데… 방법은?"

"찾아봐야죠."

"실로 [운명 조작] 소유자만 할 수 있는 대담한 발언이군."

틀린 말은 아니다.

일이 꼬여도 돌이킬 수 없다면 이런 작전은 처음부터 짤 수 없 었을 테니까.

"자네만 믿겠네."

제가 아니라 [운명 조작]이겠죠?

물론 생각만 했다.

*   *   *

결과만 보자면, [피] 아저씨와의 전쟁이 모험가에게 나쁜 영향 을 끼친 건 아니었다.

전쟁신 출신 성좌가 이끄는 인류와 전쟁을 치를 뻔했다는 경 험은 지나치리만큼 자극적이었다.

그래서… 이렇게 된 건가?

쿠구구구구구궁!

하늘을 향해 쏘아져 가는 로켓을 바라보며, 나는 착잡한 기분이었다.

"내가 없어도 과학 기술 올리는 건 금방이구나."

하긴 그러고 보니 김명멸에게는 [운명 조작] 전의 기억이 남아 있으니까.

설령 레벨과 기술이 전부 다 초기화되었다고 한들, 이미 한 번 걸어가 보았던 길을 다시 걷는 건 처음보다는 수월할 것이다.

게다가 전부는 아니고 일부라고는 하지만, 모험가 인류는 문명 멸망 이전을 경험해 그 기억도 힌트가 되었을 것이다.

오로지 전쟁 기술에만 그 시간과 노력을 쏟아 낸 건 좀 아쉽긴 하지만, 그것도 나쁘진 않다.

인류의 과학 기술은 전쟁이 일어날 때마다 크게 진보했다고 하지 않은가?

비록 전쟁을 목적으로 개발된 기술이지만, 그러한 기술이 개발되고 연구되는 중에 나온 부산물은 문명을 풍요롭고 다채롭게 만들 것이다.

뭐, 그건 그렇다고 하지만.

"[끌어내려져 존경받는 왕]께서 지구 위에 세력을 둔 성좌를 모두 모아 향후 38년간 불가침 조약을 선언하셨다."

작작해야지.

워라밸까지 망치면서 할 짓이 아니다.

"그 말씀은… 38년 후에 전쟁이 터진다는 말씀이시로군요."

그런데 받는 말이 이상하네?

하지만 이게 또 틀린 말은 아니다.

만약 미궁 바깥 놈들 본체를 물리치고도 살아 있다면 전쟁을 안 할 [피] 아저씨가 아니니까.

하, 그 아저씨 참.

"…야근 불가. 주 5일제 확립. 주 52시간제 준수."

하지 말라곤 못 하겠지만 적어도 워라밸이라도 지켜 줘야겠다는 마음에, 나는 일단 기억나는 단어를 주워섬겼다.

"포괄 임금제 적용입니까?"

누가 그런 미친 소릴 했는지 보니 유상태 아저씨였다.

아… 아저씨…….

"안 돼."

대답은 바로 나왔다.

"하청 금지야. 직고용 해. 비정규직 안 돼."

"너무 가혹합니다!"

나는 말한 놈을 노려보았다.

노려보고 나니 유상태 아저씨였다.

아니, 저 아저씨가 또!

"농, 농담입니다."

그래도 말하면 들으니 다행이긴 하다.

"연애도 하고, 결혼도 하고, 애도 낳고, 같이 놀아 주기라도 하라고. 이거 성좌 명령이야. 알았어?"

사실은 인구수가 많을수록 성좌의 힘이 강해지리라는 심보가 담긴 명령이었지만, 명령권자를 제외한 사람들의 눈시울이 붉어지는 게 보였다.

하핫, 이거 머쓱하구만.

*　　　*　　　*

나는 [욕망 구현]을 통해 지구 문명 기준 21세기에 만든 우주 망원경을 한 대 장만했다.

그리고 우주로 날아올라 망원경을 배치하고, 적 본체가 있는 방향… 을 제외한 다른 방향을 관측했다.

적 본체가 아닌 다른 방향을 관측하는 이유는 간단하다.

지금 당장 본체를 두들기러 갈 게 아니기 때문이다.

[왕]께 진언했듯, 다른 은하에 보냈을 분신체를 찾아낼 생각이었다.

더욱이… 적 본체가 무슨 능력을 갖고 있을지 모르기 때문이기도 했다.

흔히 말하잖는가?

심연을 보는 자, 심연도 그대를 본다고.

적 본체도 같은 능력을 지니고 있을지 누가 아는가?

적어도 이쪽에서 직접 관측하면 관측당한 것을 확인할 수 있는 능력이라도 갖고 있을지도 모른다.

괜히 어그로를 끌어 천 년 후에나 일어날 일을 몇 년 후로 당길 생각은 없었다.

따라서 나는 우리 은하의 분신체가 남긴 비밀을 기반으로, 본체 주변의 텅 빈 공간을 탐색할 생각이다.

[비밀 교환★★★]은 아무것도 없는 공간에도 비밀이 있으면 그걸 알려 주기 때문에 가능한 짓이었다.

이게 아니었으면 위험을 감수하고 그냥 본체를 직접 봤어야 했겠지.

내가 관측해야 하는 좌표는 다른 은하다.

당연히 그 거리는 까마득하다.

하지만 [비밀 교환★★★]의 조건은 시야이기 때문에 상관없다.

진짜 사기 능력이긴 하다니까.

"[비밀 교환★★★]!"

고유 능력 사용에 딱히 필살기 이름을 외치듯 선언할 필요는 없지만, 나는 굳이 외쳤다.

내 맘이다.

"흐음……."

그 과정에서 온갖 우주의 비밀이 멋대로 내 뇌를 헤집었지만, [불변의 정신★★★]이 있었기에 아무렇지도 않았다.

그리고 흥미 없는 비밀들은 금방 잊어버렸다.

괜히 뇌 용량만 차지한단 말이지.

성좌가 된 지금은 뇌 용량이 무제한이나 다름없지만, 그래도 정보 오염으로 정체성 같은 게 무너지면 곤란한 건 똑같기에 바로바로 잊도록 하고 있다.

[불변의 정신★★★]은 외부의 상태 이상 발생 시도에만 저항해 줄 뿐, 쓸데없는 정보를 품고 있다가 나 스스로 변질되는 건 못 막아 주니 말이다.

뭐, 설령 이상해지더라도 [모발 부적★★★]이 있긴 하지만, 역시 별로 쓰고 싶지 않단 말이지.

이제는 머리카락을 안 뽑아도 되게 되었지만, 그래도 영 기분이 나쁘다.

아무튼 필요한 정보 외에는 전부 필터링하면서 계속해서 관측했다.

시간이 얼마나 지났을까?

"음?"

나는 드디어 필요한 정보를 얻었다. 하지만 문제가 있다.

망원경을 통한 시야로 확보한 정보이기 때문에, 내가 인지했을 때는 짧으면 이미 수십 년, 어쩌면 그보다도 더 오래된 정보일 수 있다는 점이다.

따라서 이 정보가 현재도 유효한지 확인하기 위해서는 이 방법을 써야 했다.

[신비한 시간]

시간을 멈춘 채 관측해서, 은하 저 너머의 빛이 내 눈에 들어오기까지의 시간을 0으로 만들면 된다.

이게 비싸지만 않으면 항상 켜고 있을 텐데, 그게 아니니 이렇게 핀 포인트 활용을 하는 게 고작이었다.

그래도 효과는 확실했다.

분신체가 언제, 어디로 보내졌는지에 대한 정보를 얻은 나는 바로 초환권을 써서 10성좌를 불러냈다.

"찾았나?"

초환되어 오자마자 [왕]이 대뜸 물었다.

"예."

나는 고개를 끄덕였다.

"그럼 가지."

화끈해서 좋네.

"와우!"

[피] 아저씨도 흥분해서 소릴 질렀다.

아니, 좀.

아니다. 의욕 보이면 좋은 거지, 뭐.

내가 해당 지점의 좌표를 전달하자, 곧장 공간 이동 포탈이 열렸다.

"전까지는 매일 기습만 당했는데, 기습을 해 보는 건 처음이로군."

[왕]마저도 흥분을 감추지 못할 정도였다.

사실 나도 좀 흥분한 상태…….

"갑시다! 얼른!!"

…[피] 아저씨에 비하면 별로 흥분한 것도 아니네.

*   *   *

한 번 경험한 일을 다시 하는 건 쉽다.

하물며 이번에 하는 일은 세 번째 하는 일이다.

"왔노라, 보았노라, 이겼노라."

[피] 아저씨가 육성으로 말했다.

물론 미니 버전인 상태라 이러는 거였다.

고작 승리 선언하겠다고 성좌의 힘을 낭비할 정도로 정신 나간 성좌는 아니니까.

…아니지?

가끔 나는 걱정이 되곤 해…….

"순조롭군. 너무 순조로워서 두려울 정도야."

나도 [왕]과 같은 생각이다.

분신체와 본체 사이에 실시간 통신이 이어진 상태가 아니라는 빈틈을 찌른 덕택에 당장 후환을 걱정할 필요는 없다.

하지만 같은 수에 몇 번이고 당할 놈들로 여겨지진 않았다.

분신체가 잘려 나갔다는 사실이 밝혀지는 순간, 바로 놈들도 대응하겠지.

"그래서 오히려 더 서둘러야겠지요."

"그 말은 맞아. 이럴 때 바짝 벌어 둬야겠지."

[왕]께서 어깨에서 산 주식 투자자처럼 말씀하셨다.

왠지 불안감이 증폭되는걸?

아무튼 [비밀 교환★★★]을 통해 다음 분신체가 위치된 좌표를 알아내었다.

이대로 쉬지 않고 반복하면 분신체 몇 정도는 더 잡을 수 있을 듯했다.

방금 분신체 하나를 잡아먹어 힘도 넘치는 상태이니만큼 휴식 같은 건 애초에 필요 없다.

"그럼 바로 가죠."

"맡겨둬."

[아름다운 로맨스]가 나섰다.

차원 문을 연 우리는 즉각 이동했다.

"승리!"

그리고 또 하나의 분신체를 잡아먹을 수 있었다.

"좋아, 다음!"

그리고 또 하나의 분신체를 잡아먹을 수 있었다.

"좋아, 다음!"

그리고 또 하나의 분신체를……

"이거 갈수록 쉬워지는데?"

"갈수록 우리가 강해지니까요."

3페이즈까지 질질 끌며 겨우겨우 이겼던 게 아직도 기억에 생생한데, 이제는 단번에 덮쳐서 확 잡아먹을 수 있게 되었다.

"속도를 올리죠."

"아니, 잠깐. 지구는 괜찮나?"

"괜찮습니다."

[왕]의 걱정을 불식시킨 건 [말과 돌고래 애호가]였다.

"만약 지구에 무슨 일이 생기면 우리 힘부터 깎여 나갈 테니까요."

[애호가]의 말대로, 그런 일이 생기면 나부터 먼저 반응할 거다.

"하지만 일이 터지고 나면… 그렇군. [운명 조작]으로 되돌리면 그만인가."

[왕]의 말에, 나는 고개를 끄덕이며 말했다.

"그 정도로 최악의 경우라면 그래야겠죠. 뭐, 괜찮을 겁니다. 이것들은 아직 저희의 정체조차 파악하지 못했어요."

사체에 [비밀 교환★★★]을 걸어 알아낸 정보다.

적어도 분신체에 이 일이 전파되지는 않았다는 것만은 확실했다.

"그럼 몇 군데 더 돌자고!"

[피] 아저씨가 나댔다.

"그래, 그럼 그렇게 하지."

[왕]의 허락이 떨어졌다.

"포탈 엽니다."

우리는 다음 좌표로 향했다.

*　　　　*　　　　*

승리, 승리, 승리!

우리는 계속해서 승리를 거두었고, 전리품으로 힘을 거두었다.

원정을 개시하고 일곱 마리째의 분신체를 처치한 시점이었다.

"…돌아가죠."

이런 말이 내 입에서 나왔다.

"아니, 왜? 한 입만 더 먹고 가자."

[피] 아저씨는 이제 슬슬 [피] 어린이라고 불러야 하지 않을까?

나는 속으로만 그런 생각을 떠올리며 말했다.

"함정입니다."

"함정?"

[왕]의 되물음에 나는 고개를 끄덕이며 시체를 가리켰다.

"이 시체에 남아 있는 좌표가 본체의 좌표더군요."

"그렇다면······."

"적이 우리의 존재를 알아차렸다는 의미로군."

[왕]의 말을 뒤이어 [세 번 위대한 이]가 말했다.

"함정이야 피해 가면 되지 않나!"

[피] 어린이가 앙탈을 부렸다.

"멍청이! 그게 그렇게 쉽게 될 거 같아? 함정이 이거 하나겠냐고!"

[로맨스]가 끼어들어 내 생각을 대신 말해 주었다.

어, 속 시원하네.

"적어도 지금처럼 날로 먹고 다닐 순 없겠죠."

내가 이어서 말하자, [피] 어린이가 시무룩해졌다.

"더 먹고 싶었는데……."

전쟁신이면서 치열한 전장보다는 날로 먹는 전장을 선호하다니…….

아니, 오히려 다행이지.

만약 [피] 어린이가 전쟁광이 아니라 전투광이었다면 더 골치 아팠을 테니까.

"일단 돌아가서 적의 반응을 보도록 하죠. 일시적인 경계라면 다시금 빈틈을 찌를 기회가 나올 겁니다."

"아니면?"

[피] 어린이가 아직 미련이 남은 듯 되물었다.

"아니면 아닌 대로, 적들은 한동안 경계에 힘을 쏟을 테니 그만큼의 힘을 낭비시킬 수 있을 테고요."

"좋군."

[왕]이 말했다.

"네 진언을 받아들이겠다, 내 가장 충실한 벗이자 신하여."

'신하' 앞에 '벗'이 붙었네.

이번 원정으로 성좌들 사이에서 내 위상이 좀 오른 것 같기도 하다.

*   *   *

적의 추적을 피하고 혼란을 유도하기 위해 엉뚱한 위치로의 공간 이동을 세 번 반복한 후, 우리는 지구로 돌아왔다.

"…이번에는 멀쩡하군."

지구의 푸른빛이 사라지지 않고 남은 것을 보며, 나는 안도의 한숨을 내쉬었다.

"그러고 보니 지난번에는 돌아왔을 때 이미 지구가 멸망했었다고 했지."

"그랬죠."

[왕]의 말에 나는 고개를 끄덕였다.

"뭐, 이제는 없었던 일이 됐습니다. 이렇게 멀쩡하니까요."

"그래, 그렇지."

[왕]이 크게 고개를 끄덕였다.

"여기서 해산하고 각기 복귀하도록 하지. 이번에 얻은 자산을 잘 살리고 자기를 갈고 닦도록. 다음에 만날 때는 더 강해져 있으면 좋겠어. 가장 큰 전쟁이 아직 남아 있으니까 말이야."

"가장 큰 전쟁!"

[피] 어린이가 자기 관심사에 반응했다.

"그래, 그러니까 헛짓거리하지 말고 힘 모아 두라고. 차, 그럼 해산!"

그렇게 성좌들은 흩어져 각기 자기의 세계로 돌아갔다.

나는 그러지 않았다.

왜냐하면 내가 갈 곳은 티케의 세계였으니까.

"다녀왔어!"

"으르렁!"

돌아오자마자 짐승화된 티케가 나를 반겼다.

그런데 이것도 이제 반갑네.

하긴 그럴 법도 하다.

이번 원정으로 힘을 많이 모아 크게 강해진 데다, …나도 좀 쌓였으니까.

"아르릉!"

"…오빠?"

내가 짐승 소리를 내니까 티케가 되려 깨는 반응을 보이는 게 웃겼다.

"컹! 컹! 컹!"

뭐, 그런다고 그만두진 않을 거지만 말이다.

                    *   *   *

"별일 없었어?"

내 물음에 티케가 짓궂게 웃으며 말했다.

"이제야 사람으로 돌아온 거야?"

"그게 무슨 소리야?"

"그게 무슨 소리냐니… 두 달 동안 짐승 짖는 소리밖에 안 냈으면서."

이걸 역지사지를 못한다고?

아니, 그보다 두 달?

두 달이나 지났어?

"…신기록이네."

"신기록이지."

하고 싶어서 저지른 거긴 한데, 막상 저지르고 보니 후환이 두려워진다.

나는 바로 성좌 채널을 켜서 김명멸에게 물어보았다.

[지구의 챔피언이 특이 사항 없었냐고 묻습니다.]

[김명멸]: 핵 미사일 개발에 성공했습니다.

드디어?!

아니, 이게 아니라.

[지구의 챔피언이 그 외엔 없냐고 묻습니다.]

내 물음에 김명멸은 충실히 대답했다.

여러 일이 있었지만, 외우주에서 괴물이 접근해 온다거나 하는 일은 벌어지지 않은 모양이다.

그럼 됐지, 뭐.

한숨 돌린 나는 성좌 채널을 끄고… 다시 티케에게 달려들었다.

"뭐야, 무슨 일… 꺄악!"

한 달 정도는 더 할 수 있을 것 같다.

티케만 버텨 준다면 말이다.

*   *   *

일주일 뒤.

결국 티케는 버티지 못했다.

그래서 나는 티케의 세계에서 벗어나 지구로 향했다.

"지나치게 강해진 것 같군."

다음에 원정 갈 일이 생기면 티케도 데려가서 좀 챙겨 먹여야 겠다는 생각을 하며, 나는 지구의 거리를 걸었다.

"후… 잠깐 다녀왔는데 또 바뀌었네."

미궁에서 벗어나 과학 기술을 온전하게 활용할 수 있게 된 데다, 온갖 능력까지 보유한 지구 인류의 건축 기술은 멸망 전 문명기의 상식을 넘어선다.

무슨 뜻이냐면, 하루아침에 마천루가 들어서는 것도 그리 놀랄 일이 아니라는 의미다.

새로 세워진 개척지마다 일단 마천루부터 세우는 버릇 좀 어떻게 안 될까?

내 상식으론 도시를 세우려면 수도와 전기 공사부터 해야 하는데, 지금 인류는 그런 건 다 무시하고 일단 건물부터 올리고 있었다.

수도는 물의 정령을 소환하고 전등은 빛의 정령을 소환해서 때우는 것도 좀 그만해 줬으면 하는 건 내가 구시대의 꼰대이기 때문일까?

전기 기사 대신 정령 기사가 다니며 정령들을 설치해 주고 다닌다는 설명을 처음 들었을 때는 무슨 말인지 이해를 못 했다.

아무튼 여기에도 이유는 있었다.

마천루가 주거지를 비롯한 온갖 시설 확충에 유리함은 물론 도시 외벽과 요새 기능까지도 대신 수행해 준다나?

하긴 20세기 대한민국에 아파트를 그렇게 잔뜩 세운 이유가 그거라고 언뜻 들은 것도 같다.

아무리 그래도 그렇지, 살 사람도 없는데 일단 빌딩부터 세우고 보는 건 좀 아니지 않을까?

그런 생각을 하긴 했지만, 이런 생각을 털어놓으면 내 말이 맞는다며 기껏 세운 건물을 무너뜨릴 것 같아서 아무 말도 안 했다.

주상 복합 아파트의 쇼핑몰을 돌아다니며, 나는 편의점에서 콜라 한 캔과 아이스크림을 하나 샀다.

이 조합이 좋단 말이지. 몸에 안 좋은 조합!

아바타 상태인 데다, [매력]이나 [위엄] 다 끄고 외모까지 적절히 조정해 둔 덕에 나를 알아보는 사람은 없었다.

전시에는 연병장이 될 터라 살풍경하게 지어진 공원 벤치에 앉아 홀로 간식거리를 먹고 있으려니, 호젓하니 좋았다.

회귀 전에 7층에서 홀로 지낸 기억 때문일까, 이제는 지위도 있고 그런데도 이상하게 여태 혼자 다니는 게 좋단 말이지.

아이스크림 콘까지 깨끗하게 해치운 나는 자리를 털고 일어났다.

"자, 그럼 일하러 갈까?"

여태 놀았으니, 이제 일할 때도 되었다.

*　　　　*　　　　*

나는 망원 카메라를 몇 개 더 사다가 적이 명왕성 궤도에 접근하면 바로 경보가 울리는 기능을 첨부한 후 우주에 배치했다.

경보 자체는 나를 비롯한 성좌들에게 다이렉트로 떨어지게 만들었다.

"이게 울리면 전쟁이라는 뜻이지?"

[피] 어린이가 이걸 받아 가며 기대의 눈빛을 반짝거린 건 그냥 넘어가도록 하자.

지금 와서 무슨.

아무튼 이로써 정신 놓고 적의 침입을 방조하는 일은 없을 것이다.

이렇게 깔짝 일한 후, 나는 다시 티케의 세계로 향했다.

이쯤 됐으면 티케도 많이 회복했겠지?

"샤아아아악! 저리 가! 이 짐승!!"

…라고 생각한 건 내 착각이었다.

"아니야, 그러려고 온 거 아니야."

사실 맞았지만, 나는 둘러댔다.

"데이트! 데이트, 어때?"

"데이트 같은 소리 하네! 나는 아바타도 없는데 어딜 어떻게 데이트 간다는 거야?"

그러나 대답하는 티케의 목소리는 조금 누그러져 있었다.

"그래서 내가 이런 걸 만들어 놨지."

나는 인벤토리에서 등신대 티케 인형을 꺼냈다.

[운명 조작] 전에 얻어 두었던 신전 기사의 시체 비스무리한 걸 개조한 건데, 이건 티케에겐 비밀이다.

물건이 너무 많아 혼돈 상태인 인벤토리 안에서 이걸 발견했을 땐 용케 [청동 동전★★★★]으로 안 바꿔 먹었다는 생각이 먼저 들더라.

아무튼 백옥과 금강으로 만들어진 아주 비싸고 좋은 물건이라, 큰 노력을 들이지 않고 개조할 수 있었다.

뭐, 내가 성좌가 아니었다면 힘든 걸 넘어 그냥 불가능했겠다만.

이제 성좌니까.

그런데 내가 꺼낸 티케 인형을 본 티케의 얼굴이 기묘하게 일그러졌다.

"이거, 이상한 데다 쓴 거 아니지?"

"이상한 데? 그게 뭔데?"

"…으, 그걸 내 입으로 말하게 하려고?"

"대체 무슨 생각을 하신 겁니까, 여신님?"

내가 묻자, 티케의 얼굴이 발개졌다.

"아무것도 아냐! …이건 내가 가져가서 자세히 살펴봐야겠어."

솔직히 조금 불안하긴 했지만, 나는 겉으로는 흔쾌하게 인형을 넘겼다.

뭐, 원래 주려던 거기도 했으니.

그런데… 안 들키겠지?

*　　　　*　　　　*

그날 오후, 나는 티케와 데이트에 나섰다.

티케는 아바타 대용 인형을 잘 쓰고 있었다.

아무 말도 없으니 안 들킨 건지, 그냥 모르는 척 넘어가 주는 건지 모르겠네.

아무튼 나는 티케를 끌고 가서 거리를 조금 걸으며 수다를 떤 후, 편의점에서 콜라와 아이스크림을 사서 공원 벤치로 향했다.

사실 데이트치곤 낙제점이긴 한데, 어쩌겠어.

핵 실험도 성공한 주제에 문화 시설 투자는 없다시피 해서, 별다른 방법도 없었다.

"흐응, 이런 걸 좋아하는구나?"

그러나 의외로 반응은 나쁘지 않았다.

그러고 보니 티케하고 둘이서 이런 시간을 보내는 건 처음일지도 모르겠네.

하긴 둘이서 미궁 안을 거닐 거야, 아니면 멸망한 지구 위의 황야를 걸을 거야?

이런 것도 문명다운 문명이 세워진 지금에야 가능해진 일이다.

그날, 우리는 해가 질때까지 벤치에 앉아 도란도란 이야기를 나누었다.

아무도 우릴 방해하지 않았기에, 온전히 우리 둘만의 시간이었다.

사실 티케에게 서비스하려고 낸 시간이었는데, 정작 나도 충만해지는 것이 있는 시간이기도 했다.

"고마워."

정신을 차리고 나니, 나는 티케에게 이렇게 속삭이고 있었다.

"뭐가?"

"나하고 결혼해 줘서."

티케는 뭔가를 참는 듯 주먹을 꽉 쥐었다.

뭐지? 내가 뭐 잘못한 건가?

그러던 티케는 갑자기 벤치에서 벌떡 일어나더니, 이렇게 말했다.

"가자."

"어, 어딜?"

"침대."

그런 말을 하는 티케의 눈에는 짐승의 기운이 넘실대고 있었다.

…어떤 의미에서는 계획대로 된 거긴 한데, 왜 내가 잘못될 거 같지?

*   *   *

갑작스럽지만 인류 연방이 성립됐다.

지구 인류, 그러니까 모험가 세력이 다른 종족의 수뇌부를 태평양 섬으로 초대해 핵 실험을 구경시켜 준 게 좋은 계기가 되었다.

오른손에 커다란 곤봉 하나 들고 이제부터 우리 친구 하자는 소릴 뻔뻔하게 하는데, 이게 의외로 잘 통했다더라고 하더라.

문명 멸망 전의 EU 비슷한, 느슨한 인류 공동체를 형성하고 초대 연방 회장은 김명멸이 맡게 됐다.

"출세했네."

"이게 다 선생님 덕입니다."

"나? 내가 왜?"

"선생님께서 안 계셨더라면 이런 일은 시작조차 못 했을 테니까요."

내가 시선으로 이유를 묻자, 김명멸은 눈치 빠르게 대답했다.

"필멸자들 사이에서나 핵이 위협적이지, 성좌가 나서면 별거 아니지 않습니까? 어디서 재롱부리냐고 무시나 당하면 다행이지, 역으로 얻어맞았을 수도 있으니까 말입니다."

"…부정하진 못하겠군."

사실 연방의 성립이 그저 순탄하기만 한 것은 아니었다.

[피] 어린이가 이걸 어떻게든 망치려고 여러 시도를 해 왔음을 굳이 숨기지 않겠다.

역시 저 양반 정정당당하고는 거리가 멀다니까.

그러다 [왕]한테 한 소리 듣고 삐쳐서 한 달 정도 자기 세계에서 나오지를 않더라.

그거야 뭐 여하튼, 이로써 지구상 모든 종족의 무력은 지구 바깥을 향하게 되었다.

서로를 견제하느라 쓸데없는 기운을 뺄 이유가 사라졌다는 의미다.

이제 다들 좀 각자의 삶에 충실해질 환경이 만들어진 것 같다.

종족의 힘이 곧 성좌의 힘이니, 이는 지구 측 성좌의 세력을 강성하게 하는 것으로 이어진다.

단, 이는 연방이 제 역할을 제대로 수행해 낼 때만 성립되는 말일 것이다.

연방 회장이 자기 소속 종족 챙겨 준답시고 헛짓거리나 하고 있으면 잘도 분위기가 만들어지겠다.

따라서 평화와 번영의 청사진을 현실화하기 위해서는 여기 있는 김명멸의 역할이 참 중요하다고 할 수 있겠다.

"잘해 보라고."

"예, 해내 보이겠습니다."

본인도 의욕이 있는 것 같아 다행이다.

*   *   *

"이 정도면 이제 슬슬 쳐들어갈 때 되지 않았나?"

꽤 오랫동안 두문불출하던 [피] 어린이가 밖으로 나오자마자 찾아온 건 바로 나였다.

아니, 왜 나?

"그건 폐하께 여쭈어야 하는 거 아니겠습니까?"

나는 일단 급속 회피를 시전했다.

"나는 얼른 전쟁하고 싶단 말이야! 그러니까 빨리 쳐들어갈 때 됐다고 말해!"

그러나 어린이의 막무가내에는 아무 소용도 없었다.

이상하다, 원래 이런 이미지 아니었던 것 같은데.

…라는 생각을 대체 몇 번째 하는 거지?

나는 헛웃음을 억지로 씹어 삼키며 친절하게 말해 주었다.

"뭐, 한 번 확인해 보죠."

사실 놈들에게서 특이 사항이 발견되면 바로 알람이 울리게 되어 있다.

그 알람은 나뿐만 아니라 여기 있는 [피] 어린이에게도 들리도록 되어 있기도 했고.

그러니까 확인해 본다는 말은 정말 아무짝에도 쓸데없는 소리다.

나는 그렇게 생각했다.

그런데 이게 의외로 쓸데없지가 않았다.

"엉……?"

나는 적들의 위치를 확인하고는 고개를 갸웃거렸다.

뭔가, 뭔가 이상하다.

"뭐야! 뭔데! 나도 보여 줘!"

"아, 예. 보시죠."

사실 [피] 어린이가 봐도 뭘 알아낼 가능성은 심히 낮았다.

아니, 무시하는 게 아니라 저 망원경은 그냥 들여다 보면 그냥 우주 공간만 보인다.

[신비한 시간]과 [비밀 교환★★★]의 조합을 써야 뭐라도 보인다.

"알았다!"

그럼에도 불구하고 [피] 어린이가 이렇게 외쳤을 때, 나는 별로 놀라지 않았다.

"오, 뭔가 알아차리셨습니까?"

"지금 당장 쳐들어가자고!"

이럴 게 뻔했기 때문이다.

"…혹시나 해서 묻는 겁니다만, 그 주장에 근거는 있습니까?"

"지금 당장 쳐들어가자고!"

이 어린이가 또 앵무새가 됐네.

자기 불리할 때는 언제나 앵무새가 된다니까.

"아무튼 알겠습니다. 회의 소집을 신청하도록 하겠습니다."

"오! 역시 너밖에 없어!"

사실 쳐들어가자고 회의 소집하는 게 아닌데.

나는 그냥 어린이가 마음대로 생각하도록 놔두기로 했다.

아주 잠깐이라도 조용히 지내고 싶었기 때문이다.

*　　　*　　　*

내가 올린 보고서를 본 [세 번 위대한 이]가 말했다.

"이건 확실히 수상하군."

"그렇죠?"

내가 관측한 결과는 다음과 같다.

모든 것이 원래대로 돌아와 있었다.

마치 아무 일도 없었던 것처럼, 그러니까 우리가 쳐들어가서 분신체들을 사냥하고 잡아먹었던 일은 처음부터 일어나지 않았던 것처럼.

분신체들이 처음 있던 곳에 위치해 있었다.

"단순히 피해를 복구해 둔 건지, 아니라면⋯⋯."

"함정일 가능성도 염두에 두어야겠죠."

전자라면 바로 가서 또 잡아먹으면 되지만, 후자라면 골치가 많이 아파진다.

"하지만 어차피 출진은 해야 합니다."

혹시나 해서 우리 은하의 분신체 위치를 정찰한 결과, 이쪽에
도 분신체가 새로 배치되어 있었다.

아무 조치도 취하지 않았을 경우 천 년 정도 후에나 일어날 일
이 미리 일어나 버리고 만 것이다.

"…이건 별로 안 좋군."

"그렇습니다."

만약 이것이 적들의 함정이라면, 우리 은하의 분신체를 가장
먼저 처치했을 때 우리의 존재와 위치가 발각되게 된다.

그렇다고 방치했다간?

놈들이 또 운석을 수도 없이 날려 대겠지.

"결국 선택지는 없는 것이나 마찬가지로군."

진퇴양난이다.

"그래도 최대한 머리를 굴려 보긴 해야겠지."

"그렇습니다."

나는 고개를 끄덕였다.

"머리를 맞대면 괜찮은 아이디어가 나오겠죠."

"그래, 마침 폐하께서 부르시는군."

회의 준비가 끝난 모양이다.

우리는 [왕]의 세계로 이동했다.

*   *   *

나는 기존에 만들어 두었던 보고서와 함께 [세 번 위대한 이]
와 추론한 바를 첨부하여 [왕]에게 올렸다.

[왕]은 당연하다는 듯 그 보고서를 이 자리에 있는 모든 성좌에게 공유했다.

그리고 아이디어를 공모했는데⋯⋯.

"간단하잖아?"

보고서는 읽는 둥 마는 둥 한 [피] 어린이가 가장 먼저 손을 들었다.

"이럴 땐 성동격서다!"

"성동격서?"

[로맨스]가 눈을 찌푸리며 되물었다.

"우리 쪽의 분신체는 일부러 방치하고, 다른 분신체를 먼저 격추해서 우리 위치를 교란하는 거야! 그런 다음에 우리 쪽을 파괴하면? 끝!"

[피] 어린이의 발언을 인내심 강하게 듣고 있던 [로맨스]가 끝내 폭발했다.

"멍청아! 그동안에 입을 우리 피해는 어쩔 건데?"

"약간의 희생은 병가지상사야!"

"야이!"

본격적으로 욕설을 늘어놓으려고 하는 [로맨스]를 막고, 내가 손을 들어 발언권을 요청했다.

"말하게."

"[피] 어⋯ [피투성이 피바라기] 성좌의 아이디어가 쓸 만할 것 같습니다."

"아니, 넌 [지구의 챔피언]이라는 놈이!"

[로맨스]의 칼끝이 나를 향하기 전에 재빨리 말을 이었다.

"운석 공격에 한두 번 당한 게 아니다 보니, 방비할 방법도 몇 가지 알고 있거든요."

나는 [운명 조작] 전에 인류가 운용했던 [신비포]를 비롯한 요격 시스템을 설명했다.

"인류 연방이 이 시설을 운용해 자체적으로 운석에 대항할 수 있다면, 우리는 '성동격서'를 벌일 만한 시간적 여유를 갖게 됩니다."

내가 설명을 마치자, [로맨스]가 입을 뻐끔거렸다.

"너, 너… 너 왜 [피] 편을 들어?!"

아니, 지금까지 한 이야기는 그런 이야기가 아니었을 텐데?

"역시 넌 내 마음을 알아주는구나!"

[피] 어린이는 또 단순하게 행동했다.

이제는 뭐… 그러려니 하자.

"하지만 괜찮군. 가능하다면 말이지만."

마침내 [왕]이 나서 상황을 정리했다.

"가까운 시일 내에 결과를 만들어 보이겠습니다."

"기대하겠다."

그렇게 이번 회의는 끝났다.

*　　　*　　　*

회의를 마치고 나온 나는 당장 [욕망 구현]으로 [신비포]를 만들고 인류 연방에게 넘겨 복제하도록 했다.

비록 30층대에 미궁에서 나온지라 평균 레벨은 낮았고, 따라서 충분한 [신비]를 갖춘 모험가의 숫자도 적었다.

하지만 지구 인류의 과학력과 드워프의 손재주, 그리고 엘프의 [신비] 능력치가 시너지를 이루니 불가능한 일이란 없었다.

"이게 되네?"

처음에 [신비] 부족으로 좌절했을 땐 정말 안 될 줄 알았는데, 이게 진짜 되다니.

기쁨 두 배다!

"도와주셔서 감사합니다. [사냥꾼] 성좌, [광부] 성좌."

두 성좌가 챔피언의 몸을 빌려 직접 강림하지 않았더라면 여기까지 해내는 건 불가능했을지도 모르는 일이었기에, 나는 진심으로 감사했다.

"무얼. 우리도 간만에 역할을 할 수 있어 기쁘군."

"필요할 때는 언제든 말하라 하지 않았나? 아직도 우리는 빚을 완전히 탕감했다 여기지 않고 있네."

[사냥꾼]과 [광부]가 각자 내게 이렇게 말하더니, 서로를 바라보았다.

설마 또 싸우나? 했더니 둘은 서로를 보곤 피식 웃었다.

오? 드디어 결혼하나?

…아무리 그래도 이건 너무 나갔지?

"따라 하냐?"

"아니거든? 너야말로."

"아니거든?"

그래, 그럼 그렇지.

내가 너무 나간 게 맞았다.

"그럼 전 이만 가 보겠습니다."

"어, 아! 그래! 들어가!"

"안녕! 안녕!!"

나는 본격적으로 언성을 높이기 시작한 둘을 두고 등을 돌렸다.

티케 보고 싶다.

*　　　　*　　　　*

그럼에도 불구하고 나는 바로 티케의 세계로 돌아가지 않았다.

왜냐하면 [신비포]를 비롯한 운석 요격 시설의 완성을 [왕]에게 보고해야 했기 때문이었다.

"오! 훌륭하군!"

[신비포]의 제원과 사격 훈련 모습을 시연한 나는 [왕]의 감탄을 샀다.

"그럼 지금 당장 작전을 시작해도 되겠어."

"그렇습니다, 폐하."

옆에서 [세 번 위대한 이]가 말을 보탰다.

여기서 잠깐만 쉬었다 가면 안 되냐고 말하면 안 되겠지?

사실 쉬었다 갈 여유가 있는 상황도 아니다.

한시라도 빨리 작전을 시행해야 지구에 떨어질지도 모르는 운석의 양을 줄일 수 있으니 말이다.

[운명 조작] 전과 마찬가지로 이번에도 적들이 10년 주기로 운석을 떨어뜨려 줬으면 좋겠지만, 당장 몇 년 전만 해도 무작위로

날려 댔었다.

우리 은하에 자리 잡은 놈들이 어떤 전략을 쓸지 미지수인 상태이니만큼, 최악의 경우를 염두에 두고 움직이는 게 맞았다.

"좋아! 당장 성좌들을 호출하지!"

그래서 나는 그냥 입 다물고 잠자코 있었다.

그런데 성좌들이 늦는 것 아닌가?

[위대한 오크 투사] 성좌나 [태생부터 강한 자] 같은 성좌들은 빨리 왔다.

심지어 [말과 돌고래 애호가] 성좌마저 시간 맞춰 왔는데… 평소라면 가장 먼저 왔어야 할 [피] 어린이가 이상하게 늦었다.

그리고 [로맨스] 성좌와… 의외로 [사냥꾼]과 [광부] 성좌도.

두세 차례 호출을 더 보내자, [피] 어린이와 [로맨스]가 온몸을 땀으로 샤워한 기색으로 들어왔고, 몇 초 후에 [사냥꾼]과 [광부]도 비슷한 기색으로 들어왔다.

…설마?

에이, 설마.

나는 빤히 보이는 현실을 부정했다.

현실의 좋은 점이자 나쁜 점은, 내가 부정해 봤자 변하지 않는다는 점이다.

나쁜 점이네. ■■!

"…작전 결행일은 내일이다."

네 성좌의 모습을 빤히 보고 계시던 [왕]께서는 은근슬쩍 출정일을 하루 미뤄 주셨다.

…티케 보러 가야지!

$$* \qquad * \qquad *$$

분신체 하나 잡는 데에는 힘이 남을 정도로 모든 성좌가 충분히 강해졌기 때문에, 우리는 팀을 둘로 나누기로 했다.

나와 티케, [피] 어린이, 그리고 [사냥꾼] 성좌와 [애호가] 성좌가 원정팀으로 분류되었다.

그리고 [왕]을 비롯한 다른 성좌가 수호팀이 되었다.

원정팀은 지난번과 마찬가지로 바깥 은하를 돌며 분신체들을 파괴하는 임무를 맡는다.

수호팀은 바깥 은하의 분신체를 하나만 처치한 후 바로 귀환해 우리 은하의 분신체를 파괴하는 임무를 맡게 된다.

적 본체를 교란하고 우리 근거지 파악을 늦추기 위한 전략이었다.

얼마나 통할지는 모르겠지만, 아무 조치도 취하지 않는 것보다는 당연히 훨씬 나았다.

"그럼 작전을 시작한다. 모두 무운을 빈다."

[로맨스] 성좌가 저쪽 팀이 되었기 때문에, 이번에는 [애호가] 성좌가 차원 문을 여는 역할을 맡아 주었다.

차원 문의 좌표 역산을 당하지 않기 위해, 우리는 세 번에 걸쳐 더미 좌표를 남기고 이동했다.

그렇게 해서 우리가 노린 분신체는 파괴되었다가 재배치된 놈이 아니라, 아직 파괴된 적이 없는 놈이었다.

아무래도 함정이 있을 가능성은 재배치된 쪽일 공산이 크다는 판단으로 내린 결정이었다.

"핫하! 드디어 공격이다! 전쟁이다! 나를 따르라!"

[왕]과 떨어지자마자 [피] 어린이는 제 세상을 만나기라도 한 듯 신나게 외쳤다.

엣휴.

그러나 [피] 어린이가 입으로만 외친 건 아니었다.

[피투성이 깃발]

성좌의 힘을 듬뿍 불어넣은 깃발을 들고 앞장선 게 바로 그것 이었다.

아군 전체의 전투력을 올리는 다소 심플한 능력이지만, 그 대 상이 전부 성좌이니만큼 소모 비용이 장난 아닐 텐데 쿨하게 걸 어 버리는 거 봐라.

[피] 어린이… 아니, [피] 삼촌이 이번 전쟁을 얼마나 기대하고 있었는지 알 수 있는 부분이다.

쿠궁! 콰광!!

그리고 우리는 승리를 거두었다.

"핫하! 별거 아니구만!"

어느새 미니 버전으로 돌아와 내 [하이퍼 파워 아머] 안의 공간 에 쏙 들어오며 [피] 삼촌이 외쳤다.

"…아뇨, 별거 있네요."

파괴된 분신체의 시체가 갑자기 눅진하게 녹아내리더니, 차원 문을 열어 버리는 것 아닌가?

물론 나는 이렇게 될 걸 이미 알고 있었다.

분신체가 시야 안에 들어오자마자 [비밀 교환★★★]을 사용했거든.

이 '함정'의 비밀을 나는 이미 간파하고 있었다.

그럼에도 불구하고 아군에게 경고하지 않은 이유?

"고작 셋? 우릴 꽤나 얕본 모양이로군!"

충분히 극복할 수 있는 수준의 함정이었기 때문이다.

나는 차원 문을 통과해 증원 온 세 마리의 분신체를 빠르게 [비밀 교환★★★]으로 훑고는 알아낸 사실을 아군에게 전파했다.

"이상 없음. 쓰러뜨려도 됩니다."

"좋았어! 간다!"

미니 버전의 [피] 삼촌이 다시금 내 품에서 튀어나오는 동시에 본 모습을 취하며 [피투성이 깃발]을 들었다.

그리고 아무런 망설임 없이 가장 앞에 서서 적을 향해 돌진했다.

크, 우리 삼촌이 평소엔 좀 그래도 싸울 땐 또 멋있지!

*　　　　*　　　　*

우리는 빠르게 행동했다.

두 군데를 더 이동해, 총 열둘의 분신체를 처치했다.

말할 것도 없이 이제까지 쌓아 왔던 그 어떤 전공보다도 최고 수준의 전과였다.

"이거 너무 쉬운데."

[애호가] 성좌의 말대로였다.

함정치고는 너무 조악했다.

"그냥 놈들이 우릴 너무 우습게 여긴 거 아냐?"

[피] 삼촌, 아니, [피] 어린이는 그저 상대의 태도가 방만할 뿐이라고 여기는 듯했지만 나는 그럴 수가 없었다.

이미 한 번 말아먹고 [운명 조작]을 쓴 몸이다.

이런 데서 방심할 수야 없지.

따라서 나는 조치를 취하기로 했다.

"[애호가]님, 지구로 차원 문을 열어 주실 수 있으시겠습니까?"

"…그러지."

기존에 짰던 작전과는 다른 요청이었지만, [애호가] 성좌는 흔쾌히 내 요청에 따라 차원 문을 열어 주었다.

"아니, 나는 반대야! …갈 땐 가더라도 한 놈만 더 먹고 가자!!"

[피] 어린이가 앙탈을 부리긴 했지만, [애호가] 성좌가 뒷덜미를 잡고 먼저 차원 문에 던져 버렸다.

나이스, [애호가]!

물론 돌아오는 길에 차원 문의 좌표를 두세 번 꼬아 두는 것도 잊지 않았다.

그렇게 우리 은하로 돌아오자마자, 나는 즉각 수호팀에 연락을 넣었다.

[위대한 오크 투사가 왜 벌써 왔냐고 묻습니다.]

[위대한 오크 투사가 이유는 어찌 됐건 아무튼 잘 왔다고 외칩니다.]

미리 정해 둔 작전을 어기고 조기 귀환을 택한 것 때문에 혼날까 싶어서 그나마 만만한 [투사] 성좌에게 연락했더니 이런 답이 돌아왔다.

[지구의 챔피언이 무슨 일인지 묻습니다.]

[위대한 오크 투사가 놈들의 본체가 여기로 왔다고 외칩니다.]

아니, ■■! 이게 어떻게 된 거야?!

[투사] 성좌의 멱살이라도 잡고 짤짤 흔들며 추궁하고 싶은 마음은 굴뚝 같았지만, 아무래도 지금 상황은 그럴 때가 아닌 것 같았다.

[지구의 챔피언이 좌표를 요청합니다.]

[위대한 오크 투사가 얼른 오라고 외칩니다.]

나는 [투사]와의 대화 내용을 [애호가] 성좌와 공유했다.

내 보고를 들은 [애호가] 성좌는 침음성을 흘렸다.

"우리가… 함정에 걸린 게 맞는 것 같군."

"고작 시간을 더 끌려고 12개체나 되는 분신들을 던졌다고?"

[피] 어린이가 믿기지 않는 듯 말했다.

진짜 보고서 안 봤구나, 너.

"[운명 조작] 전에는 지구 하나 처먹겠다고 지 본신을 내버리고 촉수 더미를 던졌으니, 충분히 가능한 일입니다."

물론 이쪽 스케일이 더 크긴 하다.

이쪽은 진짜 본체니.

그래서 더욱 마음이 급했다.

"[애호가] 님!"

"차원 문 열렸다."

대답과 동시에 부우웅 하는 소리와 함께 차원문이 열렸다.

"돌입합니다!"

나는 미니 성좌들을 끌고 차원 문으로 몸을 던졌다.

*   *   *

그렇게 차원 문을 통과한 우리가 본 광경은 눈으로 보고도 쉬이 믿기지 않는 비현실성을 띠고 있었다.

"…저게 뭐야……?"

티케가 물었지만, 나는 대답할 말을 찾지 못했다.

그저 존재하는 것만으로 중력이 무너져 시야가 왜곡되고 있었고, 흐트러진 중력파에 별들의 궤도가 무너져 때때로 서로 부딪히고 있었다.

그 혼돈의 한가운데에, 놈은 필설로 형용할 수 없는 모습을 드러내고 있었다.

그저 그 일부만이라도 그나마 묘사하자면, 우리가 지금껏 처치해 왔던 분신체들이 티아마트의 드래곤처럼 본체의 일부를 이루고 있었다.

"…저러면 분신체 열둘 정도야 날릴 만도 하지."

[피] 어린이가 자기도 모르게 이런 감상을 털어놓을 정도였으니, 말 다 했다.

[세 번 위대한 이가 왔느냐고 묻습니다.]

전신에서 깃털이 많이 빠지고 눈 몇 개에서 피눈물을 흘리는 [세 번 위대한 이]가 우리에게 다가왔다.

"아빠!"

티케가 애처롭게 외쳤다.

그러나 [세 번 위대한 이]는 딸 쪽은 바라보지도 않고 내게 말했다.

[세 번 위대한 이가 이거 아무래도 안 되겠다고 말합니다.]

[세 번 위대한 이가 이대로 가면 다 죽는다고 합니다.]

확실히 그럴 것 같다.

실제로 지금도 적들의 본체는 공격다운 공격은 하지도 않는 중이었다.

그저 천천히 움직이고 있을 뿐.

그러나 그것만으로도 우리 은하는 붕괴하고 있었다.

그저 존재하는 것만으로 발생된 중력이 주변의 별들을 본체 주변으로 끌어당기고 있었다.

그렇게 끌려온 별들은 순식간에 색을 잃고 분진에 의해 분해된 상태로 촉수에 의해 끌어당겨져 본체에 흡수당하고 있었다.

우리 성좌들이 할 수 있는 건 놈의 진군을 조금이라도 늦추는 것뿐.

그러나 그조차도 얼마나 의미가 있을지 모르는 상태였다.

[세 번 위대한 이가 지금이라도 [운명 조작]을 써서 놈을 내쫓지 않으면 모든 것이 끝장이라고 말합니다.]

저 정도의 존재를 불러온 운명을 조작하려면 대체 얼마나 많은 힘을 필요로 할지 감이 잡히지 않는 상황이다.

하지만 내가 이 사태를 불러온 것이나 다름없으니, 나는 책임을 져야 한다.

언젠가는 일어나고야 말 일을 천년 앞으로 당긴 것뿐이라고 자위해 봤자 허망할 뿐이니.

"알겠습니다."

티케가 얼른 달려와 내 손을 맞잡았다.

"티케, 이건……."

"부부는 운명공동체야."

티케가 내게 웃어보였다.

"책임도 함께 지는 거야."

그 두 눈에는 굳센 의지가 빛나고 있었다.

어줍잖은 설득으로는 녀석의 의지를 흔들리게 할 수 없으리라.

"…그래, 함께 하자."

"그래야지."

티케가 씨익 웃었다.

이쯤 되니 무슨 전우다.

아니, 함께 싸웠으니 전우지.

"좋아, 간다!"

"가자!"

티케와 나는 함께 [운명 조작]을 발동했다.

그 결과.

아무 일도 일어나지 않았다.

"뭐야… 아, 성좌 상태가 아니라 그런가?"

나는 아바타를 벗고 성좌의 격을 되찾았다.

눈치를 보던 티케도 성좌의 격을 되찾았다.

우리는 다시 한번 [운명 조작]을 발동했다.

그러나 여전히 [운명 조작]은 먹통이었다.

[티케가 이건 말도 안 된다고 외칩니다!]

[지구의 챔피언이 운명이 고정되었다고 말합니다.]

[비밀 교환★★★]으로 알 수 있었다.

이건 '놈' 의 짓이다.

저 직시하는 것마저 두려운, 거대하디 거대한 존재가 나로 하여금 운명의 실타래를 되감는 것조차 불허하고 있었다.

'놈' 이 나를 보고 웃고 있었다.

나 또한 '놈' 을 보며 웃었다.

광기가 머릿속을 미지근하게 데우고 있었다.

그저 '놈' 을 잠깐 직시한 것임에도, 정신 오염이 빠르게 진행된 탓이다.

이조차도 [불변의 정신★★★]이 막아 준 덕택에 이 정도로 끝난 거였다.

"푸."

나는 곧장 [모발 부적★★★]을 사용해 치밀어 오르는 광기를 잠재웠다.

그리고 세 가지를 생각했다.

왜 '놈' 이 나를 외우주로 끌어내려 들었을까?

왜 열둘이나 되는 분신체를 희생시켜 가며 내 귀환을 늦추려 했을까?

그리고… '놈' 은 왜 그렇게까지 강력한 정신 오염으로 자신의 주변을 둘러치고 있을까?

이러한 생각조차 단순히 광기에서 비롯된 것일지도 모른다.

그저 절망 때문에 미친 탓일지도 모른다.

아니, 더욱 단순하게 나는 그저 이렇게 생각하고 싶은 것일 뿐일지도 모른다.

그러나…….

나는 눈을 부릅떴다.

'놈'을 직시했다.

치밀어 오르는 광기와 정신 오염을 끊임없이 [모발 부적★★★]으로 제거해 가며, 나는 [비밀 교환★★★]을 계속해서 사용했다.

그러자 다음 순간.

"!"

나는 완전히 다른 장소에 있었다.

주변은 온통 새카만 어둠, 보이는 것은 오직 내 주변의 바, 그리고 내 맞은편에 선 괴인뿐이었다.

내 눈은 놈의 정체를 곧장 꿰뚫어 보았다.

'놈'이다.

[기어오는 혼돈].

그것이 '놈'의 성좌명이었다.

[비밀 교환★★★]은 놈의 진명도 곧장 알아내었으나, 나는 곧장 잊었다.

아는 것만으로도 정신 오염을 유발하는 이름이라니… 기억하고 있을 이유가 없었다.

"[지구의 챔피언]."

[기어오는 혼돈]이 나를 불렀다.

"이곳은 너의 세계인가?"

나는 대답하는 대신 질문을 던졌다.

"그렇습니다."

[기어오는 혼돈]이 의외로 순순히 대답했다.

"처음 봤을 때랑은 다르군."

"그럴 만한 이유가 있으니까요."

"내게 보이지 않기 위해서인가?"

[비밀 교환★★★]이 내게 말해 주었다.

이 주변의 어둠은 정상적인 것이 아니라고.

두껍고 무거운 암막 커튼으로 가려 놓은 것이나 마찬가지였다.

그리고 굳이 힘을 써 이러한 암막을 두른 이유는 나의 시선을 피하기 위함이니.

이것이 어둠의 비밀이었다.

"비밀이 많군."

"그럴 수밖에요."

[기어오는 혼돈]의 말투에서 기만적인 예의가 한 꺼풀 벗겨졌다.

나는 [모발 부적★★★]을 사용했다.

뭉근하게 올라오는 광기를 식히기 위해서다.

"당신은 무척 골치 아픈 존재로군요."

"그런가?"

"하지만 치명적이지는 않습니다."

"그렇군."

"그럼에도… 사람은 모기를 못 죽여 안달이라죠?"

"그렇지."

"저희에게 있어 당신은 모기입니다."

나는 [모발 부적★★★]을 사용했다.

"네 말에는 모순이 있군."

"모순이요?"

"지구에서 모기는 가장 많은 인간을 죽인 천적이야. 만약 내가 너희에게 있어 모기라면, 나야말로 너희의 천적이 되는군."

정적.

나는 [모발 부적★★★]을 사용했다.

"당신의 말은 틀렸습니다."

"어디가?"

"가장 많은 인간을 죽인 존재가 인간의 천적이라면, 저희야말로 인간의 천적이 될 테니 말입니다."

나는 [모발 부적★★★]을 사용하지… 않았다.

"마치 너희가 인간 문명을 멸망으로 이끌기라도 한 것 같은 말투로군."

"말씀드렸는지 모르겠습니다만, 1만하고도 2천년 전부터 저희는 인간을 먹어 왔으니까요."

[기어오는 혼돈]이 웃음소릴 섞어 말했다.

그것은 질문에 대한 답이 아니었다.

"잠깐 태양을 집어삼킨 후, 제물을 내놓지 않으면 태양도 내놓지 않겠다고 말했더니 제 동족을 죽여 제물로 바치더군요."

"먹어서 딱히 배부르지도 않았거니와 그리 맛있지도 않았습니다만, 스스로 제 동족을 알아서 바치는 꼴이 즐거웠기에 계속 받아 주었습니다."

"나중에 이르러선 저희는 입도 대지 않았습니다. 그랬더니 어떻게 된 줄 아십니까? 자기들이 그 고기를 조리해 서로 나눠 먹더군요! 아, 하하핫!"

"그때는… 정말 즐거웠었는데."

나는 [모발 부적★★★]을 사용했다.

놈이 일부러 나를 도발하고 있다는 생각이 든 까닭이었다.

"먹지도 않을 걸 내버려 두지 않고 굳이 손을 대서 망친 이유는?"

"제 허락도 안 받고 멋대로 인신 공양을 중지한 게 마음에 안 들어서요?"

"거짓말이로군."

"맞습니다. 거짓말입니다."

놈의 목소리에서 웃음기가 사라졌다.

"당신을… 당신들을 모기에 비유했습니다만, 사실 당신들은 모기가 아닙니다."

벌레를 보듯 하는 시선.

"개미에 가깝죠."

모기나 개미나.

"당신들은 저희에게 무해합니다. 우리는 그런 당신들을 그냥 아무 생각 없이, 심심풀이로 짓밟은 것에 불과합니다."

"조금 전에 태양을 집어삼키고 제물을 내놓으라는 식으로 말했다고 한 것도 거짓말입니다."

"그냥 잠깐 태양을 집어삼킨 것뿐입니다. 그것 또한 심심풀이였죠. 하지만 당신들은 우리의 의도를 멋대로 해석하고 동족을 죽여 바쳤습니다."

"그건 재밌던 게 맞았습니다. 그게 우리의 흥미를 끌었죠."

"그렇게 흥미를 끌었으면 계속 재밌었어야지, 왜 더 재미있지 않았던 겁니까? 그랬더라면 짓밟지도 않았을 텐데."

음… 도발하는 게 맞구나.

확신이 든 나는 [모발 부적★★★]을 사용했다.

그리고 나는 놈에게 보란 듯이 고개를 갸웃거려 보였다.

"이상하군."

"뭐가 말입니까?"

"너희가 직접 하지도 않은 짓을 스스로 했다고 떠드는 것이 이상하지 않다면, 대체 뭐를 두고 이상하다고 해야 하는 거지?"

놈의 표정이 살짝 굳었다.

그야 그럴 테지.

일견 아무 의미 없어 보이는 이 대화를 통해 놈이 의도한 바는 어떤 가설을 증명하는 것일 터였다.

"갑자기 무슨 소리입니까?"

"태양을 집어삼킨 것은 네가 아니다."

그리고 나는 그 증명에 근거를 부여해 주었다.

"태양을 집어삼킨 놈을 네가 집어삼킨 것이지."

지구의 사악한 옛 신을 집어삼키고, 그 육체의 양분은 물론이고 지식도, 정보도, 기억까지도 삼켜 자기 것으로 만들었다.

이놈이 이상할 정도로 지구의 사정에 밝은 이유가 바로 이것이었다.

다만 그 정보가 좀 낡았다는 문제가 있긴 하지만, 그거야 뭐 어쩔 수 없다.

나를 비롯한 성좌들이 놈이 지구에 배치해 둔 분신체를 잡아 먹어 버린 탓에 정보의 연속성이 끊겨 버렸으니까.

"그 주장에 근거라도 있습니까?"

놈은 가설의 증명을 좀 더 확실히 하고 싶은 모양이다.

"내가 네게 근거를 말해 줄 이유가 있나?"

놈의 그런 의도에 어울려 줄 이유가 내게 없을 뿐.

"…지구 인류 따위는 개미에 불과합니다."

이번에는 놈 쪽이 맥락 없이 말했다.

"100억의 개미를 밀대로 밀듯 한꺼번에 죽이고 그 시체를 비료 삼아 키운 잡초, 그것이 미궁이지요."

알고 있다.

"지구는 오로지 당신 하나를 만들기 위해 그렇게 시체의 산을 비료로 삼았던 것인지도 모르겠군요."

추측처럼 말하고 있지만, 놈의 말이 진실이다.

모든 미궁을 통틀어 가장 뛰어난 모험가인 내가 [지구의 챔피언]이라는 이름의 성좌가 된 것은 우연 같은 것이 아니다.

"당신들이 세웠던 찬란한 문명을 누가 무너뜨렸는지 궁금하지 않습니까?"

놈은 즐기듯 내게 물었다.

그러나 그 시선은 무언가를 탐색하듯 나를 노려보고 있었다.

나는 [모발 부적★★★]을 사용했다.

내게서 기대했던 반응을 이끌어 내지 못한 게 실망스러웠는지, 놈은 미소를 감추며 이어 말했다.

"지구입니다."

나는 충격받지 않았다.

[비밀 교환★★★]은 모든 것을 알려 주지 않는다.

내가 알고 싶은 비밀을 알려 줄 뿐.

반대로 말하면, 내가 알고 싶은 비밀이라면 다 알려 준다는 뜻이기도 했다.

지구 문명이 멸망한 진짜 원인.

그것을 내가 궁금해하지 않았을 것 같은가?

"지구상의 존재하는 모든 지성을 지닌 생명체를 모조리 절멸시키고 미궁 안으로 밀어 넣은 것은 지구, 그 자체입니다."

"그 목적은 오직 너희를 물리치기 위함이겠지."

나는 추측하듯 말했지만, 사실 잘 알고 있었다.

인류의 문명을 지구상에서 쓸어버린 것은 바로 지구, 자신이다.

나는 이 사실을 [비밀 교환★★★]을 얻자마자 알았다.

그럼에도 아무에게도 말하지 않았고, 나도 금방 잊어버렸다.

아니, 잊어버리려고 노력했던 건가.

그랬던 이유는 단순히 불쾌한 진실이기 때문이기도 했고, 알고 있다고 좋을 비밀이 아니기도 했으며, 무엇보다 지구의 궁극적인 목적을 알았기 때문이었다.

그 목적은 나를, [지구의 챔피언]을 만들기 위해.

아니, 내가 아니더라도 상관은 없었으리라.

지구를 지킬 수 있는 존재라면 뭐든 만들어 낼 요량이었을 테니.

"본래 지구를 지켜야 하는 존재들은 너희가 다 집어삼켜 버렸으니 말이야. 지구 입장에선 억지로라도 만들어야 했겠지."

나는 놈을 노려보며 말했다.

"그러니 증오해야 하는 대상은 지구가 아니라… 너희다."

"틀렸습니다!"

놈은 박수를 짝짝 두 번 치고는 말했다.

"증오해야 하는 게 아니라 두려워해야 하겠죠. 천적을 보고 도 망치는 것, 그것이 생명체로서 올바른 반응입니다."

가르치듯 말하는 놈의 눈에서 기이한 빛이 번뜩였다.

나는 [모발 부적★★★]을 사용했다.

*   *   *

[행운의 여신이 비명을 지릅니다.]

[피투성이 피바라기가 지구의 챔피언이 잡아먹혔다고 울부짖습 니다.]

[위대한 오크 투사가 도망쳐야 한다고 외칩니다.]

[피투성이 피바라기가 위대한 오크 투사의 멱살을 쥡니다.]

[끌어내려져 존경받는 왕이 후퇴를 명령합니다.]

[피투성이 피바라기가 믿을 수 없다고 외칩니다.]

[끌어내려져 존경받는 왕이 명령이라고 말합니다.]

……

*   *   *

문명 멸망 전.

그보다도 훨씬 전.

오히려 문명의 태동기에 훨씬 가까울, 아주 오랜 옛날.

로마가 제국이 되기 전의 일이다.

로마 제국의 수도가 켈트족에게 크게 약탈당한 적이 있다.

그럼에도 불구하고 로마는 멸망하지 않았다.

약탈하러 온 켈트족이 다음에 다시 약탈하러 오려고 일부러 도시를 불태우지 않은 채 남겨 두었기 때문이다.

놈들에게 있어 지구는 로마와 같다.

저 외신(外神)들은 저들이 말한 1만 2천 년 전, 이 세계에 방문해 신들을 쓸어 먹었다.

물론 그 1만 2천 년이 어느 행성을 기준으로 한 시간인지는 의문이다.

다만 지구의 공전을 기준으로 하지 않은 것 하나는 확실했다.

알려고 들면 알 수 있지만, 나는 그냥 덮어 뒀다.

좌우지간, 신들만이 죽고 인류가 살아남은 것은 저들이 언젠가 다시 돌아와 지구를 또 한 번 약탈하기 위해서였다.

지구는 그것을 막기 위해 인류 문명을 멸망시키고 미궁을 만들어 저들의 침략에 대항하려 했다.

모두가 알다시피 지구의 그 시도는 실패했다.

[지구의 챔피언]의 탄생이 너무 늦었던 탓이다.

"가능성이란 정말 무섭군요."

[기어 오는 혼돈]이 말했다.

"대체 몇 번을 시도해야 당신 같은 존재가 완성되는 겁니까?"

아직도 떠보는 걸 보니 확신이 없는 모양이다.

그래서 이번 질문에만큼은 나도 성실하게 대답해 주기로 했다.

"나도 몰라."

알려고 들지 않았으니 알 수 없다.

다만 적어도 [행운의 여신]이 신좌에서도 끌려 내려오고, 성좌의 자격조차 잃을 정도로 [운명 조작]을 반복해야 했다는 것만은 알고 있다.

"당신은 거짓말쟁이입니다."

"그건 맞아."

"뻔뻔하군요."

"그런 말은 처음 들어보는군."

[기어 오는 혼돈]은 나를 노려보았다.

나는 [모발 부적★★★]을 사용했다.

"거짓말쟁이 둘이 거짓말만 늘어 놓는 이 대화에 대체 무슨 의미가 있지?"

대화 자체에는 아무 의미가 없다.

그저 내가 놈을 바라보고 있다는 것, 이것 하나만이 의미가 있을 뿐이다.

[비밀 교환★★★].

나는 놈을 대상으로 삼고 계속해서 비밀을 파헤치고 있었으니까.

보통 비밀에는 흥미 없다.

놈을 뒤흔들만한 치명적인 비밀, 파멸적인 약점.

이것이 내가 노리는 비밀이었다.

그러나 내가 원하는 결과를 얻어내기란 쉽지 않았다.

아주 오래된 존재라는 것을 증명하기라도 하듯, 놈은 비밀로 이루어진 덩어리 같았다.

저 비밀 더미에서 내가 원하는 비밀만 뽑아 먹으려면 아직 시간이 더 필요할 것 같았다.

그렇기에 오히려 나는 빨리 나가고 싶다는 기색을 위장했다.

내 블러핑에 놈은 피식 웃었다.

"거짓말쟁이는 항상 진실을 섞게 마련이지요. 여길 나설 때 누가 더 많이 진실을 손에 쥐고 가는지, 어디 한 번 겨뤄 보지 않으시겠습니까?"

마치 잘나가는 도박사라도 된 듯이.

　

*　　　　　*　　　　　*

　

[끌어내려져 존경받는 왕]의 세계.

후퇴한 지구의 열 성좌는 그곳에 모여 있었다.

"[지구의 챔피언] 없이 놈을 처치하는 건 무리야."

가장 먼저 입을 연 것은 [끌어내려져 존경받는 왕]이었다.

"다행히 지금은 놈이 움직임을 멈춘 상태지만… 다음이 문제로군."

"그런데 왜 놈이 움직임을 멈췄을까요?"

[말과 돌고래 애호가]가 조심스럽게 물었다.

"지금 생각할 수 있는 원인이라고는 하나밖에 없습니다."

[세 번 위대한 이]가 그 질문에 답했다.

"그이가 살아 있어요."

[행운의 여신], 티케가 드물게 다른 성좌들 앞에서 입을 열었다.

[세 번 위대한 이]가 무겁게 고개를 끄덕였다.

"티케, [운명 조작]은?"

"아까부터 시도하고 있지만, 완전히 잠겼어요."

'놈'에게 잡아먹힌 [지구의 챔피언]을 구하는 가장 확실한 방법일 터인 [운명 조작]을 티케가 시도하지 않았을 리가 없다.

그 사실을 누구보다 잘 알고 있을 것임에도 불구하고 굳이 질문한 것은 티케의 입으로 나온 그 답을 모두에게 들려주기 위함이었다.

모두가 한 번은 생각한, 가장 안전하고 확실한 퇴로가 막혔다는 사실을 상기시키려는 의도였다.

"어차피 우리에겐 후퇴할 곳 따위는 없습니다. 지구를 버리면 곧 우리도 사라져 버리니까요."

[세 번 위대한 이]가 [끌어내려져 존경받는 왕]에게 말했다.

"애초부터 선택지 따위는 없는 셈이지……."

[끌어내려져 존경받는 왕]이 한탄하듯 말했다.

"그렇다면 우리가 해야 할 일도 하나밖에 없지 않습니까?"

아까부터 잔뜩 삐쳐 아무 말도 하지 않고 있던 [피투성이 피바라기]가 마침내 입을 열었다.

"싸웁시다! [지구의 챔피언]도 놈의 내부에서 싸우고 있을 겁니다! 그를 도와… 싸웁시다!!"

"넌 그냥 싸우고 싶을 뿐이잖아."

[아름다운 로맨스]가 볼멘 목소리로 태클을 걸었으나, [피투성

이 피바라기는 들은 척도 하지 않았다.

왜냐하면 맞는 말이었기 때문이다.

"결정이 내려진 것 같군."

[끌어내려져 존경받는 왕]이 혼잣말처럼 중얼거렸다.

그러나 그 목소리를 듣지 못한 성좌는 없었다.

"멈춰 있는 놈에게 최대한의 타격을 입힌다. 이것이 우리의 결정이다."

[끌어내려져 존경받는 왕]을 비롯한 열 성좌는 생존이 아닌 저항을 택했다.

*　　　　*　　　　*

사실 이건 나와 [기어 오는 혼돈]의 승부였다.

[기어 오는 혼돈]이 들켜서는 안 되는 비밀을 내게 들키면 나의 승리.

그 전에 나를 미치게 만들면 [기어 오는 혼돈]의 승리였다.

무승부는 없다.

누군가가 이길 때까지 이 승부는 끝나지 않을 터였기 때문이었다.

사실 내게 불리한 승부였다.

여기는 [기어 오는 혼돈]의 세계였으며, 나는 존재를 유지하기 위해 성좌의 힘을 계속해서 지출해야 했다.

게다가 [기어 오는 혼돈]은 온갖 방법으로 내게 광기를 불러일으킬 수 있었다.

이 세계를 자신의 체취로 가득 채우고 있었으며, 아무것도 내보이지 않는 어둠조차 광기를 머금고 있었다.

[기어 오는 혼돈] 자신의 눈빛도 강렬한 충동을 불러일으켰다.

그러나 무엇보다, 놈이 지닌 비밀이 가장 치명적이었다.

놈이 두르고 있는 비밀이야말로 가장 농밀하고 음험한 광기가 응축된 것이었기 때문이다.

놈의 비밀을 파헤치려면, 놈의 비밀을 보지 않을 수 없다.

그렇기에 나는 [불변의 정신★★★]으로도 모자라 주기적으로 [모발 부적★★★]을 써 가며 버텨 내고 있었다.

그렇다, 버티고 있었다.

아무렇지도 않게 있을 수는 없었다.

계속해서 힘과 능력을 쓰며 간신히 버티고만 있을 뿐이었다.

언제까지 버틸 수 있을까?

설령 버텨 내고 놈의 비밀을 밝혀낸다 한들, 과연 그 비밀로 놈을 파멸시킬 수 있을까?

만약 그런 비밀 따위는 처음부터 존재하지 않는다면, 나는 어떻게 되어 버리는 거지?

이렇게, 나는 내 안에서 피어오르는 절망과도 싸워야 했다.

이 절망은 [불변의 정신★★★]으로 막을 수 없어서 더욱 나를 괴롭혔다.

그러나 놈들에게 이 세 능력, 그러니까 [불변의 정신★★★]과 [비밀 교환★★★], [모발 부적★★★]을 넘길 수 없다는 집념이 나를 버티게 하고 있었다.

애초에 나만 [기어 오는 혼돈]에게 납치당한 이유가 이것이었다.

놈은 나를, 내 능력을 바라고 있었다.

물론 놈들이 내게 정확히 어떤 능력이 있는지까지는 모를 것이다.

아마 분신체의 위치를 정확하게 파악하는 능력이 뭔지 궁금했겠지.

그리고 나와의 대화를 통해 내게 '뭔가' 가 있다는 것까지는 알아차렸다.

그래서 나를 미치게 해 자신들의 하수인으로 삼아 능력을 흡수하고 기억을 활용할 생각이다.

[비의 계승자]처럼 말이다.

아, 그래. [비의 계승자]처럼 될 순 없지.

질 수 없는 이유가 하나 더 생겼다.

나는 다시금 전의를 다지고 [기어 오는 혼돈]을 노려보았다.

그 대가로 [모발 부적★★★]을 한 번 더 써야 했지만, 또 하나의 비밀을 파헤칠 수 있었다.

뭐? 이놈은 직류 전기보다 교류 전기를 선호해?

이 비밀은 폐기다!

이런 하찮고 쓸데없는 비밀을 갑옷처럼 두르고 나타났다는 점에서, 어쩌면 놈은 이미 내 능력을 간파하고 있는지도 모른다.

앞으로 얼마나 더 버틸 수 있을까?

아니, 나는 계속 버틸 수 있다.

설령 안 그렇더라도 그렇다고 생각하기로 정했다.

그럼에도 불구하고 약한 마음이 조금씩 내 심장을 잠식하기 시작할 무렵.

"음?"

놈의 힘이 약해졌다.

정확히는 내게 가해지는 광기의 압력이 낮아졌다.

뭐지?

나는 또 하나의 비밀을 캐냈다.

놈이 바깥에서 공격당하고 있기에, 내게 쏴 대고 있는 광기의 파동을 다소 덜어 낼 수밖에 없게 되었다는 것이 바로 그 비밀이었다.

사실 그리 큰 변수는 아니었다.

그저 놈의 신경을 약간 분산시켜 주는 느낌이랄까, 그 정도의 의미밖에 없었다.

그렇더라도 지금 싸우고 있는 것이 나만이 아니라는 사실 그 자체가 내게는 큰 용기가 되었다.

"쯧……."

내 의욕이 살아나고 있다는 것을 알아차린 것인지, 놈이 작게 혀를 찼다.

그 틈을 타, 나는 또 하나의 비밀을 알아냈다.

이번에도 꽝이었으나, 나는 그리 낙담하지 않았다.

*　　　　*　　　　*

[위대한 오크 투사가 이대로 가면 다 죽는다고 외칩니다!]

[피투성이 피바라기가 그러고도 네가 위대한 오크 투사냐고 힐 문합니다!]

[위대한 오크 투사가 나는 위대한 오크 투사라고 외칩니다!]

[위대한 오크 투사가 돌격한다고 외칩니다!]

…….

*   *   *

이상하다.

아무리 [비밀 교환★★★]을 써도 제대로 된 비밀이 나오지 않고 있다.

[비밀 교환★★★]은 내가 바라는 비밀을 알려 주는 능력이 아니었던 건가?

아니, 이제까지는 그래 왔다.

그렇다면 내가 비밀을 캐내려는 상대에게 문제가 있다는 답밖에 나오지 않는다.

놈이 의도적으로 자기 비밀을 감추고 있다.

하지만 어떻게?

성좌들조차 아직 ★이 붙지도 않았던 시절의 [비밀 교환] 사용을 알아차리지 못했다.

그리고 곧장 내가 원하는 비밀을 내놓기까지 했었다는 걸 나는 기억하고 있다.

물론 이놈, [기어 오는 혼돈]은 성좌들보다 강하다.

하지만 성좌와 격이 다른 존재라고 생각하지는 않았다.

그 생각을 고쳐야 하나?

성좌를 초월한… 신과 같은 존재라고?

만약 그렇다면 그것은 곧 내게 승산이 없다는 뜻일 수도 있었다.

…절망하기엔 일렀다.

광기는 아직 완전히 나를 침식하지 못했다.

이놈이 진짜 나와 격이 다른 존재, 곧 신이라면 나는 이미 미쳐 있어야 했다.

그러나 지금의 내겐 스스로 광기를 인지하고 제거할 정도의 제정신이 남아 있었다.

…좀 아슬아슬하긴 하다만.

즉, 놈은 신이 아니다.

그렇다면 무찌를 수 있다.

나는 [모발 부적★★★]을 사용했다.

그리고 다음 순간, 문득 어떤 방법이 떠올랐다.

[모발 부적★★★]은 정화에만 쓸 수 있는 능력이 아니다.

상태 이상을 유발하는, 공격으로도 쓸 수 있는 능력이다.

만약 내가 조금 전에 떠올린 것처럼 놈이 의도적으로 내 [비밀교환★★★]을 막아 내고 있는 거라면, 상태 이상을 발생시킴으로써 방어에 구멍을 낼 수 있을지도 모른다.

리스크가 없는 것은 아니다.

이 시도가 놈에게 내 능력에 대한 힌트를 내 스스로 넘겨주는 꼴이 될 수도 있으니까.

그러나 다른 방법이 생각나지 않으니, 지금은 이 방법에 기댈 수밖에 없다.

그렇게 결론을 내린 나는 놈을 대상으로 내가 아는 가장 강력한 상태 이상을 발생시켰다.

그것은 당연히 광기였다.

그것도 [기어 오는 혼돈]이 유발시키는 광기.

만약 미궁 시스템이 살아 있었다면, [기어 오는 혼돈의 광기★★★] 정도로 표기하겠지.

나는 미궁의 부재를 그리 아쉽게 느끼지는 않았다.

그 대신 내가 느낀 감정은 간절함이었다.

[모발 부적★★★]

[모발 부적★★★]

[모발 부적★★★]

여기, [기어오는 혼돈]의 세계에 갇히기 전에 [모발 부적★★★]을 얻은 것이 다행이기만 했다.

만약 [모발 부적★★★]에 ★이 하나라도 부족했다면 나는 이미……

아니, 쓸데없는 생각이나 하고 있을 때가 아니었다.

나는 [기어 오는 혼돈]을 노려보았다.

[비밀 교환★★★]

[비밀 교환★★★]

[비밀 교환★★★]

……

*   *   *

[아름다운 로맨스가 위대한 오크 투사를 대상으로 세계에게

편애받는 능력을 사용합니다.]

  [위대한 오크 투사가 살려 줘서 고맙다고 합니다.]

  [피투성이 피바라기가 용감히 싸우랬지 누가 뒤지러 가랬냐고 따집니다.]

  [아름다운 로맨스가 넌 좀 닥치라고 말합니다.]

  ……

5장
—
행운

이거 효과 있는 거 맞나?

그런 생각을 몇 번 했는지 모른다.

그럼에도 불구하고 내가 잘한 것은 계속해서 시도한 거였다.

의구심에 굴하지 않고 계속해서 도전한 결과.

드디어 나는 티끌이나마 성과를 건졌다.

─ㄱ

ㄱ? ㄱ이 뭐지?

그러나 나는 곧 깨달았다.

이것은 지금까지 [기어 오는 혼돈]이 꽁꽁 숨겨 온 비밀의 파편이라는 것을.

뭔가의 방해가 없더라면 지금까지 단 한 번도 오작동을 보인 적이 없던 [비밀 교환★★★]이 이런 식으로 나올 리가 없다.

놈이 어떤 방법으로든 자신의 비밀을 숨기고 있으리라는, 그저 가설에 불과했던 명제가 참으로 드러나는…….

아니, 아무리 그래도 이건 좀 오반가.

근거로 삼을 수 있겠다, 정도로 해 두자.

뭐, 이런 게 중요한 게 아니다.

중요한 건 [모발 부적★★★]이 놈에게 통했다는 것.

내 방법이 틀리지 않았다는 것.

이것을 증명했다는 점이다.

자, 그럼 [비밀 교환★★★]을 더 써 볼까?

그 결과.

— [기어 오는 혼돈]은 사실 대머리다.

…아무래도 [모발 부적★★★]을 몇 번 더 걸어야 할 것 같다.

아무튼 모처럼 희망을 보아 기운을 차린 나와는 달리, [기어 오는 혼돈]의 미간은 찌푸려졌다.

"…안 되겠군."

아까부터 말없이 나를 노려보고만 있던 놈의 입술이 열렸다.

"너는 여기서 꺼져라."

파창!

무언가가 깨지는 소리가 들렸다.

그와 동시에 내 존재가 산산조각나는 것 같은 감각이 전신을 내달렸다.

뭐야, 이렇게 죽는다고?

그런 생각을 할 수 있던 것도 잠시.

"오빠!"

나는 몸이 따끈따끈해지는 감각에 눈을 떴다.

"…티케?"

입을 통해 성좌의 힘이 빠져나가는 감각 때문에, 나는 내가 지금 성좌 상태임을 알 수 있었다.

그리고 티케도 같은 상태였고.

놀라서 주변을 둘러보니, [기어 오는 혼돈]을 비롯한 세 외신 놈들의 집합체는 간 곳 없고 대신 지구의 성좌들이 나를 놀란 눈으로 바라보고 있었다.

[끌어내려져 존경받는 왕이 놈이 도망쳤다고 합니다.]

[위대한 오크 투사가 우리 승리라고 외칩니다!]

[피투성이 피바라기가 이게 무슨 승리냐고 합니다.]

아니, 그런 거 말고 지금 상황이 어떻게 돌아간 건지 누가 좀 요약해 주면 안 되나?

*　　　　*　　　　*

어… 그러니까…….

"그 쫌생이가 지가 질 거 같아서 튄 거구나!"

…티케의 말이 맞았다.

더 정확히는 질 것 같아서가 아니라, 조금이라도 손해를 볼 것 같아서 튄 것이지만 말이다.

개미를 통째로 삼키려다가 물릴 것 같아서 얼른 손을 털어 낸 것이라 봐야 했다.

자존심 상하는 비유지만, 힘의 차이가 극명하니 어쩔 수 없다.

아무튼 놈들의 본체는 우리 은하에서 자취를 감췄다.

하지만 이걸로 상황이 완전히 끝났다고는 볼 수 없다.

내가 두려워 도망쳤다고는 할 수 없고, 그냥 뭐가 마음대로 잘 안 돼서 잠깐 물러난 것이니 말이다.

놈들은 언제든 다시 올 수 있다.

이건 나뿐만 아니라 이곳에 모인 성좌들, 그리고 지구에게도 큰 위협이었다.

"더 강해질 필요가 있겠어."

이번 전투로 깨달은 것은 이것이었다.

놈들을 쳐 죽일 정도가 아니더라도, 적어도 놈들이 침략을 주저할 정도의 힘은 갖춰야 했다.

그러나 가장 빠르고 효과적인 방법인, 적들의 분신체를 잘라먹는 것은 막힌 것이나 다름없다.

이미 적들이 자신들의 분신체를 미끼 마냥 던져 댈 수 있는 것을 알게 된 데다, 실제로 한 번 낚여서 군세를 분단당하기도 했으니 말이다.

그러니 쓸 수 있는 방법이란 사실상 하나뿐.

"정석대로 가야겠군."

인류 연방을 번성시키는 것.

이것이 지구의 모든 성좌를 고르게 성장시키는 가장 안정적인 방법이 되겠다.

다만 이 방법에는 결정적인 약점이 있었다.

시간이 걸린다는 것.

과연 적들이 우리에게 충분한 시간을 줄까?

그럴 수도 있겠지.

그럼에도 불구하고 우리는 아니라고 생각하고 대비해야 한다.

그렇다면… 어떻게 해야 할까?

우리와 적 사이에 전체적인 힘의 규모 차이가 너무 큼에도 이번에 적이 물러나도록 할 수 있었던 건 적의 아픈 부분을 찔렀기 때문이다.

어쨌든 적에게서 '진짜' 비밀을 끌어낼 수 있을 정도로 적의 방어를 약화시켰다는 것.

그 '진짜' 비밀이라는 게 '[기어 오는 혼돈]은 사실 대머리다.' 라는 건 좀 기운 빠지긴 했지만, 아무튼 놈이 숨기려고 했던 비밀을 파헤쳤다는 것에 의미가 있다.

아무래도 이건 [모발 부적★★★]이 활약한 결과물이라 봐야 할 테지.

"대충 알았다."

앞으로 할 일.

[모발 부적★★★]에 ★ 하나를 더한다.

두 개를 노릴 수 있다면 좋겠지만, 그게 그렇게 쉽지는 않겠지.

그러니 [비밀 교환★★★]에 별 하나를 더하는 것을 두 번째 목표로 삼아야겠다.

[불변의 정신★★★]은 아무래도 우선 순위에서 밀린다.

사실상 이번에 내가 버틸 수 있었던 게 [불변의 정신★★★] 덕이긴 하지만, 오히려 그렇기 때문에 강화할 필요를 그리 느끼지 못하게 되었다.

아직 굴러가는 차를 좀처럼 안 바꾸는 거랑 비슷하달까, 아무튼 그렇다.

"이제 혼잣말 다 했어?"

티케가 내 목에 팔을 두르며 물었다.

"아니, 몇 마디 더."

나는 티케의 팔을 부드럽게 풀어내며 말했다.

"아무래도 나, 명상 시간을 좀 가져야겠어."

[신비한 명상]을 통해 고유 능력의 업그레이드를 꾀해 볼 생각이었다.

"그래? 그것도 괜찮지."

티케의 팔이 다시금 내 목을 휘감았다.

조금 전보다 더 세게.

꽈아악.

아무래도 티케도 꽤 강해진 모양이다.

"인사, 하고 가."

"인사?"

"응."

티케가 고개를 끄덕였다.

"나한테."

나는 그게 무슨 말이냐고 되묻지 않았다.

*   *   *

티케와 짧게 회포를 푼 후, 나는 다른 성좌들에게 양해를 구하고 달로 올라갔다.

달에는 아무도 없었고, 아무것도 없었다.

그저 은하 너머의 놈들에게 잡아먹혀 사라진 성좌가 남긴 큰 구덩이가 하나 남았을 뿐.

이 구덩이가 명상하기엔 안성맞춤인 장소였다.

구덩이 속에 홀로 앉은 나는 [신비한 명상]을 사용했다.

[신비한 명상]을 개조할 때와 달리, [모발 부적★★★]에 ★ 하나를 더하는 작업은 만만치 않았다.

시간과 노력이 들 뿐이었던 능력 개조와 달리, ★ 업그레이드에는 성좌의 힘이 들어갔다.

그것도 완전히 소모되는 방식으로.

더 정확히는 능력에 내 힘을 나누어 넣는 것에 가까우리라.

그래도 나는 고민하지 않았다.

필요한 지출이니까.

나는 바로 업그레이드를 추진했다.

                    *   *   *

결과.

…를 확인할 수가 없었다.

아니, [모발 부적★★★★]을 만드는 데에 성공한 것은 맞다.

그러나 새로운 능력의 정확한 스펙을 모르겠다는 소리였다.

미궁이 없으니 업그레이드 결과물을 텍스트로 못 보는 것도 당연하다면 당연했다.

대충 내 느낌으로는 공격성을 더한 것 같긴 한데, 써 봐야 알

것 같았다.

"그런데 이걸 누구한테 써 보지?"

직감적으로 아군한테 썼다간 돌이킬 수 없는 결과로 이어질 것 같다는 게 느껴졌다.

전력을 다하면 성좌도 죽일 수 있을 정도의 상태 이상을 일으킬 텐데, 전력을 다하지 않을 거면 시험 사격을 할 이유도 없었다.

그러다 문득, 나는 적절한 실험 대상을 찾아냈다.

그것은 거울 안에 있었다.

그렇다.

나다.

빌어먹을.

이게 최선인가?

이게 최선이네?

어쩔 수 없지!

나는 나 자신에게 [모발 부적★★★★]의 상태 이상인 [기어 오는 혼돈의 광기★★★★]을 사용했다.

그리고…….

"끄아악!"

나는 바로 [모발 부적★★★★]을 써서 상태 이상을 무효화했다.

그 직후, 한 번으로 부족하다는 것을 곧장 깨닫고 [모발 부적★★★★]을 한 번 더 사용했다.

두 번이나 [모발 부적★★★★]을 썼는데도 아직 광기가 조금 남은 것 같아서, 하는 김에 한 번 더 썼다.

그제야 좀 살 것 같은 기분이 들더라.

"…대체 난 뭘 만들어 버린 거지?"

핵무기를 처음 만든 오펜하이머가 이런 기분이었을까?

나는 신도 악마도 될 수 있다.

갓 성좌가 되었을 때도 느끼지 못했던 전능감이 나를 고양시켰다.

그도 그럴 것이, 무려 [기어 오는 혼돈]의 세계에서 본인이 직접 건 광기의 수십 배씩이나 되는 강력한 효과를 발휘했으니 말이다.

그리고 이 경험은 나로 하여금 이러한 결정을 내리도록 만들었다.

"핵을 만들었으면, 핵에 만족할 수 없지."

본래 다음 플랜은 [비밀 교환★★★]에 ★ 하나를 더하는 거였지만, 그걸 수정했다.

[모발 부적★★★★]에 ★ 하나를 더하기로.

설령 [기어 오는 혼돈]을 비롯한 외계 성좌의 합성체가 나보다 열 배, 스무 배 강력하더라도 이걸 얻어맞기는 싫을 것이다.

내 예상대로라면, 이보다 더 강력한 전쟁 억제력은 없으리라.

*   *   *

결과.

쉽지 않았다.

[행운의 여신이 이제 좀 집에 들어오라고 합니다.]

"알았어. 지금 갈게."

결국 나는 성과를 내지 못한 채 집으로 돌아갈 수밖에 없게 되었다.

나도 내 삶이 있고 마누라도 있는데 여기에만 매몰되어 있을 수는 없는 노릇이다.

그러고 보니 [비의 계승자]한테 뜯어낸 세계를 내 식으로 변형하는 작업도 지지부진하다.

하긴 애초에 이 작업은 적들을 다 물리친 이후로 미뤄뒀었지.

따라서 나는 티케의 세계로 향했다.

"왔어?"

"왔어."

"그럼 밥 먹을까?"

"응."

언제 티케 데리고 지상 내려가서 콜라와 아이스크림을 먹인 후, 녀석은 음식과 요리에 관심을 보이기 시작했다.

내게 맛있는 걸 사다 달라고 하기도 하고, 때때로 요리를 만들어 주기도 했다.

티케의 요리는 비교적 맛있었다.

물론 요리 기술 랭크를 15까지 찍은 내게 비할 수는 없지만, [황금]이 붙지 않은 일반 요리 중에선 꽤 괜찮은 축에 속한다.

애초에 취미 아닌가?

능력치 하나 올리겠다고 별별 재료를 다 구해다 어떻게든 좋은 결과물을 만들겠다고 이런 짓, 저런 짓 다 하고 다녔던 나와 비교하는 게 이상하지.

"그 시선이 짜증나!"

내가 따스한 눈길로 요리 중인 티케를 쳐다보자, 녀석은 갑자기 짜증을 냈다.

하지만 그렇다고 갑자기 요리를 그만두거나 하지는 않았다.

"와, 오늘 밥은 맛있네?"

"그래?"

칭찬을 들으니 또 올라가는 입꼬리를 숨기지 못하는 게 매우 귀엽다.

오늘 나는 티케를 죽여 버릴 생각이었다.

성적인 의미로.

*   *   *

나와 티케의 승부는 두 달이 지나도록 결판이 나지 않았다.

이게 다 티케가 지나치게 강해진 탓이었다.

적 분신체는 같이 잡았는데, 왜 티케가 더 강해진 것 같지?

사실 나는 이 질문에 대한 답을 알고 있었다.

원래 강한 자가 더 강해지는 것보다 약한 자가 강해지는 게 더 빠른 법이다.

미궁식으로 말하자면, 1레벨이 50레벨 올라가는 게 50레벨이 100레벨 올라가는 것보다 훨씬 쉬운 것과 같다.

그거야 뭐 아무튼.

우리는 무승부를 선언하고 이번엔 내가 만든 요리를 함께 나눠 먹었다.

"내가 졌어!"

그리고 티케는 패배를 선언했다.

훗, 당연하지.

하지만 지나치게 잘난 척하면 티케가 또 열받아 할 것 같아서, 적당히 잘난 척했다.

"열받아!"

뭐, 이럴 줄 알긴 했지.

＊　　　　＊　　　　＊

다시 달 뒷편으로 올라간 나는 몇 달의 노력 끝에 드디어 성과를 냈다.

[모발 부적★★★★★]

이거 만드는 데에 힘이 너무 들어간 탓에, 지금의 나는 티케에게 질 수도 있었다.

아니, 사실 티케에게 질 정도는 아니었다.

왜냐하면 힘이 쓴 만큼 채워졌기 때문이다.

지난번에 [모발 부적★★★★★]을 만드는 데에 실패한 건 그냥 힘이 모자라서 그런 거였나 싶더라.

이번에 성공한 건 내가 강해졌기 때문이고, 그 강함의 원인은 바로 지구 인류였다.

고작 몇 달 차이인데 이게 되고 안 되고가 나뉠 정도라고?

그랬다.

그만큼 지구 인류의 번영이 빨랐다.

지구의 구성원들은 자신들이 번영해야 성좌가 강해진다는 사실을 깨닫고, 동시에 가장 강하고 위험한 적이 아직 우주 저편에 살아 있다는 사실을 깨달았다.

그래서 후세를 늘리고 단련시키는 데에 온 힘을 다했다.

의외로 이 분야에 최고 권위자가 모험가 출신 지구 인류였다.

오크보다도 빠른 속도로 인구를 늘리고, 또 온갖 능력을 동원해 빠르게 키워서 다시 인구를 늘리는데 내가 말려야 하지 않을까 싶을 정도였다.

아무튼 지구 인류를 비롯한 범인류는 빈 곳투성이었던 지구 곳곳을 채워 나가기 시작했다.

멸망 전 기준 극동 아시아에서 시작해, 중앙아시아까지 빠르게 채워 나갔다.

그러고 보니 여기 사막 아니었나? 싶었던 곳도 무슨 테라포밍이라도 하듯 나무와 작물을 길러 푸르게 만드는 걸 보고 내가 다 식겁했다.

애초에 비가 안 내려? 상관없다. 물과 호수의 정령을 소환해 두면 되니까.

날씨가 추워? 상관없다. 불의 정령을 잠깐만 꺼내 놔도 후끈후끈해지니까.

땅이 거칠고 말라붙었어? 상관없다. 바위 정령을 꺼내서 저걸로 네 몸 만들라고 하면 가져간다.

과학과 능력이 합쳐져 온갖 분야에서 시너지를 내는데, 정신이 하나도 없을 정도였다.

*　　　　*　　　　*

그래, 과학도 과학이었다.

러시아 지역에서 천연가스, 중동 지역에서 석유를 뽑아내며 각지의 공장에서 연기가 뿜어져 나왔지만 걱정할 건 없다.

화력 발전소와 함께 탄소 포집을 같이 돌리고 있으니까.

그러면서도 도시마다 콜로세움을 세워 검투 대회를 매일같이 열었다.

이거 맞나? 테크트리가 어디서 어떻게 꼬인 건지도 모르겠더라.

아무튼 서로 싸워 겨룸으로써 인간들은 레벨을 올려 대고 있었다.

미궁이 없어 레벨이 표시되지도 않는데, 어쨌든 검투 대회 승리자가 더 강해졌다는 것만으로 애들은 계속해서 대회에서 구르고 있었다.

그리고 무슨 조선 후기 마냥 애들이 열다섯만 되어도 결혼해서 애를 낳는다.

그런데 여기서 '열다섯'이라는 건 햇수를 말하는 것이 아니다.

[육아] 기술자가 탁아소에서 애들을 맡아 키워 성장 보너스를 줘 가며 쑥쑥 키워서 외관상 15세가 되면 졸업시켜 버린다.

기술자 기술 랭크에 따라 차이는 있지만, 탁아소의 아이들은 대충 두세 배 정도는 더 빠르게 성장하더라.

최고는 다섯 배까지 성장 가속도가 걸려서 3년 만에 15세가 되어 나가는 탁아소도 있었다.

실제 나이는 만으로 3살이지만 정신도 육체도 15세 수준이 되는 거니, 이거는 뭐 굉장하다는 말밖에 나오질 않는다.

그 우수한 탁아소가 순환이 빠른 만큼 아이들이 많이 몰려서 지구 인류의 인구수 증가에 크게 기여하고 있었다.

사소한 문제는 이렇게 태어나는 아이들은 자기 고유 능력이 뭔지 모른다는 점이다.

고유 능력이 없지는 않다.

틀림없이 뭔가 있긴 하다.

그러나 그걸 텍스트화해서 상태창으로 일목요연하게 보여 주는 미궁이 없다 보니 아무래도 효율이 조금 떨어지는 느낌이 없지 않아 있다.

"미궁 비슷한 거라도 만들어서 세워야 하나?"

그럴 방법이 있는지는 또 탐구해 봐야겠지만, 아무래도 있으면 좋긴 하겠지.

사실 나도 [모발 부적★★★★★]의 정확한 효과를 알고 싶기도 하고 말이다.

일단 견적부터 좀 봐야겠군.

나는 [세 번 위대한 이]에게 상담했다.

당연히 직접 찾아간 건 아니었고, 성상을 꺼내서 물어봤다.

[세 번 위대한 이가 미궁 전체를 재현하는 건 비쌀 거라고 합니다.]

"아, 그래요?"

그럼 그만둬야겠다.

[세 번 위대한 이가 하지만 미궁의 기능 일부를 사용할 수 있게 만드는 거라면 상당한 원가 절감이 가능할 거라고 부언합니다.]

"아, 그래요?"

그럼 한 번 알아볼까?

그래서 내가 만든 게 타워였다.

[스테이터스 타워].

한글로는 상태탑이다.

왜 스테이터스 타워라고 이름을 지었는지 대충 감이 잡히지 않는가?

상태탑… 상태 아저씨의 탑?

이건 안 되지!

뭐든 한글화부터 하고 보는 것도 항상 좋기만 한 건 아니라는 걸 알 수 있는 일화라 할 수 있겠다.

아무튼 탑이라고 하면 올라갈 수 있는 탑을 연상하기 쉽지만, 그런 건 아니고 그냥 송전탑처럼 대충 시설물을 하나 세워 둔 것에 가까웠다.

그리고 가장 중요한, 이 시설물의 효과는?

이 탑 근처 60m 반경에선 상태창을 쓸 수 있다.

딱 이거였다.

그런데 왜 이렇게 유효 범위가 애매하냐고?

이 또한 최대한 원가를 절감해 보려는 발악이었다.

원래 계획으로는 커뮤니티나 채널 등의 다른 기능도 재현할 생각이었지만, 그것도 다 없애 버렸다.

탑 주변에서만 쓸 수 있는 커뮤니티에 채널이라니, 그거 완전 옛날 시티폰 아닌가?

…라고 말했더니, 시티폰의 개념을 알고 있는 사람은 유상태

아저씨 정도밖에 없더라.

이런 식으로 나이를 들켜 버리다니, 젠장!

다행히 [운명 조작] 이후엔 내가 나이를 속인 적이 없어서 별로 눈치 주는 사람은 없었다.

김명멸 빼고는.

아니, 정확히는 김명멸도 대놓고 뭐라고 하지는 않았다.

애초에 기억하고 있는 사람이 김명멸뿐이라는 이야기지.

…아무도 숙청 같은 생각은 떠올리지 않았다.

정말이다.

그거야 뭐 아무튼, 스테이터스 타워의 건립으로 인해 나도 내 능력을 정확히 알 수 있게 되었다.

[모발 부적★★★★★]: 대상에게 걸린 목표 상태 이상을 제거한다. 이때, 그 상태 이상이 강화되어 담긴 머리카락 하나가 자라난다.

대상에게 상태 이상을 발생시킨다. 이때, [모발 부적]의 효과로 자라난 머리카락을 소모하여 상태 이상의 강도를 강화시킬 수 있다.

[모발 부적]의 효과로 자라난 머리카락이 없다면 무작위 강화 상태 이상이 담긴 머리카락이 999터럭 자라난다.

[모발 부적]의 효과로 자라난 머리카락은 뽑힐 때마다 새로 자라난다.

…갑자기 더벅머리가 됐나 했더니만, 이것도 [모발 부적★★★★★] 때문이었군!

아무튼 ★★★일 때는 '모발' 부분이 사라졌었는데, ★★★★★

가 되고 나니 오히려 '모발' 쪽이 더욱 강조되어 발현된 느낌이다.

"아무튼 대충 알았다."

상태 이상을 하나 제거할 때마다 총 머리카락의 숫자가 증가한다는 거지?

그 말은 곧, 다른 사람의 상태 이상 999개만 제거해도 상태 이상 발생의 위력이 2배가 된다는 뜻이기도 했다.

그렇다면 지금부터 할 일은 하나뿐이다.

지구를 돌며 온갖 상태 이상을 전부 제거하는 것!

목표는 10000개다!

*　　　　*　　　　*

나는 세계 전역을 돌아다녔다.

당연히 지구 인류뿐만 아니라 미궁 인류, 즉 30층대의 세계에서 나온 인류, 그리고 엘프나 드워프, 오크 등, 종족을 가리지 않고 고쳤다.

맹인을 눈뜨게 하고 앉은뱅이를 일으켰으며 귀먹은 자를 들리게 하고 벙어리를 말하게 하였다.

불치병에 걸린 자를 낫게 하고 역병을 잠재웠으며 미친 이를 제정신으로 돌리고 잠에서 깨어나지 못하던 이를 깨웠다.

나는 그 모든 상태 이상을 고쳤다.

결과.

"감사합니다, 감사합니다!"

"저는 성좌님을 위해서라면 목숨마저 버릴 수 있습니다. 아니,

부디 이 목숨을 받아 주십시오!"

나는 그냥 온갖 상태 이상을 빨아먹으려고 돌아다녔던 거였는데, 나를 향한 사람들의 신앙이 어마어마하게 강력해졌다.

그리고 그것은 곧 내 성좌로서의 힘을 더욱 강력하게 만들어 주었다.

그냥 좀 [모발 부적★★★★★]만 강하게 만들려고 한 거였는데, 이런 효과가 있었을 줄이야.

왜 내가 이제까지 이 방법을 안 썼는지 모르겠다.

다만 부작용이 없던 건 아니었다.

"야! 그건 선 넘었지!"

다른 성좌, 특히 [피] 어린이의 강한 항의를 받은 게 그 부작용이었다.

다른 성좌들이라고 이 방법을 떠올리지 못했겠는가?

다만 하릴없이 세계를 돌아다니며 마주치는 모든 이들의 상태 이상을 고쳐 줄 정도로 한가한 성좌가 없었을 뿐이다.

더욱이 이 방법을 제한 없이 썼다가는 다른 성좌의 시비까지 걸릴 수밖에 없었다.

다른 종족의 성좌는 직접 지상에 현현해서 병을 낫게 하고 고통받는 이를 구원해 주는데, 우리 성좌는 뭐 하냐는 소리가 나올 수밖에 없기 때문이다.

나는 아바타가 있어서 현현에 별 자원이 안 들지만, 다른 성좌가 똑같이 하려면 챔피언의 몸을 빌린 후 권능을 발휘해야 하는지라 자원이 훨씬 많이 드는 것도 이유라면 이유겠다.

다시 말해 나만큼 순익을 낼 수 있는 성좌가 없었달까?

경쟁이 과열되면 서로 소모만 많아지니 안 하고 있었던 걸 나혼자 하고 다니니, 항의를 받는 것도 당연하다면 당연한 귀결이었다.

그래서 나는 이런 방법을 쓰기로 했다.

"성좌님 영역 돌아다닐 땐 성좌님 챔피언인 척하겠습니다."

"아, 그래? 그러면… 고맙고."

나는 [모발 부적★★★★★]을 강화시키고, 성좌들은 신앙을 벌어들이고.

윈—윈이라 할 수 있었다.

명확하게 따지면 고생은 나 혼자 하는 거니 좀 억울하긴 하지만, 어차피 적들이 습격하면 같이 막아야 하니 이 정도는 부담할 수 있지.

…라고 생각한 것도 잠시.

"야, 너 너무 수고한다. 이거라도 좀 받아 가라."

다른 성좌들은 [피] 어린이만큼 염치가 없지 않았다.

영역을 돌아다니는 동안 내게 편의를 봐주고 파편도 좀 챙겨주는 것 아닌가?

심지어 [위대한 오크 투사]마저도 크흠크흠거리며 은근슬쩍 파편을 내어 주었다.

이런 소릴 넌지시 [피] 어린이에게서 흘렸더니, 갑자기 [피] 삼촌이 되어 꽤 넉넉히 파편을 내 호주머니에 찔러 주었다.

"야, 알지?"

이러면서.

RG? RG가 뭐죠?

어쨌든 결국 이득이었다.

당연히 나 혼자만의 이득도 아니었고.

병과 재해에서 벗어난 종족들은 더욱 번성했고 성장했으니, 이는 곧 지구 전체의 힘을 크게 불리는 것으로 이어졌다.

[모발 부적★★★★★]이 당초 목표였던 만 개를 크게 넘어 10만을 달성하고 백 배로 강해진 것은 여기 비하면……

음… 별로 안 작네. 백 배가 뉘 집 개 이름도 아니고.

그래, 이것도 크다!

아무튼 이러한 일련의 흐름 속에서 굳이 손해를 본 사람이 있다면…

[행운의 여신이 이제 좀 집에 들어오라고 합니다.]

심심해진 티케 정도이려나?

"그래, 오늘 집에 들어갈게."

[행운의 여신이 기뻐합니다.]

아이구, 우리 마누리 이제 화도 안 내네.

당장 돌아간다!

*　　　　*　　　　*

기절해 버린 티케의 부드러운 머리카락을 손바닥으로 쓸어 주며, 나는 향후의 계획에 대해 생각하고 있었다.

의도치 않게 힘에 여유가 많이 생겼다.

그렇다면 [비밀 교환★★★]에도 ★ 하나를 더해 주는 것도 생각해 볼 수 있지 않을까?

…이런 구상을 하고 있을 때였다.

"혼자 다 하려고 하지 마."

기절한 줄 알았던 티케가 누운 채로 말했다.

"우린 운명 공동체잖아."

나는 픽 웃었다.

"당연히 그렇지."

생각해 보면 이 녀석도 많이 바뀌었다.

그… 어라, 별로 안 바뀌었나?

아니다, 아무튼 많이 바뀌었다.

"그럼 나랑 같이 달에 갈래?"

"달에? 왜?"

"글쎄, 별 따러?"

성좌인 우리에게 별 딴다는 말은 단순한 농담만은 아니게 되었다.

하지만 진짜로 별 따러 가자는 뜻은 아니었다.

"[운명 조작]에 ★ 하나 더해 보는 거, 어떻게 생각해?"

★ 따러 가자는 뜻이었지.

사실 적 본체를 마주했을 때 가장 충격적이었던 건 [운명 조작]이 통하지 않았던 거였다.

더욱이 [비밀 교환★★★]을 썼음에도 놈들이 어떻게 [운명 조작]을 씹었는지에 대해서 알아내지 못한 상황이기도 했다.

원인과 결과를 알고 대항하는 것이 가장 상책이긴 하지만, 그게 여의치 않다면 하책이라도 써야 하는 것이 우리 처지였다.

그리고 그 하책이란 게 바로 [운명 조작]의 업그레이드였다.

"…힘이 많이 들 텐데."

"투자는 내가 할게."

나는 싱긋 웃으며 이렇게 이어 말했다.

"운명 공동체잖아?"

"뭔가 치사해."

티케가 불퉁한 목소리로 이런 말을 하자, 왠지 모르게 갑자기 몸의 심에서부터 힘이 용솟음쳤다.

그런 내 기색을 알아차린 것인지, 티케가 움찔 놀라며 물었다.

"뭐, 뭐야. 달에 올라가자며?"

"응."

나는 고개를 끄덕였다.

"다음 달에."

그리고 곧장 티케에게 달려들었다.

*   *   *

스테이터스 타워는 내가 생각했던 것보다 더 큰 파란을 일으키고 있었다.

왜냐하면 이게 모험가와 그 혈족에게만 적용되는 게 아니었기 때문이다.

엘프도, 드워프도, 오크도, 누구든 '상태창!' 이라고 크게 외칠 용기만 있다면 자신의 상태창을 열람할 수 있다.

"나한테 이런 고유 능력이 있었어!?"

"내가 이 근력을 못 살리고 살고 있었다니!"

"어, 내 기술 랭크가 이렇게 낮았다고?"

다른 종족들에게 있어 자신의 능력을 객관적으로 확인할 수 있다는 것은 꽤 충격적인 일 같았다.

그런가? 난 모험가로 시작해서 잘 모르겠는데, 아무튼 그렇다고들 하더라.

그래서 인류 연맹의 중심지이자 모험가 출신 지구 인류의 수도인 서울에 온갖 종족이 모여들고 있었다.

처음에는 대단한 혼란이 빚어졌지만, 수습된 후에는 서울이 명실상부한 세계의 수도 같은 면모를 보이기 시작했다.

기껏해야 2~3만 정도에 불과했던 서울의 인구수는 빠르게 늘어나고 있었고, 그렇게 늘어난 인구 대부분은 외지인이었다.

그래서 이게 나랑 무슨 상관이냐?

워낙 서울의 유동 인구가 많은 덕택에, 이제부터는 굳이 돌아다닐 것도 없이 여기서만 [모발 부적★★★★★]을 사용해도 되게 되었다는 뜻이다!

게다가 서울은 지구 인류 수도라 굳이 다른 성좌의 챔피언으로 위장하고 다닐 필요도 없다는 점도 무시할 수 없는 장점이었다.

다른 성좌에게 나눠 줘야 했던 신앙을 나 혼자 다 처먹을 수 있게 됐다는 소리다.

독식 좋아!

지구를 위해서니 다 함께 강해져야 한다느니 그런 말은 그냥 다 겉치레라는 걸 이런 식으로 고백하게 될 줄은 몰랐다.

역시 독식이 좋아!

*　　　　*　　　　*

다른 장점에 비하면 사소하지만, 티케가 좋아한 점은 서울에 신전 하나 세우고 거기 떡 하니 앉아 있을 수 있다는 점이었다.

내가 상태 이상에 걸린 불쌍한 아이들을 하나하나 찾아다니는 대신, 병들고 지친 아이들이여 내게로 오라! …고 외칠 수 있게 됐다는 소리다.

뭐, 수고가 덜어져 좋긴 했다.

그렇게 신전을 세우고 100시간 연속 근무를 마친 후, 어느 정도 환자가 뜸해졌다 싶을 때쯤.

나는 티케의 손을 잡고 달을 향해 날아올랐다.

"Fly me to the moon~."

그렇게 날아오르며, 나는 오래된 재즈곡을 불렀다.

"그게 무슨 뜻이야?"

티케가 물었다.

얘도 성좌라서 언어는 다 이해할 텐데, 언어가 아니라 노래라 그런가?

아니면 혹시 로맨틱한 한 마디를 원하는 건가?

그래서 나는 이렇게 대답해 주었다.

"널 사랑한다는 뜻이야."

내 딴에는 로맨틱하게 대답해 줬다고 생각했는데, 티케 입장은 좀 달랐던 모양이다.

"…침실에는 조금만 있다가 들어가자."

낯빛이 하얗게 변한 건 아마 달빛 탓이겠지.

아니더라도 그렇게 믿도록 하자.

          *   *   *

결과.

운이 좋았다.

사실 운이 좋은 게 당연했다.

행운의 여신이 내 곁에서 내 손을 붙잡고 있는데 운이 나쁠 리가 없지 않은가?

그래서…….

[운명 조작★★★]

이렇게 되었다.

원래는 ★ 하나만 달고 내려가려고 했는데, 힘도 많이 남고 여유도 되고 하면 할 수 있을 거 같아서 해 봤는데 되더라고.

아무리 그래도 여기서 바로 ★★★★을 가기에는 힘이 좀 달렸다.

이제 내려갈 때도 됐다.

★이 붙으면서 뭐가 어떻게 변한 건지도 확인해 봐야 했고.

"그럼 내려갈까?"

"응!"

티케는 신났다.

이번 작업에는 오직 내 힘만 들어갔는데, 성과는 나눠 먹으니 신날 만도 했다.

애도 얻어먹는 거 좋아해서 큰일이야.

"오늘 저녁엔 내가 맛있는 거 해 줄게!"

하긴, 부부 사이에 얻어먹는 게 어디 있겠는가.

같이 먹는 거지.

*　　　　　*　　　　　*

티케와 서울의 중식당에서 외식을 한 후, 우리는 스테이터스 타워로 향했다.

그리고 [운명 조작★★★]을 확인했다.

[운명 조작★★★]: 운명을 바꾼다.

…이거 너무 심플해졌는데?

미궁의 특성상, 이런 설명은 심플한 게 베스트긴 하다.

이제 [행운]을 소모하지 않는 걸까?

그럼 이거 노 코스트 능력이 된 건가?

한 번 써 봐야 감이 잡힐 것 같다.

혹시 모르니까 좀 쉽게 될 만한 걸로… 그렇다고 너무 가벼운 거면 소모값이 체감 안 될 수도 있으니까 뭔가 적당한…….

그런데 그런 게 뭐가 있지?

이런 생각을 하며 길을 가던 나는 나무 한 그루를 발견했다.

"왜 그래? 오빠."

"아니."

티케의 물음에 나는 평범한 은행나무를 가리키며 대답했다.

"열매가 달린 걸 보니 이거 암나무 같지? [운명 조작]으로 수나무로 바꿔 볼까 해서."

"…성별 전환은 힘 소모가 엄청나, 오빠."

아, 그래?

"좀 더 어린 나무를 찾아보는 게 어때?"

"아니, [운명 조작★★★] 확인하는 거니 이 정도가 딱 좋지 않을까?"

게다가 내 기억에 이 나무는 식재 기술 가진 모험가가 심어서 강제로 키운 나무일 거다.

보이는 만큼 나이 먹은 나무가 아니라는 뜻이다.

"…그건 또 그런가?"

설득에 넘어가 주는 티케. 귀여워.

사실 안 넘어갔더라도 귀여웠을 거야.

그거야 뭐 여하튼.

"써 본다?"

"그래."

나는 [운명 조작★★★]을 사용했다.

결과.

"음?"

나는 나무를 쓰다듬었다.

은행나무 열매는 확실히 사라져 있었다.

문제는 이거였다.

"아무래도 힘이 전혀 소모 안 된 것 같은데……."

"그래? 나무가 어리긴 어린 모양이네."

티케는 별것 아닌 듯 대꾸했다.

"그런가?"

나는 고개를 갸웃거렸다.

하긴 이 정도로 노 코스트 능력이라고 판정하기엔 아직 근거가 부족하지.

나는 길을 가며 가로수 중 암나무인 은행나무를 모조리 수나무로 바꿔 보았다.

"역시 없어."

"뭐가 없어?"

"힘 소모."

"에이, 설마 그럴 리가……."

"뭔가 큰 걸 한 번 해 봐야 감이 잡히겠는데?"

그런데 그때였다.

번쩍!

마른하늘에 벼락이 치더니, 내가 가장 먼저 성별을 바꾼 나무에 번개가 떨어졌다.

"뭐, 뭐야?"

이 날씨에 낙뢰도 이상하지만, 이 주변은 빌딩가라서 피뢰침으로 도배되었을 텐데?

우연치고는 좀 심상치 않다고 생각하고 있으려니…….

번쩍! 번쩍! 번쩍! 번쩍!

내가 성별을 바꾼 나무에 차례차례 벼락이 떨어지는 것 아닌가?

"……."

"……."

나와 티케는 멍하니 그 광경을 바라보았다.

길을 지나가는 다른 사람들도 마찬가지였다.

이런 진귀한 광경에서 어떻게 눈을 뗄 수 있겠는가?

아, 참고로 나와 티케는 모습을 바꾼 상태라 다른 사람들이 못 알아보는 게 당연했다.

아니, 이런 게 중요한 게 아니라…….

"이거 아무래도… [운명 조작★★★]에 걸린 대상이 대가를 대신 지불하는 것 같은데… 맞나?"

"몰라."

내 추측에 티케는 단호히 고개를 저었다.

하긴 좀 섣부른 추측이긴 했지.

"어째 나무들한테 좀 미안하네."

내가 뒷덜미를 긁으며 말하자 티케가 심드렁하니 대꾸했다.

"그럼 시간 좀 되감아 주고 가던가. 벼락 맞기 전으로?"

"[운명 조작★★★] 때문에 벼락 맞은 애들한테 한 번 더 걸어 준다고? 그건 좀 너무한 거 아냐?"

은행나무들에게는 미안하지만, [운명 조작★★★]을 시험하기에 딱 좋은 기회다.

그래서 나는 티케의 손을 잡고 약 10분 전으로 시간을 되감았다.

벼락이 하늘로 다시 빨려 올라가는 모습은 꽤나 장관이었다.

"지나치게 시간이 되감기면 어쩌지, 라고 생각했었는데. 의외로 제어가 쉽게 되네."

"확실히 ★ 하나도 없었을 때보다는 수월하네."

티케도 고개를 끄덕였다.

"그래도 시간 되감는 데에는 역시 힘이 좀 드는군."

그랬다. 시간 되감기는 노 코스트가 아니었다.

"뭐, 시간 지나면 회복될 힘이잖아. 성좌의 격이 깎일 정도로 힘을 쓴 것도 아니고."

티케는 심드렁하게 대답했다.

하긴 [운명 조작]을 연속적으로 쓰느라 성좌의 격조차 포기해야 했던 녀석 입장에서 볼 때, 이 정도 힘은 쓴 축으로도 안 느껴질지도 모르겠다.

그거야 뭐 아무튼, 나는 실험결과를 확인하기 위해 은행나무들을 바라보며 10분간 기다렸다.

그리고 10분이 지난 후.

"우왓!"

내가 처음으로 성별을 바꾼 나무에서 은행이 엄청나게 열리더니 순식간에 열매를 떨구고 그 자리에서 말라 죽어 버렸다.

"…이쯤 되니 좀 무섭네."

"번식이 목적인 은행나무로선 오히려 바라 마지않던 결과일 거야."

티케는 이상한 방향으로 나를 위로했다.

하지만 녀석의 말에 그럴듯하게 여겨진 터라, 나는 은행을 모조리 주워 두었다.

다른 곳에다 심어 주면 대충 도리는 다하는 거겠지.

그런 생각을 하고 있으려니, 다른 나무에서도 은행이 대량으로 열리고 곧 말라 죽었다.

"대충 알았다."

"뭘?"

[운명 조작★★★]는 섣불리 아무 데나 쓰면 안 되겠다는 사실을 알았다는 의미였다.

그러나 그것도 잠시.

얼마 지나지 않아 나는 [비밀 교환★★★]을 통해 [운명 조작★★★]의 대가를 미리 알아낼 수 있다는 사실을 깨달았다.

"이건… 신이라도 된 기분이로군."

"성좌가 신이지, 뭐."

사실 성좌는 신이 아니지만, 나는 티케의 말에 굳이 따지고 들지 않았다.

진실보다는 가정의 평화가 중요했기 때문이다.

다만 그렇다고 진짜 신이 된 건 아니었다.

"티케를 남자로 만들려면 내가 성좌의 격을 포기해야 되는구나……"

아니, 진짜로 이런 생각을 품은 건 아니고, 티케가 성별 전환은 힘들다고 말해서 그만.

그거야 뭐 아무튼, 이 말도 안 되는 가설을 통해 나는 생각보다 많은 것을 알 수 있게 되었다.

일단 [운명 조작★★★]의 대가는 무조건 능력의 대상만 지불하는 게 아니라는 것,

마음에 들지 않는 대가는 [운명 조작★★★]을 한 번 더 사용함으로써 바꿀 수 있다는 것.

마지막으로 그렇게 바뀐 대가는 더 무거우면 무거워졌지, 가벼워지지는 않는다는 것, 등.

그런데 이런 걸 티케를 바라보기만 했는데 다 알아내다니.

사실 [비밀 교환★★★]이 가장 사기 능력인 게 아닐까?

아니, 알고는 있었지만 말이다.

＊　　　　＊　　　　＊

티케를 먼저 보낸 나는 얼마간 더 신전에 머물며 사람들의 상태 이상을 치유했다.

"고맙… 감사합니다, 성좌님! 성좌님은… 신이십니다!"

요즘 자꾸 신이란 소릴 듣네.

왜지?

아무튼 내가 자리를 비운 새 신전 앞에는 줄이 길게 늘어서 있었다.

서울인만큼 다양한 종족들이 있었으나, 가장 숫자가 많은 건 오크들이었다.

오크 종족 특성상 20대가 되기도 전에 머리가, 그, 불치병에 걸리는 경우가 많다던가?

심지어 오크 여성도 고민 끝에 머리를 미는 경우가 많다고 들었다.

그래서 그런지 대부분의 오크가 자신의 불치병을 치유하기 위해 서울의 신전에 방문하고 있었다.

이럴 거면 내가 오크 지역에 들렀을 때 치유받았으면 되는 일 아니냐고?

그게…….

"이러면 너희 성좌가 안 싫어하니?"

[위대한 오크 투사]는 자신의 매끈하게 빛나는 정수리를 매우 자랑스럽게 여기고 있었다.

문제는 그러한 자신의 가치관을 다른 사람에게 강요한다는 것이다.

물론 다른 성좌나 종족들은 그러한 강요를 무시해 버릴 수 있었으나 단 한 종족, 오크들만은 그럴 수 없었다.

오히려 일반 오크 사이에서도 매끈한 정수리를 자랑스러워하는 문화가 확고했다.

그래서 오크 종족 지역을 돌 때, 나도 이 불치병을 치유하지 않은 채 그냥 놔둬야 했던 것이고.

"…그래서 여기까지 온 겁니다!"

그러나 정말 그렇다면 여기에 줄을 선 오크들은 무엇이란 말인가?

아마 속내는 달랐던 거겠지.

아니면 여기 모인 숫자는 많아 보여도, 종족 전체의 비율은 소수일지도 모르고.

뭐, 내가 상관할 일이 아니긴 하다.

나야 신앙만 벌면 그만이니까.

그렇게 생각했던 것도 잠시.

"이 빌어먹을 지구의 쥐새끼가!"

꼬리가 길면 밟힌다더니, 결국 [위대한 오크 투사]가 오크 챔피언에 빙의해 나를 찾아오고 말았다.

"나는 쥐새끼가 아니라 성좌다."

"그 썩을 짓을 당장 그만둬라!"

"너… 어휴."

나는 한숨을 내쉬었다.

내가 강경하게 나오는 [위대한 오크 투사]를 보고도 한숨부터 내쉰 건 이유가 있다.

[비밀 교환★★★]으로 살펴본 결과, 이 녀석은 자신의 불치병을 부끄러워하고 있다는 사실이 밝혀졌기 때문이다.

하지만 내가 성좌의 힘까지 써 가며 이 녀석의 불치병을 치유할 이유가 있을까?

안 그래도 성좌 상대로는 힘이 많이 드는데?

나는 잠깐 고민했지만, 곧 결론을 내렸다.

성좌의 상태 이상을 뽑으면 [모발 부적★★★★★]의 위력도 올라가지 않을까? 하는 생각이 들었고.

해당 의문을 [비밀 교환★★★]에 문의해 본 결과 그게 맞는다는 대답이 돌아왔기 때문이다.

그럼 뭐, 해야지.

뽑!

아니, 이게 아니라.

나는 [위대한 오크 투사]에게 [모발 부적★★★★★]을 사용했다!

효과는 굉장했다!

사용하자마자 [위대한 오크 투사]의 미끈한 머리카락이 갑자기 자라나다 못해 흘러넘쳐 엉덩이까지 덮었다.

"어, 억……!"

[위대한 오크 투사는 너무 놀란 탓인지 말을 잇지 못했다.

그러더니…….

"두, 두고 보자!"

누가 봐도 꼴사나운 한마디를 남기고 도망쳐 버리고 말았다.

그것도 이 자리에 오크 챔피언을 남긴 채.

"…어, 서, 성좌님?"

[위대한 오크 투사가 몸을 떠나자마자, 오크 챔피언의 머리카락은 다시 후두둑 떨어지고 말았다.

아무래도 불치병이 치유된 건 [위대한 오크 투사]지, 이 이름도 모르는 챔피언이 아닌 탓인 듯했다.

"……."

내가 관심이 없어서 모를 뿐, [위대한 오크 투사]의 챔피언이 될 정도면 정말 강하고 유명하고 위대한 오크이련만.

땅바닥에 흩어진 머리카락을 보며 울상을 짓는 걸 보니 안쓰러워서 두고 못 보겠다.

"이리 오라."

따라서 나는 성좌처럼 말했다.

"내가 너를 구원하겠노라."

*   *   *

얼마 후.

오크 종족의 불치병 치유가 해금되었다는 소식이 조용히 들려왔다.

뭐, [위대한 오크 투사]가 아무리 염치가 없어도 자기가 나았는데 자기 아이들의 고통을 외면하고만 있을 수는 없었나 보다.

그래서 내 신전 앞의 줄은 더욱 길어졌고, 오크 함량은 더욱 높아졌다.

내 신전 주위에는 오크 바버샵이 난립했고, 어느 집 할 것 없이 전부 다 성업 중이라는 소문이 들려왔다.

그중에는 [위대한 오크 투사]가 빙의한 오크 챔피언이 찾아왔다고 소문을 내던 집도 있었는데, 어느새 소리 소문 없이 폐업해 버렸다고 하더라.

왜 그랬어…….

그거야 뭐 여하튼, 나는 잘 벌었다.

돈이 아니라 신앙을.

결과적으로는 [위대한 오크 챔피언]에게 갈 신앙을 갈취한 것이나 다름없게 되었지만, 나는 그냥 신경 쓰지 않기로 했다.

먼저 욕한 건 그놈인데, 뭘.

＊　　　　　＊　　　　　＊

[운명 조작★★★]을 만드느라 빠졌던 힘이 거의 다 돌아왔다는 판단이 들 무렵.

아니, 솔직히 말하면 오크 종족 덕에 그 이상으로 힘을 회복했지만 이건 비밀이다.

특히 [위대한 오크 투사]에게는 절대 말하면 안 된다.

아무튼 이 정도 됐으면 이제 놈들에게 도전해 볼 때가 되지 않았을까, 싶다.

은하 너머의 존재들.

그 본체 말이다.

물론 정면에서 꽝 붙는 건 안 되고.

애초에 올린 능력이 [모발 부적★★★★★]에 [운명 조작★★★]인데 싸울 수야 없지.

전투로 해결하려면 지구 인구수가 수십억은 넘어야 할 텐데, 그렇게 되기까지 얼마나 걸릴지 기약이 없는 상황.

그래서 나는 전투가 아닌 방식으로 놈에게 한 방 꽂아 줄 셈이다.

그 한 방이란 당연히 [모발 부적★★★★★]이다.

마침 [위대한 오크 투사]의 상태 이상을 치유하면서 [모발 부적★★★★★]의 위력을 한껏 끌어올린 상태다.

이거 한 방 찔러 박고 괜찮으면 [비밀 교환★★★]까지, 여의치 않으면 [운명 조작★★★]으로 도망갈 계획이다.

물론 [운명 조작]을 통한 도주는 한 번 막혀서 좀 불안하긴 하지만, [운명 조작★★★]은 또 다를 거 아닌가?

이런 의도를 티케에게 전달했더니, 티케는 이렇게 대답했다.

"안 돼, 허락할 수 없어."

제가 마누라 허락받고 다니는 사람입니까?

이렇게 나오기엔 또 조금 그랬다.

애가 눈물 그렁그렁 매달고 반대하는데 이걸 어떻게 뿌리치고 가냐…….

"아이 태어나기 전에 어떻게든 결판을 봐야 한다고 말했던 건 너잖아?"

그런데 생각은 위로해야겠다고 하면서도 입으로는 다른 말을 하고 있었다.

"그건… 그렇지."

내 말을 들은 티케가 고개를 푹 떨궜다.

"아, 아니. 내 말은 그게 아니라……."

뒤늦게 수습해 보려고 했지만, 이미 늦었다.

"오빠 말이 맞아. 그전에 어떻게든 해야지. 하지만… 아이가 중요하냐, 오빠가 중요하냐고 묻는다면 나는 오빠야."

감동적인 말을 하는구나.

하지만 애 낳고 나면 또 바뀌지 않을까?

…이런 생각은 하지 말자.

"그건 나도 마찬가지야."

나는 살짝 감상에 빠져 말했다.

"그치?"

그런데 티케의 반응이 이상했다.

"역시 오빠도 날 이해하지? 그럼 알겠지?"

"뭐, 뭘?"

뭔가 불길하다.

지금이라도 도망치는 게 낫지 않을까?

하나 이미 늦었다.

"이번엔 나도 같이 가."

…함정이다! 함정에 빠졌어!!

이 함정을 어떻게 빠져나가지?

나는 반사적으로 생각했지만, 곧 손바닥을 뒤집었다.

솔직히 얘도 [운명 조작★★★]을 같이 받아 놔서 같이 가면 리스크는 절반에 승산은 두 배.

내가 마누라 위험에 빠뜨리는 게 싫어서 그렇지.

그런데 그건 얘도 마찬가지일 거란 말이지?

예도 이렇게 나를 걱정하는데, 이번에도 그냥 집에 가만히 박혀 있으라고?

이걸… 어떻게 강요하겠는가?

"…그래."

결국 나는 고개를 끄덕일 수밖에 없게 되었다.

"정말? 야호!"

그런데 너무 기뻐하는 거 아니니?

그런 반응을 보이면 이 오빠, 다른 마음을 먹을 수 있어요.

*　　　　*　　　　*

나는 내 결심을 다른 성좌들 앞에서 말했다.

그러자 [피] 삼촌이 내게 말했다.

"괜찮겠어?"

"나? 나야……."

"아니, 너 말고. 지구. 그리고 우리 애들."

아, 이거 [피] 삼촌 아니었네.

[피] 어린이였다.

하지만 완전히 무시만은 할 수 없는 지적이다.

만약 내가 실패하고 잘못된 후, 적이 지구를 노리지 말란 법이 없으니까.

하지만 어차피 언젠간 찾아올 일이고, 성좌들은 사실상 불멸하니 적이 언제 쳐들어오든 똑같은 거 아닐까?

좀 아닌 것 같다는 생각도 언뜻 들긴 했지만, 나는 그냥 그렇다고 생각하기로 마음먹었다.

"아니, 언젠가는 해결해야 할 일이네. 그리고… 아마도 우리가 아무리 지구를 키워 봐야 한계가 있을 것 같다는 느낌이 드는군."

[왕]께서 말씀하셨다.

이게 맞다.

직접 맞서 보니 알겠더라.

저놈들은 여러 은하를 돌아다니며 문명과 생명의 태동을 보이는 족족 삼켜 온 진짜 괴물이다.

여러 성좌가 지구 하나를 키워서 어떻게 해 보겠다는 게 어찌 보면 오만이고 만용이다.

놈과 진정 맞서려면 은하 몇 개씩을 점령해도 모자라다.

하지만 놈들이 우리가 그러도록 그냥 내버려 두겠는가?

결국 승산이 없는 싸움이고, 저들에게 있어 우리는 나중을 바라보며 일부러 잡지 않고 더 크도록 둔 치어에 가까운 입장이다.

결국 우리가 할 수 있는 건 놈에게 매운맛을 보여서 지구 쪽은 보지도 않게 만드는 것.

문명 멸망 직전 시기에 한국이 중러 레드 팀을 상대로 취했던 전략이다.

아무리 그래도 이 말을 내가 직접 하긴 좀 그랬는데, 우리 중 가장 선임이라 할 수 있는 [왕]께서 말씀해 주시니 마음이 좀 가벼워진다.

"최대한 안전을 고려하겠습니다. 가급적 제 정체를 숨기고 지구에는 폐를 끼치지 않도록……."

"그렇게 말하지 말게. 우리가 함께 짊어지어야 하는 짐이야."

[왕]께서는 듣기 좋게 말씀해 주셨지만, 다른 성좌들은 그 말씀에 결코 동의하지 못하는 눈빛이었다.

"할 수 있는 건 하겠습니다."

"네 배려는 성좌들 사이에서 존경받으리라."

아뇨, 오히려 안 했으면 몇 대는 맞았겠는데요.

당연히 말은 안 하고 생각만 했다.

*　　　　*　　　　*

"티케를 데리고 간다고?"

장인어른에게서 이런 말씀을 처음 들었을 때는 대략 정신이 멍해졌다.

"그, …예."

그렇다고 대답을 안 할 수도 없고.

"녀석이 고집을 피웠나 보군."

"…예."

나는 비겁하게 고개를 끄덕였다.

아니, 그렇다고 거짓말을… 할 수도 있긴 했는데.

내 솔직한 대답에 장인어른께서는 긴 한숨을 내쉬었다.

"그러고 보니 내 자네에게 내 딸을 준 적이 없었지?"

"예?"

어, 그러고 보니?

나야 허락받고 결혼했다지만, 이쪽의 장인어른께는 그런 기억이 없을 터이긴 했다.

그런데 무슨 말씀을 하려고 이렇게 운을 떼시는지, 감도 안 잡혀서 바짝 얼어 있으려니.

"딸을 잘 부탁하네."

갑자기 장인어른이 내게 허리를 숙이며 이렇게 말씀하시는 게 아닌가?

으아니! 부담스러워!!

"걱, 걱정마십시오! 제가 그, 안전히……."

나도 내가 뭐라고 떠들고 있는지 모르겠다.

"됐네. 출가외인이라 하지 않는가. 이제 티케는 자네 사람일세."

장인어른께선 소탈하게 웃으셨다.

"그래도 가능하다면 몸 건강히 살아 돌아왔으면 좋겠군."

"…제 몸과 마음을 다 바쳐 그러겠습니다."

당연히 그럴 것이다.

무슨 수를 써서든.

기필코.

*　　　　　*　　　　　*

적당히 준비를 마친 나는 바로 티케를 데리고 출발했다.

사실 준비라 할 것도 없었다.

어지간한 건 다 인벤토리 안에 있었으니.

그러므로 장인어른과의 대화를 마친 후 거의 즉시 출발한 거나 마찬가지였다.

"어떻게 할 거야?"

귀엽고 깜찍한 미니 버전으로 변한 티케가 내 [하이퍼 파워 아머]를 통통 치며 물었다.

"일단 우리 은하 밖으로 나가서… 차원문을 열어야겠지."

적의 추적을 교란하기 위해서였다.

"좀 빠르게 갈 거야."

"응!"

나는 부스터를 켰다.

지구에서 보면 긴 꼬리를 흘리며 나아가는 우리의 모습이 마치 혜성처럼 보일지도 모르겠다.

우리 은하로부터 충분히 거리를 벌린 후, 나는 티케에게 물었다.

"이쯤이면 되겠지?"

"응!"

아까부터 응! 밖에 못하니?

하지만 그게 귀엽다!

사랑스러워!

"좋아, 차원문을 열어 줘."

"엥? 내가?"

내 요청이 의외인 듯 티케는 큰 눈을 깜박거리며 고개를 갸웃거렸다.

귀여워!

아니, 이게 아니지.

"응, 네가."

"행운의 여신은 차원문하고 관계없는데?"

"그럼 지구의 챔피언은?"

"관계있을 수도 있지."

듣고 보니 그렇네.

"그런데 나도 차원문 열 줄은 모르는데."

"그럼 차원문은 누가 열어?"

"…그러게."

이제까지는 나 말고 다른 누군가가 차원문을 열어 주는 게 너무 당연해서 이 문제를 미처 떠올리지 못했다.

"하는 수 없지."

그러자 티케가 나섰다.

잠깐 끙끙대던 녀석은 양손을 크게 펼치며 이렇게 말했다.

"운이 좋으면 어딘가에 도착할 거야!"

…아?

귀엽긴 했지만, 그걸로 차원문이…….

열리네?!

"[행운의 차원문]이야! 행운의 장소로 우리를 데려다 줄 거야!"

말만 들으면 엄청나게 불길하게 들리지만, 불길이라는 단어는 우리와는 어울리지 않는다.

티케는 행운의 여신이고, 나는 행운의 여신과 결혼한 남자니까.

나는 더 망설이지 않고 [행운의 차원문]을 통과했다.

결과.

"이럴 수가… 딱 맞게 도착했어."

아니, 그냥 하는 말이 아니다.

정말로 딱 맞게 도착했다.

적의 본체가 망원경을 통해 점처럼 보이는 거리였으니까.

이는 곧 [모발 부적★★★★★]과 [비밀 교환★★★]의 정확히 걸쳐 있는 거리이기도 했다.

동시에 적당히 멀어 언제든 [운명 조작★★★]으로 도주를 꾀할 수도 있을 것 같아 보였다.

딱히 좌표를 지정한 것도 아닌데 이렇게 정확히 원하는 장소에 도착할 수 있다니……

"행운!"

그래, 행운.

행운이다.

"행운!"

나도 외쳤다.

이런 말은 소릴 내어 말하는 것이 중요했다.

"행운!"

우리 두 사람의 목소리가 겹쳐졌다.

아, 둘 다 성좌라 사람 아닌가?

아무렴 어때!

행운!

　　　　*　　　　　*　　　　　*

티케와 함께 만족할 만큼 충분히 '행운!'을 외친 후, 나는 바로 작업에 돌입했다.

망원경을 공간에 고정하고, 보조 위성 몇 개를 설치하는 게 전부였기에 금방 끝났다.

"이제 시작한다."

"응!"

나는 망원경에 직접 눈을 들이댔다.

그리고 본체가 있는, 혹은 있었던 좌표를 직접 관측했다.

이전까지는 이러는 걸 피했지만, 이미 한 번 직접 부딪힌 마당이다.

피할 이유가 없었다.

망원경의 렌즈 너머로 적 본체의 모습이 보였다.

빛의 속도 때문에 과거의 모습을 관측한 것에 불과하겠지만, 그럼에도 불구하고 놈이 내 관측에 반응할 가능성이 0%가 아니다.

뭐, 각오하고 한 거니까.

나는 일단 견제구 삼아 [비밀 교환★★★]부터 던져 보았다.

그러자 아니나 다를까, 쓸데없는 비밀들이 마치 방어벽처럼 놈의 주변에 둘러쳐져 있는 것이 보였다.

몇 번을 해도 같다.

역시 [모발 부적★★★★★]의 상태 이상으로 빈틈을 만들어

비집고 들어갈 필요가 있을 것 같았다.

그러려면 저놈이 빛의 속도 때문에 생긴 과거의 흔적이면 안 된다.

현재의 놈에게 직접 [모발 부적★★★★★]을 써야 의미가 있을 테니 말이다.

"[신비한 시간]."

따라서 나는 시간을 멈췄다.

시간을 멈춤으로써 내 시야는 아무리 먼 곳이라도 시차 없이 볼 수 있게 되었다.

그리고 망원경을 들여다 보니, 그곳에는 아무것도 없었다.

"역시나 이동한 모양이군."

나는 나도 모르게 혼잣말을 흘렸다.

시간을 멈추면 혼잣말이 술술 나온다니까.

이런 것도 다 버릇이다.

고쳐야지.

나는 놈이 머물러 있던 자리를 훑어 다시금 놈의 위치를 파악하려고 시도했다.

다행히 잡스러운 비밀을 방어막처럼 치는 기술은 놈 본체만 할 수 있는 건지, 남은 자리에는 흔적처럼 비밀이 둥실둥실 떠다니고 있었다.

그 비밀들을 열람한 나는 몇 가지 사실을 알아낼 수 있었다.

먼저 놈이 언제 떴는지, 어디로 갔는지, 그리고… 분신체들은 어디에 배치했는지에 대한 정보였다.

"쓰읍, 저 분신체들을 쓸어 먹고 싶긴 한데……"

그러다 이미 한 번 낚시에 걸린 적이 있는지라 쉬이 선택할 수
가 없었다.

"…그냥 하려던 거나 하자."

"그냥 하려던 거?"

"그래."

[모발 부적★★★★★] 한 방 처먹여 주는 거.

"이동하자."

"행운?"

"행운."

이게 무슨 대화냐.

                    *   *   *

행운!

티케와 나는 [행운의 차원문]을 이용해 이동했다.

그리고 [행운의 차원문]은 이번에도 이변 없이 우리를 행운의
장소로 데려다 주었다.

"행운!"

"행운!"

행운! …은 이쯤 해 두자.

아무튼 [행운의 차원문]의 특성에 대해 알게 되었다.

이 차원문은 내가, 혹은 티케가 원하는 곳으로 열리지 않는다.

어디까지나 행운의 장소로 이동시켜 줄 뿐이다.

그래서 그 행운의 장소가 어디냐면…….

"어, 분신체네."

그렇다. 분신체다.

[우주에서 온 색채], [위대한 잠보], [기어 오는 혼돈]가 합쳐진 대괴수의 분신이 여기 있었다.

"행운이 우리를 여기로 인도한 이유, 알 것 같아?"

"몰라."

티케의 물음에 나는 고개를 저었다.

"일단 먹고 보자."

"응!"

＊　　　　＊　　　　＊

내가 강해지긴 강해진 모양이었다.

처음 분신체를 잡을 때는 열 성좌를 전부 불러내서 다들 진짜 목숨 걸고 싸웠었는데…….

이제는 티케랑 나랑 둘이서 힘을 합쳐서 잡아먹을 수 있게 되어 버렸다.

"잘 먹었습니다!"

뻔뻔하게 식후 인사까지 곁들이는 여유까지.

물론 이 인사는 티케가 한 거긴 했다.

차림은 내가 했고.

그러니까 틀린 건 없었다.

"이거 바로 흑자네. 차원문 두 번 연 게 생각 안 날 정도야."

안주인분께서 말씀하시는 걸 들어 보자니, 이거 몇 마리 더 잡아다 안주상에 올려야겠다.

"그럼 다음 갈까?"

"가자!"

본체가 나올지 분신체가 나올지는 통과해 봐야 안다!

[행운의 차원문]!

"행운!"

우리 둘의 목소리가 정확히 겹쳐졌다.

이제까지 그래 왔듯이.

＊　　　　＊　　　　＊

우리는 다음 행운으로 향했다.

그런데 이번에는 상황이 조금 달랐다.

마치 지난번, 그러니까 우리가 처음으로 적 본체를 잡으러 갔을 때에 걸렸던 함정 같았다.

무슨 뜻이냐면, 우리가 노린 분신체가 새로운 분신체를 불러들였기 때문이다.

2:2.

만약 우리가 여기로 처음 온 거였다면 그냥 죽어 버렸을 것이다.

두 번째로 온 거였다면 아슬아슬하게 도망은 칠 수 있었을 것이고.

하지만 분신체 둘을 성좌 둘이서 통째로 집어삼킨 결과는 적에게 있어 참혹 그 자체였다.

그렇다.

우리는 둘이서 힘을 합쳐 분신체 둘을 씹어 먹었다.

"이게 될 줄은 몰랐는데."

"삶은 첫 경험의 연속이지."

아닐 수도 있지만, 적어도 이번 여정은 그랬다.

나는 강해졌다.

티케도 강해졌다.

이제 아마 티케도 [피] 어린이 정도는 쉽게 이기고도 남을 것이다.

아니, 슬슬 지구에 남은 성좌들을 다 합쳐도 나와 티케를 당해내기 힘들지 않을까?

물론 나와 힘을 합치긴 했지만 2:2의 싸움에서 이겼으니, 따지자면 홀로 분신체 하나를 통으로 씹어 먹은 셈이다.

아쉬운 건 이렇게 강해져도 우리 둘만의 힘으로는 적 본체를 상대하기 여전히 힘들다는 거였지만……

뭐, 그래도 강해진 게 나쁜 것은 아니다.

그건 그렇다 치지만, 이미 한 번 당했던 함정에 다시 걸리고 나니 기분이 영 찜찜하다.

"…이제는 슬슬 도망쳐야 할지도 모르겠는데?"

그래서 티케에게 말했더니, 이런 답이 돌아왔다.

"하하! 알잖아! 어차피 그건 내가 정하는 게 아니야!"

아, 그렇지.

[행운의 차원문]은 목적지를 정하고 이동하는 능력이 아니다.

행운에 맡길 뿐!

"그래, 가자."

어차피 다른 방법도 없으니까.

"행운!"

<pre>
        *   *   *
</pre>

다음으로 이동한 곳에는 아무것도 없었다.

아니, 눈에만 보이지 않을 뿐 뭔가 있을지도 모른다.

그런 생각을 한 나는 [비밀 교환★★★]을 켜고 주변은 샅샅이 뒤졌다.

그 결과, 나는 이런 사실을 알아냈다.

"놈들이 이동했다고?"

원래 여기 적 본체가 있었는데, 우리가 분신체를 처치하는 동안 자리를 옮긴 모양이었다.

이렇게 짧은 시간동안 다시 이동한 건 누가 봐도 부자연스럽다.

"도망친 거 아니야?"

이 수수께끼를 풀기 위해 내가 고민하고 있을 때, 티케가 심드렁하니 말했다.

"…그럴 수도 있겠지."

하지만 이건 너무 우리에게 유리한 망상이다.

게다가 거짓 후퇴는 아주 옛날부터 쓰였던 기만전술이다.

이런 내용을 읊어주었더니, 티케가 고개를 끄덕였다.

"그럴 수도 있겠네."

그런 티케의 반응을 보고 있으려니 어째선지 웃음이 나왔다.

티케도 자기가 말해 놓고도 웃긴 듯 픽픽 웃었다.

"아주 부부가 똑같네."

"그야 부부니까."

깔깔깔.

"자, 이동할까?"

"응."

도주건 거짓 후퇴건 어차피 우리에게 선택지 같은 건 없었다.

그저 행운이 이끄는 대로 나아갈 뿐.

"행운!"

＊　　　＊　　　＊

그리하여 우리가 [행운의 차원문]을 통해 이동해 온 장소는 바로… 우리 은하, 그것도 지구권이었다.

"엥? 이게 맞아?"

"하하! 나는 모르지!"

행운의 여신도 [행운의 차원문]이 어디로 보낼지 모르는 상황이다 보니 성립하는 대화라 할 수 있겠다.

그거야 뭐 아무튼.

"그럼 설마 적 본체가 또 지구로 습격해 온다는 뜻일까?"

"설마! 그건 불운한 일이잖아!"

[행운의 차원문]은 사용자를 행운으로 인도한다.

이 대전제가 무너질 일은 없었다.

"그럼… 뭐가 어떻게 된 거야?"

"나도 모른다니까?"

아무래도 알아내야 하는 건 나인 모양이다.

나는 [비밀 교환★★★]을 쭉 돌렸다.

그런데 이 자리에는 별 비밀이 남아 있지 않았다.

"…뭐지?"

아까부터 고개만 갸웃거리고 있는 것 같다.

하는 수 없이 나는 망원경을 꺼내, 여기로 오기 전에 [비밀 교환★★★]으로 알아냈던 적의 아마도 현재 위치를 관측했다.

관측 결과, 적은 그 좌표에 그대로 있었다.

그러니까 [행운의 차원문]은 우리를 적이 있는 목적지로 인도하는 대신 지구권으로 되돌렸다는 뜻이 되겠다.

"이제 알겠네."

지금까지는 모르겠다는 말만 반복하던 티케가 내 말을 듣더니 이런 말을 꺼냈다.

"뭐를?"

"지금 우리 둘만 적한테 가면 죽는다는 뜻이야."

"…아!"

죽는 것 이상의 불행은 없다.

그렇기에 [행운의 차원문]은 우리를 후퇴시켰다.

하지만 적이 남긴 분신체 부스러기를 집어먹는 건 행운이니 다 먹고 오게 한 거고.

"그렇다면 역시 저놈들은 우리한테 함정을 판 게 맞았다는 소리네."

그 말은 곧 적이 우릴 피해 도망쳤다는 티케의 가설이 틀렸다는 뜻이기도 했다.

즉, 내 가설이 정답이었다.

"응, 뭐. 그거야. 응."

티케는 떨떠름하게 고개를 끄덕였다.

이겼다!

*　　　　*　　　　*

[행운의 차원문]이 괜히 나와 티케를 이 아무것도 없는 공간에 데려온 것은 아니라고 여긴 나는 그 자리에 [욕망 구현]으로 관측 위성을 만들어 놓았다.

관측 위성에는 적의 움직임이 있으면 바로 내게 알리는 기능을 추가해 놓았다.

아주 보람이 없는 원정길은 아니었다.

적 분신체를 나와 티케 둘 다 2개씩은 먹고 온 셈이니 말이다.

하지만 적에게 한 방 먹이고 오겠다며 나갔다가 먹을 것만 잔뜩 먹고 돌아온 셈이라, 귀향길이 그리 마음 편하기만 한 것은 아니었다.

그래서 나는 지구로 바로 돌아가지 않고 달 뒷편으로 향했다.

티케 손을 잡고 앉은 나는 이렇게 물었다.

"어떻게 생각해?"

"뭘 말이야?"

만일 우리에게 [행운의 차원문]이 아니라 제대로 된 차원문 능력이 있었다면 어떻게 됐을까?

상상만 해도 소름이 끼쳤다.

왜냐하면 내 성격이라면 분명 함정에 걸려들어 죽었을 것이기 때문이다.

모든 것을 행운에 맡기고 생각을 하지 않은 덕에 나는, 우리는 살아남았다.

하지만 내 의문은 이게 아니었다.

"적의 힘이라면 그냥 우리가 찾아가자마자 우릴 눌러 죽이면 끝날 일이었어. 그런데 왜 놈들은 분신체까지 미끼로 놓아 가며 함정을 팠을까?"

내 말에 티케는 잠시 눈을 깜박이며 고민에 잠기는 기색이었다.

꽤 오래 침묵이 이어졌다.

"너도 모르겠지?"

"알 거라고 생각한 거였어?"

그게 의외라는 듯, 티케가 그 큰 두 눈을 껌벅이며 물었다.

"어… 어쨌든 현재로선 알 수 있는 게 너무 적어. 좀 더 정보가 필요해."

여기서 아니라고 대답하면 함정에 빠진다는 사실을 잘 아는 나는 대충 둘러댔다.

그리고 그 둘러댐이 정답에 가깝다는 사실을 곧장 알아차렸다.

"역시 [비밀 교환★★★]에 ★을 더 붙여야겠어."

다행히 적 분신체를 잡으며 번 힘이 있으니, 그걸 투자하면 ★

★★★★까진 올릴 수 있으리라.

"그럼 나는 [행운의 차원문]에 ★을 달게."

"어? 어… 그래도 되겠어?"

"당연하지. 어차피 이 정도 힘으로는 승기가 안 보이는 건 마찬가지잖아? 이런 상황에선 유틸에 투자해야지."

"너 말하는 게 나랑 많이 비슷해졌구나."

"당연하지. 부부인걸."

나는 고개를 끄덕였다.

한 번 더 끄덕였다.

그리고 바로 티케를 덮쳤다.

티케는 저항하지 않았다.

*   *   *

적당히 회포를 푼 우리는 바로 [신비한 명상]에 들어갔다.

그런데 첫 한 달 동안에 얻은 소득은 없었다.

"이럴 줄 알고 있긴 했는데, 진짜 이러니까 속이 타네."

그렇게 혼잣말을 흘리며 혀를 차던 나는 문득 어떤 아이디어를 떠올렸다.

"가만… [신비한 명상]에 ★을 달아 볼까?"

힘이야 좀 쪼개 넣어야겠지만, 첫 ★을 다는 데엔 별 비용이 들지 않는다는 것은 주지의 사실이었다.

이럼으로써 시간을 아낄 수 있다면 괜찮은 투자 아닐까?

"좋아, 딱 하나만 달아 보자."

나는 자세를 새롭게 하고 다시금 [신비한 명상]을 시작했다.

그 결과.

[신비한 명상★]

나는 10분도 안 되어 명상 능력에 ★을 달 수 있었다.

뭐가 어떻게 좋아졌는지는 타워에 가 봐야 알 수 있겠지만, 그 보다 좋은 방법이 있다.

그것은 당연히 능력을 써 보는 거였다.

위험해 보이는 능력이라면 이렇게 막무가내로 덤빌 이유가 없 지만, [신비한 명상★]은 그리 위험해 보이지 않았다.

명상 좀 한다고 폭발이 일어나겠는가, 세상이 멸망하겠는가?

망설일 이유가 없었다.

그래서 나는 망설이지 않았다.

"[신비한 명상★]!"

        *   *   *

결론부터 말해서 나는 그래서는 안 됐다.

어제까지 내가 쓰던 [신비한 명상]은 어디까지나 내 전용으로 개조되어 있던 걸 간과하고 있었다.

눈을 감고 [신비한 명상★]을 쓰자마자 나는 번뜩이는 빛을 볼 수 있었다.

다시 말하지만, 나는 눈을 감은 채였다.

[오라… 오라… 오라……]

귀에서는 목소리가 들렸다.

아니, 이게 귀로 들리는 게 맞긴 해?

아니리라는 생각이 퍼뜩 들었다.

[나에게… 오라… 그대여…….]

여기서 [신비한 명상★]을 끊어야 한다는 생각이 들기는 했다.

그러나 그게 마음대로 되지 않았다.

내 능력을 내가 취소시킬 수 없다니.

평범한 모험가 때였다면 또 모를까, 성좌가 된 지금에 있어선 굴욕적이지 아닐 수 없었다.

[그대에게는 충분한 자격이 있다…….]

이제는 숫제 내 귀에다 대고 속삭이듯, 명료한 목소리가 들려왔다.

나는 겨우 무거운 눈꺼풀을 들어 올렸다.

[비밀 교환★★★]

그리고 내게 이 목소리를 속삭이는 존재의 정체를 알아챌 수 있었다.

지구였다.

…아니, 뭐라고?

아니, 지구가 뭐 이렇게 수상하게 말을… 걸어?

[나의 챔피언. 그대여, 그대는 나의 것이다. 본래 있어야 하는 곳으로 돌아오라.]

지구는 내게 뭔가 의미심장하게 말하고 있지만, 이 말뜻을 명확하게 해석하면 이런 뜻이 된다.

― 죽어서 내 양분이 되렴!

수상한 거 맞네!

[비밀 교환★★★]이 없었더라면 속아서 마리아나 해구에라도 들어가서 그대로 파묻혀 죽었을지도 모르겠다.

뭐, 설마 그렇게까지 되진 않았겠지만 아무튼.

지구가 내 힘, 내 영혼, 내 몸의 마지막 한 방울까지도 탐내고 있다는 건 확실했다.

안 그래도 지구 문명을 멸망시킨 게 지구란 걸 알아차리고 기분이 영 찜찜했는데 이렇게 막타까지 쳐 주실 줄이야.

"거절한다!"

나는 단호하게 외쳤다.

[…왜? …어째서?]

지구는 진심으로 이해하지 못하겠다는 듯 내게 물었다.

반응을 보니 나한테 유혹이나 현혹 같은 걸 걸었나 보네.

[비밀 교환★★★]으로 확인해 보니 그게 맞았다.

만약 내게 [불변의 정신★★★]이 없었더라면 진짜 흙 한 줌이 되어 지구의 양분이 되었을지도 모르겠다.

어째 아까부터 머리 한쪽이 지끈거리더니만, 지구가 나한테 개수작을 걸어 대고 있어서였구나!

"꺼져라!"

나는 분노에 차 외쳤다.

[네놈! 그러고도 내 챔피언을 자처할 수 있으리라고 생각하는 거냐! 이 반역자! 배신자!]

그러자 지구 또한 한 타이밍 늦게 분노했다.

[네 너를 이 이상 챔피언으로 여기지 않으리니! 네게서 성좌의 격을 빼앗겠다!]

어, 이건 좀 곤란한데?

"마음대로 하고 이제 꺼져라!"

하지만 생각과 마음은 달랐고, 내 입은 마음을 택했다.

[…무지한! 성좌의 격을 잃는다는 게 무슨 의미인지 모르는 게냐!]

그런데 의외로 지구는 멈칫하더니, 내 성좌의 격을 즉시 빼앗지 않았다.

그러게. 그게 무슨 의미지?

나는 궁금해졌다.

그렇다고 지구에게 묻지는 않았다.

[비밀 교환★★★]에게 물어보았다.

…호오.

"안다!"

새롭게 알게 된 비밀을 통해, 나는 배를 째도 되겠다는 판단을 내렸다.

"할 수 있으면 해 봐라! 아니, 해라!"

그 비밀이란, 내가 이미 미궁으로 얻을 수 있는 수준의 결과물이 아니며 희귀하다 못해 유일하다고 할 수 있는 복권 당첨금 수준의 존재라는 진실이었다.

즉, 지구에게 있어서도 버리기 아까운 패라는 것이다.

더군다나 애초부터 지구에겐 내게 성좌의 격을 박탈할 능력이 없다.

물론 [지구의 챔피언]이라는 성좌명은 빼앗을 수 있지만, 그렇다고 내가 바로 성좌가 아니게 되는 것은 또 아니었다.

다만 이게 내게 좋은 일인 것만은 아니었다.

지구라는 뿌리를 잃고 안정적인 성장을 도모할 수 있는 기회를 완전히 잃는다는 뜻이니.

그러나 이 정도의 리스크라면 지구를 상대로 한껏 개겨 볼 만한 수준인 것도 사실이었다.

그래서 나는 개기기로 했다.

지구가 제정신이면 날 놓아 보낼 리 없으니까!

그렇게 믿고 뻗댄 거였는데…….

[용서 못 해! 용서 못 해, 용서 못 해, 용서 못 해! 내 나의 모든 것을 잃더라도 너를 벌하고 말리라!]

지구는 제정신이 아니었다.

하긴 제정신일 리가 없었다.

제정신이었으면 애초부터 지구상의 생명체를 싹 쓸어버리고 미궁만 남긴다는 결정을 내릴 리가 없었으니까.

비록 그것이 진짜로 제정신일 리 없는 외신들의 발호가 원인이었으며, 지구에게 있어서 다른 방법이 없었다는 것은 참작할 만했으나…….

그래서 현재 지구가 제정신이냐, 아니냐만 놓고 본다면 아니다에 무게가 실릴 수밖에 없었다.

[너를 파문한다! 이철호! 너는 이제 [지구의 챔피언]이 아니다!]

그리하여, 나는 성좌명을 잃게 되었다.

더이상 지구의 소속 성좌가 아니게 되었다.

그렇다면 나는 이제부터 어떻게 되는가?

사실 어떻게 될 건 없었다.

나는 이름 없는 성좌가 되었으니…….

그것은 곧 나 자신이 스스로에게 이름을 붙일 수 있는 존재가 되었다는 의미였다.

그렇다고 이게 좋은 건 또 아니었다.

스스로에게 이름을 붙인다는 건 곧 자칭이라는 뜻이고, 새로운 이름에 별다른 인과가 없다면 아무 의미도 빚어낼 수 없을 테니까.

그러나 나는 이것을 기회로 만들 만한 충분한 인과를 이미 쌓아 두었다.

따라서 당당히 선언했다.

"나는 [인류의 챔피언]. 인류의 대전사이자 문명의 수호자다!"

『강한 채로 회귀』 7권에 계속…